W0175425

Meer Morde

Meer Morde

Kriminelle Geschichten im und am Wasser

Gesammelt von Rotraut Schöberl

Mit Illustrationen von Hanna Zeckau

Residenz Verlag

© 2022 Residenz Verlag GmbH
Salzburg – Wien

Bibliografische Information der Deutschen Nationalbibliothek
Die Deutsche Nationalbibliothek verzeichnet diese Publikation in der
Deutschen Nationalbibliografie; detaillierte bibliografische Daten sind
im Internet über http://dnb.dnb.de abrufbar.

www.residenzverlag.at

© der Texte bei den Autor*innen
© der Zusammenstellung: Residenz Verlag GmbH 2023

Alle Rechte, insbesondere das des auszugsweisen Abdrucks
und das der fotomechanischen Wiedergabe, vorbehalten.

Umschlaggestaltung: Hanna Zeckau
Typografische Gestaltung, Satz: Ekke Wolf, typic.at
Lektorat: Jessica Beer
Gesamtherstellung: GGP Media GmbH, Pößneck
ISBN 978 3 7017 1771 2

Inhalt

Liebe Meeres- und Krimifreundin,
lieber Meeres- und Krimifreund,

bei wildbewegter See, meterhohen Wellen, grauschwarzen Wolken und peitschendem Sturm ist der Gedanke an ein Unglück naheliegend.

Doch wenn wir fast allein am Strand in den frühen Morgenstunden spazierengehen, vor uns glitzert das leicht bewegte Meer in der Sonne, am Himmel ziehen die Möwen ruhig und beständig ihre Kreise: welch ein friedliches Szenario, ein Bild der Glückseligkeit. Zumindest für mich.

Allerdings kommen mir als begeisterter Krimileserin gerade in dieser Idylle schon einige tiefschwarze Ideen – oder mir fällt so einiges aus vergangener Krimilektüre ein. Denn das Strandleben scheint ziemlich lebensgefährlich zu sein …

Gestern Abend im Hotel, der Mann vom Zimmer nebenan ist nach dem aufgeregten Gespräch mit seinem Besucher in der Dunkelheit Richtung Meer verschwunden – kam er wieder? Der Absturz unlängst, beim Selfie auf den Klippen: War das wirklich ein Unfall? Sandspiele am Strand sind auch nicht immer harmlos, die Rache der Fische kann furchtbar und Venedig kann nicht nur bei Patricia Highsmith kalt sein und sehr windig noch dazu … Von Grado über Sizilien und Kreta bis nach Tazacorte auf den Kanaren reichen die kriminellen Taten und Schauplätze.

Neben Gustostückerln von Jean-Luc Bannalec, Patricia Highsmith, P. D. James, Petros Markaris, Leonardo Sciascia, Fred Vargas, Martin Walker und Klaus-Peter Wolf haben Ljuba Arnautovic, Alex Beer, Severin Groebner, Andreas Gruber, Stefan Kutzenberger, Martina Parker, Therese Prammer, Thomas Raab, Julya Rabinowich, Erwin Riedesser, Claudia Rossbacher, Eva Rossmann, Wolfgang Salomon und Peter Zirbs extra für meine »Meer Morde« wunderbare, oft heiter-hinterhältige, dunkle Krimi-Ideen aus einem der Meere gefischt und für diese Anthologie geschrieben.

Und noch etwas Neues: Diesmal ist auch eine Mordgeschichte von mir dabei, sie spielt auf La Palma, meiner kanarischen Lieblingsinsel.

Viel Vergnügen mit »Meer Morde« wünscht herzlichst

Rotraut Schöberl

Ljuba Arnautovic

Sandspiele

Nur noch der Kopf ist draußen. Der Rest seines Körpers steckt im weichen, warmen Sand. Er selbst wollte das so. Vielmehr erklärte er sich einverstanden mit meinem Vorschlag. Zuerst war ich es gewesen, die sich gestern von ihm eingraben ließ. Es war nicht so schön und so lustig, wie ich vorgab. Aber ich unterdrückte die aufsteigende Panik und ließ mir von ihm sogar ein paar Minuten lang zärtlich Haar und Lippen kosen. Er durfte mein Ausgeliefertsein genießen, bevor ich ihm befahl, mich wieder auszugraben. Was er sofort tat, schließlich erwarteten ihn dort unten im Sand die aufregenderen Körperteile.

Der Strand hatte sich geleert, die sonnensatten, hungrigen Touristen machten sich bereits über die All-you-can-eat-Buffets her oder ließen sich das Dinner servieren, je nach Urlaubsbudget. Die untergehende Sonne goss rotblondes Licht über den Strand, und er machte sich hinter dem mannshohen Felsen, den man aus ästhetischen Gründen nicht entfernt oder sogar eigens herbeigeschafft hatte, gierig über meinen Körper her. Er schwitzte vor Anstrengung vom raschen Graben mit den Händen und vor Aufregung über das neue Spiel.

Meine Beine und mein Unterleib waren ausgekühlt, Sandkörner rieben sich zwischen unseren Körpern, ich ließ alles geduldig über mich ergehen.

Morgen würde er dran sein.

* * *

Heute ist er dran. Gemeinsam buddeln wir einen Wassergraben für unsere Sandburg. Er kann es kaum erwarten, eingegraben zu werden.

»Das ist ein Vertrauensspiel«, analysiert er klug. »Es bringt uns einander näher, findest du nicht?«

»Na, dann noch ein wenig tiefer«, schlage ich vor.

Nach getaner Arbeit setze ich mich hinter den Felsen und höre über Kopfhörer zweimal die Langversion von »Riders on a Storm« von den Doors. Das Wellenrauschen darin vermischt sich mit dem echten Geräusch der steigenden abendlichen Flut. Ich drehe mein Smartphone auf maximale Lautstärke. Wie ich diese Nummer liebe!

Dann verlasse ich, ohne mich auch nur einmal umzudrehen, langsam spazierend den Strand.

* * *

Es war nicht direkt das gewesen, was man als Enkeltrick bezeichnet. Oder als Pyramidenspiel. Oder als Erbschleicherei. Auf so etwas wäre mein Opa niemals hereingefallen. Bei seiner Intelligenz, seiner Weltgewandtheit, seiner gewitzten Schlauheit wäre eher ihm eine Gaunerei zuzutrauen gewesen, ein Jemanden-übers-Ohr-Hauen, ein Über-den-Tisch-Ziehen. Und dann war ausgerechnet er es, der zum Opfer wurde.

Seine Frau, meine Oma, war kurz nach seiner Pensionierung gestorben. Er betrauerte sie tief und aufrichtig. Nach einem knappen Jahr begann er, die Annehmlichkeiten des Lebens wieder zu suchen. Die Mittel dafür waren ausreichend vorhanden. Die hatte ihm sowohl sein eigenes Ererbtes wie auch das seiner Frau – beide aus wohlhabenden Familien stammend – sowie die guten Gehälter der letzten Jahre seiner Berufstätigkeit eingebracht. Er vermied es, seinen Besitz übermäßig zu präsentieren, aber knausrig war er auch nicht. Seine Großzügigkeit können meine Geschwister und ich bezeugen. Opa half uns aus jeder finanziellen Patsche. Die von Oma ausgesuchten Geschenke hatten stets von erlesenem Geschmack gezeugt. Opa schenkte uns lieber Kuverts: »Kauf dir was Schönes.«

Die Damen in seinem Umfeld zeigten reges Interesse an dem schlanken, kultivierten Witwer mit feinem Humor und attraktiven Lachfalten um Mund und Augen. Opa ließ sich die weibliche Gesellschaft gerne gefallen. Er hatte im Laufe der Zeit mehrere Freundinnen, beendete jedoch jede dieser Beziehungen spätestens nach einem Jahr, auf jene ebenso korrekte wie großzügige Weise, die seinem Wesen entsprach. Über die Gründe lässt sich nur mutmaßen: Reichte keine von ihnen an Oma heran? Oder – im Gegenteil – glaubte er zu riskieren, sich zu verlieben und Oma damit vermeintlich zu verraten? Andererseits – es war nie ein Geheimnis gewesen, dass er auch während seiner Ehe die eine oder andere Affäre gehabt hatte ...

Elvira war anziehend, gutaussehend und zwanzig Jahre jünger als Opa, und ihre Beziehung dauerte nun schon etwas länger als das magische Jahr – Anlass zur Annahme, es wäre wohl bald vorbei? Oder hatte Opa vielleicht in ihr endlich seine späte Gefährtin gefunden? Letzteres ließ die Tatsache vermuten, dass das Paar jetzt manchmal gemeinsam mit Elviras Sohn Andreas etwas unternahm. Opa zeigte uns Fotos, die bei diesen Gelegenheiten entstanden, sie wirkten so familiär.

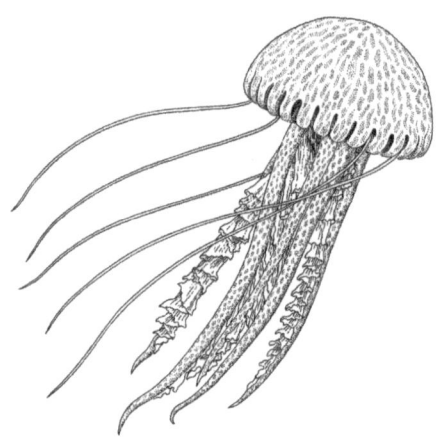

Andreas war es, der wie nebenbei diesen Geheimtipp erwähnte, von einer neuen, absolut sicheren Möglichkeit sprach, Geld gewinnbringender anzulegen als in diesen üblichen Fonds, wie Opa sie über viele Jahre gehalten hatte. Das Geld würde direkt in ein konkretes Projekt investiert, was Zwischenhändler, Börsenspekulanten und Steuerbehörden außen vor lasse und zudem total transparent sei. Der Anleger würde zu jedem Zeitpunkt genau wissen, was sein Geld gerade machte, wo es sich befände und wie es sich vermehrte. Stark vermehrte. Schnell vermehrte.

Und Opa ließ sich verführen.

Es begann alles ganz wunderbar. Das Projekt wirkte seriös, schritt flott voran, sämtliche Termine wurden eingehalten. Dann stand die riesige Baustelle in dem fernen Land plötzlich still. Angeblich behaupteten die Lieferanten, nicht bezahlt worden zu sein. Sie weigerten sich, weiteres Baumaterial zu liefern, würden nicht sofort die bisherigen Forderungen abgegolten und ein Vorschuss auf künftige Lieferungen in der Höhe der ursprünglichen Investition geleistet. Andernfalls wäre das Projekt gescheitert und das Geld futsch. Opa und einige andere der privaten Investoren zahlten. Es wurde weitergebaut, man atmete auf, dann wiederholte sich das Ganze.

Am Ende war der größte Teil von Opas Vermögen in die Taschen korrupter Oligarchen geflossen. Und in die von Andreas.

Ob Elvira von den Betrügereien ihres Sohnes wusste? Eines Tages waren beide aus Opas Leben verschwunden. Die tiefe Demütigung ließ den starken, stolzen, sich immer aufrecht haltenden Körper innerhalb weniger Wochen in sich zusammenfallen und Opa um Jahre altern. Sein Interesse an allem, was das Leben schön macht, war dahin. Keine Frauen, keine Freunde, keine Reisen, keine Musik, keine Bücher – selbst uns Enkel wollte er nicht mehr um sich haben. Er vernachlässigte sich und sein Haus. Von seinem Unglück ahnte niemand etwas, Opa schwieg, während die Scham ihn innerlich verbrannt haben muss. Nur vier Monate später erwischte er versehentlich zu viel von einem Medikament.

Sein Nachlass brachte es ans Licht. Diese bodenlose, schmerzende Scham, die Opa zuletzt quälte, übertrug sich auf mich, lähmte mich zunächst, um sich sehr bald in eine umso größere Wut zu verwandeln. Nur durch eine Tat konnte ich diesen inneren Brand löschen. Die Besessenheit, Rache zu nehmen, begann vom Tag des Begräbnisses an in mir zu wachsen.

* * *

Er hatte sich nicht die Mühe gemacht, das Land zu verlassen, ja, nicht einmal die Stadt. Andreas war vorsichtig genug, mit dem ergaunerten Vermögen nicht gleich offen um sich zu werfen. Noch ein paar Monate musste er ausharren in seinem Job als Angestellter dieser russischen Handelsfirma, danach würde er sich selbständig machen. Immerhin hatte er für seine Betrügereien interne Kontakte genutzt, um an der Firma vorbei in Eigenregie zu handeln. Alles schön langsam und organisch – sein neuer Wohlstand sollte nach beruflichem Erfolg aussehen.

Es war ein Leichtes für mich, ihn zu finden.

Und für eine junge Frau ist es ein Leichtes, einen Mann zu verführen.

Lediglich Rache zu üben, wäre vielleicht befreiend für meine Seele gewesen, aber es wäre nur der halbe Sieg. Um das Geld zurückzuholen, waren weitere Opfer nötig.

Ich machte ihn glauben, ich hätte mich mit meiner Familie überworfen und würde eine kleine, romantische Hochzeit in einem Tiroler Bergdorf vorziehen, ganz ohne Angehörige und Freunde. Heutzutage sind ja nicht einmal mehr Trauzeugen vorgeschrieben.

* * *

Gleich nach dem Standesamt ging es auf Hochzeitsreise. Ich hatte ja eher ein tragisches Unglück in den Bergen im Sinn gehabt. Aber Andreas liebte das Meer, und so musste ich mir eben dort etwas Passendes einfallen lassen.

* * *

Die letzten 500 Meter zur Polizeistation laufe ich, meine Atemlosigkeit ist echt.

Das Mitleid mit jungen Witwen ist grenzenlos. Ich gebe mich untröstlich und leicht hysterisch.

»Wie konnte ich mich nur auf dieses dumme Spiel einlassen… wie sollten wir wissen… aber er bestand doch darauf… habe ich ihn etwa umgebracht?«

»Aber nicht doch, junge Frau, das war ein schrecklicher Unfall, sowas passiert leider immer wieder. Die Flut ist nicht zu unterschätzen. Das klingt jetzt vielleicht unpassend, aber glauben Sie mir, Sie haben noch Ihr ganzes Leben vor sich. Eines Tages finden Sie ein neues Glück.«

Jean-Luc Bannalec

Bretonische Brandung: Kommissar Dupins zweiter Fall

Der erste Tag

Wie auf Zauberweise schwebten die flachen, lang ge-
zogenen Inseln über dem tiefopalen Meer, ein wenig
verwischt, flimmernd. Wie eine Fata Morgana lag der
berühmte Archipel vor ihnen.

Die Konturen der größeren Inseln waren bereits
mit bloßem Auge auszumachen, nicht viel hob sich
von ihnen ab: die geheimnisumwobene Festung auf
Cigogne, der altgediente sturmgepeitschte Leuchtturm
von Penfret, die verlassene Farm auf Drénec, die ver-
einzelten verwitterten Häuser auf Saint-Nicolas, der
Hauptinsel des fast kreisrunden Archipels. Die Îles de
Glénan. Ein Mythos.

Zehn Seemeilen waren vom Festland aus zurück-
zulegen, von Concarneau, der prächtigen *blauen Stadt*
der Cornouaille, deren Einwohner die Inseln seit Menschengedenken ihre »Beschützer« nannten. Tag für Tag
waren sie ihr unverrückbarer Horizont. Daran, wie sie
zu sehen waren, klar, scharf, verschwommen, milchig,
ob sie schwirrten oder fest im Wasser lagen, las man
das Wetter von morgen ab, und, an bestimmten Tagen,

das des gesamten weiteren Jahres. Seit Hunderten von Jahren wurde bretonisch beharrlich diskutiert, wie viele Inseln es waren. Sieben, neun, zwölf oder zwanzig waren die geläufigsten Zählungen. Sieben »große«, nur das war unstrittig. Und groß meinte: ein paar Hundert Meter in der Länge – höchstens. Einst, vor sehr langer Zeit, war alles *eine* Insel gewesen, nach und nach dann hatten sie das tosende Meer und die ewige Brandung auseinandergerissen. Vor einigen Jahren hatte eine Kommission des Départements nach den amtlichen Kriterien der Bestimmung einer Insel – Land im Meer, das beständig über Wasser ist und eine ebenso ständige Vegetation aufweist – höchstoffiziell »zweiundzwanzig Inseln und Inselchen« festgestellt. Darüber hinaus gab es eine schier unendlich scheinende Zahl an schroff aufragenden Felsen und Felsengruppen. Diese Zahl variierte zudem erstaunlich, je nach dem Stand von Ebbe und Flut, die wiederum je nach den Positionen von Sonne, Mond und Erde selbst erheblich unterschiedlich ausfielen. An manchen Tagen war eine Flut drei, vier Meter höher als an anderen, bei richtig tiefer Ebbe eine Insel um ein Mehrfaches größer und vielleicht über Wasser mit einer Sandbank verbunden, die ansonsten unter der Wasseroberfläche verborgen lag. Einen »normalen« Stand gab es nie. So kam es, dass die Landschaften des Archipels unablässig im Wandel waren und niemand jemals sagen konnte: Das sind sie, die Glénan, so sehen sie aus. Die Glénan waren nicht eindeutig Land, sie waren unklarer Zwischenraum, halb Land, halb See. Bei wütenden Winterstürmen rollten mitunter riesenhafte Wellen über die Inseln hinweg, die gewaltige Gischt machte dann aus allem Meer. »Fast verloren schon im Nichts, in der großen Weite«, so lautete die poetische und dennoch präzise Beschreibung der Menschen hier.

Es war ein außergewöhnlicher früher Maitag, der sich von einem veritablen Sommertag in nichts unterschied, nicht in den geradezu unglaublichen Temperaturen, nicht in dem kräftigen Licht, nicht in den prächtigen Farben. Auch die Luft war schon sommerlich, leichter, sie trug ein bisschen weniger Salz, weniger Jod, Tang und Algen, dafür diese bestimmte, schwer zu beschreibende atlantische Frische. Bereits jetzt, um zehn Uhr morgens, schuf die Sonne einen gleißenden, unruhig aufblitzenden Horizont und darunter einen silbernen Trichter, der sich, Richtung Betrachter, immer weiter verschlankte.

Kommissar Georges Dupin vom Commissariat de Police Concarneau nahm von alldem nicht viel wahr. Er war ausgesprochen übellaunig am heutigen Montagmorgen. Eben noch hatte er im *Amiral* gesessen, gerade seinen dritten *café* bestellt, seine Zeitungen vor sich liegen gehabt – *Le Monde, Ouest France, Télégramme* –, da hatte ihn sein Handy mit einem schrillen Klingeln aufgeschreckt. Auf den Glénan waren drei Leichen gefunden worden. Man wusste bisher noch gar nichts – nur genau das. Drei Leichen.

Er war sofort aufgebrochen. Sein Stammcafé, in dem er jeden seiner Tage begann, lag direkt am Hafen, und nur wenige Minuten später hatte er sich bereits an Bord eines Polizeischnellbootes befunden. Kommissar Dupin war erst ein Mal auf den Glénan gewesen, letztes Jahr, auf Penfret, der Insel ganz am östlichen Rand des Archipels.

Sie waren jetzt seit zwanzig Minuten unterwegs. Die Hälfte hatten sie hinter sich. Kommissar Dupin wäre froh gewesen, wenn es mehr als die Hälfte gewesen wäre. Das Bootfahren auf offenem Meer war nicht seine Sache, sosehr er das Meer auch liebte – wie ein genuiner Pariser des sechsten Arrondissements, denn das war er bis zu seiner »Versetzung« vor jetzt fast vier Jahren gewesen, das Meer eben liebte: den Strand, das Schauen, bestenfalls das Baden, das Gefühl, den Geruch, das Schwärmen. Noch weniger als das Bootfahren an sich mochte er das Bootfahren auf einem der beiden neuen Schnellboote, die die Wasserschutzpolizei vor zwei Jahren nach langen verbissenen Kämpfen mit der Bürokratie erhalten hatte und deren ganzer Stolz sie waren. Die neueste Generation, imposante Hightechwunder, Sonden und Sensoren für alles. Sie schossen förmlich über das Wasser. Ein Boot war auf den Namen *Bir* getauft – »Pfeil« auf Bretonisch –, das zweite auf *Luc'hed*, »Blitz«. Boote hatten Dupins Empfinden nach anders zu heißen, aber es hatte nur die Bedeutung gezählt.

Kommissar Dupin fehlte zudem Koffein, das ließ ihn grundsätzlich mürrisch werden. Zwei *cafés* waren nicht annähernd genug. Er war eher massiger Statur, nicht dick, sicher aber auch nicht dünn, und litt seit seiner Jugend an erstaunlich niedrigem Blutdruck.

Widerwillig war er an Bord gegangen. Eigentlich nur, weil er sich keine Blöße hatte geben wollen und weil Inspektor Riwal, einer seiner beiden jungen Inspektoren, der zu ihm aufsah – was Dupin generell sehr unlieb war –, mit an Bord gegangen war.

Dupin wäre sofort bereit gewesen, die halbe Stunde zum kleinen Flughafen nach Quimper zu fahren, um mit dem kümmerlichen, wackligen Zweimann-Polizei-hubschrauber der Zentrale auf die Glénan zu fliegen, selbst wenn es insgesamt deutlich länger gedauert hätte und auch das Fliegen keineswegs ein Vergnügen für ihn war. Aber sein Vorgesetzter, der Präfekt, war mit dem Hubschrauber unterwegs, ein »freundschaftliches Treffen« mit der Präfektur der britischen Kanalinseln Guernsey, Jersey und Alderney, in Bordeaux, einem dösigen Kaff auf Guernsey. Die polizeiliche Zusammenarbeit sollte, das war der entschiedene englische wie französische Wille, intensiviert werden: »Das Verbrechen darf keine Chance haben, egal welche Nationalität es hat.« Kommissar Dupin konnte den Präfekten Lug Locmariaquer nicht ausstehen, und noch jetzt, nach annähernd vier Jahren, konnte er den Namen nicht aussprechen (Georges Dupin hatte generell ein zumeist schwieriges Verhältnis zu Autoritäten, vollkommen zu Recht, wie er fand). Über Wochen hatte er zunächst nervende, dann quälende Anrufe vom Präfekten bekommen, der »Ideen sammelte«, worüber zu sprechen wäre bei einem solch illustren Treffen. Nolwenn, Dupins unendlich patente Assistentin, hatte auf Locmariaquers Anweisung hin »ungeklärte Fälle« der letzten Jahrzehnte recherchieren müssen, die »vielleicht, eventuell und irgendwie« eine Spur zu den Kanalinseln aufwiesen, Fälle, die »vielleicht, eventuell und irgendwie« aufgeklärt »hätten werden können«, wenn es bereits eine engere Zusammenarbeit gegeben hätte. Es war völlig lächerlich. Nolwenn hatte sich gesträubt. Ihr fehlte jedes Verständnis dafür, warum man sich hier »im Süden« mit dem Kanal im hohen Norden zu befassen hatte, wo die Eisberge durchs Meer trieben und es das ganze Jahr über regnete. Meterweise Akten waren gewälzt worden, sie hatten nicht einen signifikanten Fall gefunden – worüber der Präfekt partout nicht glücklich gewesen war.

Was Dupins Laune auf dem Boot nicht verbessert hatte, war der kleine »Unfall« gewesen, zu dem es bereits kurz nach dem Ablegen gekommen war. Er hatte getan, was nur schlimmste Landratten tun: bei dieser Geschwindigkeit, steifem Wind von Backbord und doch etwas agitierter See ebendort, nämlich auf der Backbordseite, einen Blick auf die Inseln zu werfen, während Inspektor Riwal wie die zwei Mannschaftsmitglieder der *Bir* penibel eng an der Steuerbordseite gestanden hatten. Es hatte nicht lange gedauert, bis ihn eine kapitale Welle erwischte. Kommissar Dupin war klatschnass geworden. Seine stets offen getragene Jacke, das Polohemd und die Jeans – seine Dienstkleidung von März bis Oktober – klebten am Körper, lediglich die Socken in den Schuhen waren trocken geblieben.

Was den Kommissar jedoch besonders missmutig machte, war die Tatsache, keine weiteren Informationen zu besitzen als nur das eine Faktum: dass eben drei Leichen gefunden worden waren. Dupin war kein Mann der Geduld. Ganz und gar nicht. Kadeg, sein zweiter Inspektor, mit dem er in der Regel auf Kriegsfuß stand, hatte ihm per Telefon lediglich mitteilen können, was er wiederum von dem aufgeregten Anruf »eines Mannes mit starkem englischen Akzent« wusste, der kurz zuvor beim Kommissariat eingegangen war. Die Leichen lagen am nordöstlichen Strand von Le Loc'h, der grössten Insel des Archipels – und mit »der größten

Insel« war eine Länge von vierhundert Metern gemeint. Le Loc'h war unbewohnt, besaß eine Klosterruine, einen alten Friedhof, eine verfallene Sodafabrik und, als größte Attraktion der Insel, einen lagunenähnlichen See. Kadeg hatte ein Dutzend Mal wiederholen müssen, dass er nichts weiter als ebendiese paar Informationen hatte. Dupin hatte Kadeg mit allen möglichen Fragen gelöchert, seine geradezu fanatische Neigung zu scheinbar unbedeutenden Einzelheiten und Umständen war notorisch.

Drei Tote, ohne dass irgendjemand irgendetwas wusste – in der Präfektur hatte verständlicherweise erhebliche Aufregung geherrscht: Das war eine ziemlich große Sache hier im Finistère, am malerischen Ende der Welt, wie die Römer es genannt hatten. Für die Gallier, die Kelten – und als solche verstanden sich die Menschen hier bis heute –, war es natürlich das genaue Gegenteil: nicht das Ende, sondern wortwörtlich der »Anfang«, das »Haupt der Welt«. »Penn ar Bed«, nicht »finis terrae«.

Das Boot hatte mittlerweile abgebremst. Sie fuhren nur noch mit mäßiger Geschwindigkeit. Es folgte eine schwierige Navigation. War das Meer hier ohnehin seicht und durchsetzt von steil aufragenden Felsen – über und unter der Wasseroberfläche – und Bootfahren in diesen Gewässern grundsätzlich nur etwas für äußerst geübte Kapitäne, so war es wie jetzt bei Ebbe noch heikler. Die »Einfahrt« zwischen Bananec und der großen Sandbank vor Penfret war noch der ungefährlichste Zugang zum Archipel, über sie gelangte man in die »Kammer«, wie der durch die umliegenden Inseln vor Stürmen und schweren Seegängen geschützte

Meeresraum in der Mitte des Archipels genannt wurde: »la chambre«. Souverän nahm die *Bir* ihren Weg, manövrierte in harmonischen Bewegungen zwischen den Felsen hindurch und nahm Kurs auf Le Loc'h.

»Wir werden nicht näher rankommen.«

Der Kapitän des Polizeibootes, ein junger, hoch aufgeschossener Kerl in einer Hightech-Stoffuniform, die heftig an ihm herumschlackerte, hatte von seinem erhöhten Kapitänsstand heruntergerufen, ohne dabei jemanden anzuschauen. Er war vollkommen auf das Navigieren konzentriert.

Dupin wurde mulmig zumute. Es waren sicherlich noch hundert Meter bis zur Insel.

»Springflut. Koeffizient 107.«

Auch das hatte der hagere Kapitän einfach ins Unbestimmte gerufen. Fragend blickte Kommissar Dupin seinen Inspektor an, nach dem Vorfall mit der großen Welle hatte er sich in die unmittelbare Nähe der anderen begeben und sich nicht mehr vom Fleck gerührt. Riwal beugte sich sehr nah zu Dupin hin, die Motoren waren, obwohl das Boot fast nicht mehr fuhr, immer noch ohrenbetäubend laut.

»Wir haben zurzeit einen extremen Tidenhub, Monsieur le Commissaire. In den Tagen einer Springflut ist der Wasserstand noch einmal deutlich niedriger als bei einer gewöhnlichen Ebbe. Ich weiß nicht, ob Sie …«

»Ich weiß, was eine Springflut ist.«

Dupin hatte hinzufügen wollen »denn ich lebe seit fast vier Jahren in der Bretagne und habe bereits etliche Springfluten und Nippebben erlebt«, aber er wusste, dass es sinnlos war. Zudem musste er zugeben, dass er das mit den Flutkoeffizienten zwar schon sehr, sehr oft erklärt bekommen hatte, es sich aber bis heute nicht richtig hatte merken können. Für Riwal würde er, wie für alle Bretonen, noch nach Jahrzehnten ein »Fremder« sein (was jedoch in keiner Weise böse gemeint war). Noch dazu ein Fremder der für Bretonen schlimmsten Sorte: ein Pariser (was wiederum durchaus böse gemeint sein konnte). Jedes Mal aufs Neue bekam er es vorgebetet: Wenn Mond, Sonne und Erde auf einer Linie liegen und sich dadurch die Schwerkrafteinflüsse addieren …

Der Motor erstarb jäh, die beiden Kollegen der Wasserschutzpolizei, die, was Dupin erst jetzt auffiel, dem Kapitän auf komische Weise ähnlich sahen, die gleiche drahtige Statur, das gleiche schmale Gesicht, die glei-

che Uniform, machten sich umgehend vorn am Bug zu schaffen.

»Wir kommen nicht näher an die Insel ran. Das Wasser ist zu flach.«

»Und was heißt das?«

»Wir müssen hier aussteigen.«

»Es dauerte ein paar Sekunden, ehe Dupin reagierte.

»Wir müssen hier *aussteigen?*«

Sie waren für Dupins Empfinden noch sehr deutlich auf dem Meer.

»Das Wasser ist nicht mehr tief, vielleicht einen halben Meter.«

Inspektor Riwal hatte sich hingekniet und begonnen, seine Schuhe auszuziehen.

»Aber wir haben doch ein Beiboot.«

Dupin hatte es ehrlich gesagt gerade erst bemerkt. Mit Erleichterung.

»Das lohnt sich nicht, Monsieur le Commissaire. Viel näher kämen wir damit auch nicht an den Strand heran.«

Mit hochgezogenen Augenbrauen blickte Dupin über die Reling. Es schien ihm erheblich mehr als ein halber Meter bis zum Grund zu sein. Das Wasser war unfassbar klar. Jede Muschel, jedes Steinchen war zu sehen. Ein Schwarm winziger hellgrüner Fische huschte vorbei. Sie lagen vor der Nordseite von Le Loc'h. Nichts als blendend weißer Sand, türkisfarbenes flaches Wasser, das Meer lag vollkommen still in der Kammer. Dazu noch ein paar Kokospalmen – wohl die einzige Palmenart, so kam es Dupin vor, die in der Bretagne nicht wuchs –, und durch nichts wäre dieses Bild von der Karibik zu unterscheiden gewesen. Niemand wäre je auf die Idee gekommen, diese Landschaft mit der Bretagne in Verbindung zu bringen. Auf Hunderten von Postkarten war der Anblick zu bestaunen, sie übertrieben tatsächlich kein bisschen.

Riwal hatte inzwischen auch seine Socken ausgezogen. Die Besatzungsmitglieder des Bootes hatten den Anker gesetzt, waren ohne das geringste Zögern geschickt ins Meer gesprungen und nun dabei, das Boot zu drehen, sodass das Heck mit der sich nur knapp über dem Wasser befindlichen Holzstufe Richtung Strand ausgerichtet war. Riwal, in einer hellen Stoffhose, sprang ins Wasser, als gäbe es nichts Selbstverständlicheres auf der Welt. Direkt nach ihm der schlaksige Kapitän.

Dupin zögerte. Es war eine absurde Szene, fand er. Die jungen Polizisten, Riwal und der Kapitän waren stehen geblieben und warteten. Es sah aus, als würden sie Spalier stehen. Alle Augen waren auf ihn gerichtet.

Dupin sprang. Er hatte die Schuhe nicht ausgezogen. Augenblicklich stand er bis knapp über den Knien im Atlantik, der jetzt, Anfang Mai, höchstens vierzehn Grad hatte. Mit Argusaugen fixierte er den Meeresboden. Der Schwarm der winzigen hellgrünen Fische, der nun viel größer war als zuvor, kam neugierig heran und schwamm furchtlos um seine Beine herum. Dupin vollführte eine halbe Drehung, um den Fischen mit dem Blick zu folgen – da sah er ihn: einen stattlichen Krebs, zwanzig, dreißig Zentimeter, in Angriffshaltung, der ihn direkt anstarrte, einen echten »Tourteau«, wie man ihn gern aß hier an der Küste – wie auch Dupin ihn gern aß. Er unterdrückte beides: einen kleinen Ausruf des Schreckens sowie der kulinarischen Begeisterung. Er sah hoch und realisierte, dass alle immer noch bewegungslos standen und ihm zuschauten. Dupin richtete den Oberkörper entschieden auf und begann Richtung Strand zu waten, sorgfältig darauf bedacht, weder Riwals noch die Blicke der drei Polizisten zu streifen. Die Kollegen überholten ihn im Wasser rasch rechts und links.

Dupin erreichte den Strand als Letzter.

Der leblose Körper lag auf dem Bauch, ein wenig seitlich, die Schulter in unnatürlicher Weise unter dem Körper abgeklemmt, es sah aus, als hätte er seinen rechten Arm verloren. Der linke Arm, der gebrochen sein musste, war stark angewinkelt. Der Kopf lag fast genau auf der Stirn, als hätte ihn jemand absichtlich so hingelegt. Das Gesicht war nicht zu sehen. Die blaue Jacke und der Pullover waren weitgehend zerfetzt, man sah die fürchterlichen großflächigen und tiefen Wunden am Rücken und am Hals, am Hinterkopf und am linken Arm. Der Unterkörper schien dagegen fast unversehrt. An einigen Stellen war er von Algen bedeckt. Die festen Segelschuhe, beide noch an den Füßen, wirkten neu. Das Alter des Mannes war in dieser Lage schwer zu schätzen, vielleicht etwas älter als er selbst, vermutete Dupin. Ende vierzig, Anfang fünfzig. Der Tote war nicht sehr groß. Dupin hatte sich neben ihn gekniet, um ihn genauer zu betrachten. Das Meer hatte ihn weit oben an den Strand getragen, ein paar Meter vor die Linie, wo der langsam ansteigende weiße Sand endete und die grellgrüne Vegetation begann.

»Dahinten liegen die beiden anderen, ziemlich nah beieinander. Sie sind in einem ähnlichen Zustand.«

Riwal deutete den Strand entlang. Dupin sah die jungen Kollegen der Wasserschutzpolizei neben etwas

Massigem stehen, sicher hundert Meter entfernt. Dupin hatte gar nicht wahrgenommen, dass er nicht allein gewesen war. Riwals Stimme war ein wenig dünn.

»Die Leichen sehen fürchterlich aus.«

Riwal hatte recht.

»Welcher Gerichtsmediziner kommt?«

»Docteur Savoir müsste jeden Augenblick hier sein. Er ist auf dem anderen Schnellboot. Mit Inspektor Kadeg.«

»Natürlich. Das passt ja gut.«

Es war allgemein bekannt, dass der Kommissar und Docteur Savoir wenig Sympathie füreinander hegten.

»Docteur Lafond hat heute Morgen eine Verpflichtung in Rennes.«

In der Regel arrangierte Nolwenn es im Hintergrund immer so, dass der alte – brummige, aber großartige – Docteur Lafond gerufen wurde, wenn Dupin ermittelte.

Der Kapitän der *Bir* kam entschlossenen Schrittes auf sie zu.

»Es sind drei Männer, alle vermutlich Anfang fünfzig«, der junge Mann sprach ernst und ruhig. »Identität bisher unbekannt. Sehr wahrscheinlich sind die Leichen mit der letzten Flut angeschwemmt worden. Sie liegen ziemlich weit oben am Strand. Wir verzeichnen auf den Glénan mächtige Strömungen, und in den Tagen der Springflut sind sie noch stärker als sonst. Wir fotografieren und dokumentieren alles.«

»Ist das jetzt der niedrigste Stand der Ebbe?«

»Fast.«

Der Polizist schaute kurz auf die Uhr.

»Das Tideniedrigwasser war vor eineinhalb Stunden. Seitdem läuft das Wasser schon wieder auf.«

Dupin rechnete.

»Es ist jetzt 10 Uhr 45 – die letzte Ebbe war also um …«

»Der letzte Niedrigwasserstand war heute Morgen um 9 Uhr 15, der vorletzte gestern Abend um 20 Uhr 50. 12 Stunden und 25 Minuten früher. Der Höhepunkt der Flut wurde in der Nacht um 3 Uhr 03 erreicht.«

Es hatte keine drei Sekunden gedauert, der Polizist schaute Dupin ohne das geringste Zeichen von Triumph an.

»Haben wir Vermisstenmeldungen? Bei uns, bei der Seerettung?«

»Nein, Monsieur le Commissaire, es liegen, soweit wir wissen, bisher keine vor. Die können aber noch kommen.«

»Le Loc'h ist unbewohnt, oder?«

»Ja. Saint-Nicolas ist die letzte bewohnte Insel des Archipels. Aber auch dort wohnen nicht viele Menschen. Allenfalls zehn, im Sommer fünfzehn.«

»Das heißt, über Nacht ist hier auf der Insel niemand?«

»Es ist streng verboten, auf dem Archipel zu campen. In manchen Sommernächten tun es ein paar Abenteurer dennoch. Wir werden uns die ganze Insel ansehen. Und vielleicht haben vergangene Nacht einige Boote in der Kammer vor Le Loc'h gelegen. Das ist ein beliebter Ankerplatz. Das werden wir herausfinden.«

»Wie heißen Sie?«

Dupin mochte den unaufgeregten, sorgfältigen, jungen Polizisten.

»Mein Name ist Kireg Goulch, Monsieur le Commissaire.«

»Kireg Goulch?«

Dupin war die Nachfrage einfach rausgerutscht.

»Genau.«

»Das ... das ist ein sehr ... ein ... ich meine, ein bretonischer Name.«

Auch dieser Kommentar schien den jungen Mann in keiner Weise zu irritieren. Dupin räusperte sich kurz und gab sich Mühe, wieder konzentriert bei der Sache zu sein.

»Inspektor Riwal sagte, der Engländer, der die Leichen entdeckt hat, war mit einem Kanu unterwegs.«

»Hier machen viele Besucher Touren mit Meerkajaks, das ist höchst populär. Auch wenn sie um diese Jahreszeit noch nicht so zahlreich sind, einige sind schon da.«

»Schon morgens? Sie machen ihre Touren bereits um diese Uhrzeit?«

»Am allerliebsten. Über Mittag brennt die Sonne auf dem Meer bereits gewaltig.«

»Der Mann hat aber nicht angelegt und ist ausgestiegen?«

»Soweit wir wissen, nein. Hier am Strand sind auch keine Fußspuren zu sehen.«

Dupin hatte gar nicht daran gedacht. Der nach jeder Flut wieder jungfräuliche Sand zeichnete aufs Vollkommenste jede Spur auf, sogar jeden Versuch einer Verwischung.

»Wo ist der Mann?«

»Auf Saint-Nicolas. Er wartet dort am Quai. Unser zweites Boot bringt einen Kollegen auf die Insel. Er wird mit dem Mann sprechen. Inspektor Kadeg hat das angewiesen.«

»Inspektor Kadeg hat das *angewiesen?*«

»Ja, er …«

»Ist schon gut.«

Es war nicht der Zeitpunkt für einen Affekt. Dupin nestelte mit einigem Aufwand aus seiner immer noch nassen Jacke eines seiner roten Clairefontaine-Hefte heraus, die er traditionell für Notizen verwendete. Weitgehend geschützt war es bei dem kleinen Meerunfall halbwegs trocken geblieben. Mit derselben eigenwilligen Umständlichkeit kramte er einen seiner billigen Bic-Kulis heraus, die er immer in großen Vorräten kaufte, weil sie ihm stets unbegreiflich schnell abhandenkamen.

»Hat es denn irgendwo einen Schiffbruch gegeben?«

Er wusste noch im selben Moment, dass es eine überflüssige Frage war. Sie hätten davon natürlich längst gehört. Der junge Polizist nahm die Frage mit freundlichem Langmut.

»Auch davon wissen wir bisher nichts, Monsieur le Commissaire. Aber wenn es gestern Abend oder gestern Nacht zum Kentern eines Bootes gekommen wäre, könnte es unter Umständen dauern, bis sein Ausbleiben bemerkt würde. Je nachdem, wie groß das Boot ist, über welche technische Ausrüstung es verfügt, wo es passiert ist, wohin es fuhr, wer es erwartete …«

Dupin machte sich ein paar lustlose Notizen.

»War denn gestern Nacht schlechtes Wetter? Gab es hier draußen einen Sturm?«

»Sie dürfen sich von dem Wetter heute nicht täuschen lassen. Gestern Abend ist ein Unwetter vor der Küste entlanggezogen, die Zentrale wird uns genau sagen können, wie stark es war und wo und wie es sich bewegt hat. In Concarneau war es nur wenig zu spüren, aber das heißt nichts. Wir verfügen über alle Aufzeichnungen. Die See ist ja noch heute einigermaßen unruhig, auch wenn es hier in der Kammer still ist. Sie haben es eben auf dem Boot selbst deutlich gemerkt.«

Das war eine neutrale Feststellung, ohne Unterton. Goulch wurde ihm immer sympathischer.

»Es war kein Jahrhundertunwetter, aber offenbar heftig«, schloss der Kapitän.

Kommissar Dupin kannte das zur Genüge, er war längst selbst zu sehr Bretone geworden, um sich von dem blauen, wolkenlosen Himmel und der perfekten Schönwetterstimmung noch narren zu lassen. Die bretonische Halbinsel, ihr äußerster, zerklüfteter Vorsprung – das Finistère –, erklärte ihm Nolwenn immer, lag weit vorgelagert *mitten* im Nordatlantik. »Wie ein urzeitliches Ungetüm streckt Armorika sein gezacktes Haupt aus. Gleich einem züngelnden Drachen.« Er mochte das Bild – und auf der Landkarte konnte man den Drachen tatsächlich erkennen. Die Bretagne war somit nicht nur der Urgewalt des bekanntermaßen wildesten aller Weltmeere ausgesetzt, sondern auch den chaotischen, sich unentwegt verändernden Wetterfronten, die sich zwischen der Ostküste der USA, Kanada, Grönland, der Arktis und den westatlantischen Küsten Irlands, Englands, Norwegens und Frankreichs entwickelten. Das Wetter konnte innerhalb kürzester Zeit von einem ins andere Extrem umschlagen. »Vier Jahreszeiten an einem Tag« war die Formel dafür, die die Bretonen gern mit Stolz zitierten.

»Vielleicht war es ja gar kein Schiffbruch.«

Riwals Stimme hatte wieder etwas an Festigkeit gewonnen.

»Sie könnten von der Flut überrascht worden sein. Dem Unwetter. Beim Angeln oder Muschelnfischen. Vor allem, wenn es Touristen waren. Bei besonders niedrigen Ebben kommen viele Muschelfischer.«

Das stimmte. Dupin nahm den Punkt in sein Notizheft auf.

»Warum haben sie keine Schwimmwesten an? Spricht das nicht für eine solche Annahme? Dass sie gar nicht auf einem Boot waren?«

»Nicht unbedingt«, erwiderte Goulch bestimmt. »Viele der Einheimischen fahren ohne Schwimmwesten. Und wenn noch Alkohol dazukommt … Ich würde dem keine Bedeutung beimessen.«

Dupin machte eine resignierte Handbewegung. So war es. Sie wussten nichts – schon gar nicht hier draußen.

»Alkohol spielt allgemein eine große Rolle auf dem Meer. Besonders hier auf den Inseln«, fügte Goulch noch hinzu.

»Die Menschen behaupten, dass die Flaschen auf den Glénan kleiner sind als auf dem Festland – deswegen sind sie hier so schnell leer.«

Dupin brauchte einen Moment, bis er den Witz verstanden hatte – er nahm an, dass es einer war –, Riwal hatte ihn als sachliche Ergänzung vorgetragen.

Goulch fuhr unbeeindruckt fort:

»Die Körper sind sicherlich eine Zeit lang in der Brandung getrieben, vermutlich ist es so zu den schweren Verletzungen gekommen. Wenn es ein Bootsunfall war, haben sie sich die Verletzungen vielleicht teils schon während des Unfalles zugezogen.«

»Könnten sie weit entfernt von hier ihr Leben verloren haben? Ich meine, wie weit könnte die Strömung sie getragen haben?«

»Das hängt ganz davon ab, wie lange sie im Meer getrieben sind. Vielleicht haben sie zunächst noch gelebt und versucht, sich zu retten. Und sind dann erst ertrunken. Es macht nicht den Eindruck, als hätten sie Tage im Meer getrieben. Solche Leichen sehen anders aus. Dennoch, die Strömungen sind unterschiedlich schnell. Manche acht Stundenkilometer, so hätten die toten Körper selbst in einer Nacht schon eine beträchtliche Entfernung zurücklegen können. Aber je nachdem, wo sie ins Wasser gekommen sind, sind sie womöglich im Kreis getrieben. Die Richtungen der Strömungen wechseln, je nach Tidenstand, Wetter, Jahreszeit.«

»Ich verstehe: Es lassen sich noch keinerlei Aussagen treffen.«

»Es ist eine Eigenart des Archipels, dass bei bestimmten Konstellationen von Sonne, Mond und Erde viele Strömungen zu Le Loc'h führen. Zu allen Zeiten wurden hier Schiffbrüchige angeschwemmt. Bei Unfällen großer Schiffe waren es manchmal Dutzende Leichen, die am Strand gefunden wurden. Deswegen hat man auf der Insel im 19. Jahrhundert einen Friedhof gebaut, direkt neben der Kapelle. So musste man die Toten nicht extra nach Saint-Nicolas bringen, wo zuvor der einzige Friedhof des Archipels gewesen war. Hier wurden sie alle begraben. – Man hat auf der Insel sogar schon Grabstätten aus der frühen keltischen Zeit gefunden.«

»Sie wurden immer hier angeschwemmt?«

Dupin sah sich unwillkürlich mit einem seltsamen Gefühl um.

»Man hielt die Insel über Jahrhunderte für das sagenumwobene Versteck von Groac'h, der Hexe der Schiffsuntergänge. Sie war unermesslich reich, reicher als alle Könige zusammen, heißt es. Und ihre Schatztruhe war der See, der eine unterirdische Verbindung mit dem Meer hat. Eine magische Strömung brachte so die Schätze aller versunkenen Schiffe zu ihr. Auf dem Grund stand auch ihr Palast.«

Riwal lächelte, als Goulch geendet hatte, aber es sah deutlich angestrengt aus.

»Sie frisst gern junge Männer«, ergänzte Goulch, »sie verführt sie, verwandelt sie in Fische, frittiert sie und frisst sie. Viele haben sich auf die Suche nach dem sagenhaften Schatz gemacht. Nie ist einer zurückgekommen. Es gibt unzählige Geschichten.«

So war es in der Bretagne. Unter der Oberfläche des Gewöhnlichen und Natürlichen wirkten obskure Kräfte. Und jeder Ort hatte seine eigenen übernatürlichen Geschichten. Auch wenn sich die Bretonen selbst darüber lustig machten – und Dupin kannte keinen Menschenschlag, der sich allgemein so souverän und grandios über sich selbst lustig machen konnte –, bei diesen Geschichten erstarb das Lachen von einem Augenblick auf den nächsten, und alles war ganz real. Es steckte zu tief, über Tausende Jahre war das Übernatürliche die natürlichste Wahrnehmung der Welt gewesen – und nur, weil man sich jetzt im 21. Jahrhundert befand, sollte es plötzlich anders sein?

Alex Beer

Auf der anderen Seite

Charles

Charles Montgomery stand im Garten seiner Villa und blickte hinaus aufs Meer. Dunkle Wellen brachen sich an der Küste und erzeugten dabei ein Geräusch, das wie Donnergrollen klang. Kalter Wind blies ihm ins Gesicht, und er musste seinen Zylinder festhalten, damit er nicht davongeweht wurde.

Trotz der steifen Brise und der unangenehmen Temperatur verweilte er regungslos. Sein Blick war auf den Horizont gerichtet, wo die Weite des Ozeans auf den fernen Himmel traf.

In weniger als vierundzwanzig Stunden würde dort ein kleiner Punkt auftauchen. Er würde größer und größer werden, bis man einen Bug erkennen konnte, einen Schornstein, ein Schiff. Die *RMS Britannia,* um genau zu sein. Der Dampfer schipperte über den Atlantik, um morgen in Liverpool anzulegen. An Bord hatte er Post und Passagiere – darunter Charles' Ehefrau.

Agatha war im November nach Kanada gereist, um ihre kranke Schwester zu pflegen, die einen Mann aus Halifax geheiratet hatte. Tage waren vergangen, Wochen und schließlich Monate – und er war so glücklich gewesen wie lange nicht. Kein Nörgeln mehr, keine Verbote und Vorschriften. Er hatte sich der Völlerei hingegeben, bereits am Mittag eine Flasche Scotch geöffnet und überall seine geliebten Zigarren geraucht, sogar im Schlafzimmer. Er war der Herr im Haus gewesen, und das hatte er genossen.

Dann war da auch noch die Sache mit Ethel, Agathas jüngerer Cousine. Kaum zu glauben, dass die beiden Frauen derselben Familie entstammten. Agatha war verhärmt und miesepetrig, Ethel kess und freimütig. In ihrer Gegenwart war er aufgeblüht, hatte sich stark und männlich gefühlt, wie neugeboren.

Agathas Rückkehr stellte für ihn eine Katastrophe dar und musste verhindert werden. Doch wie? Wie sollte er das anstellen?

Plötzlich kam ihm eine Idee ...

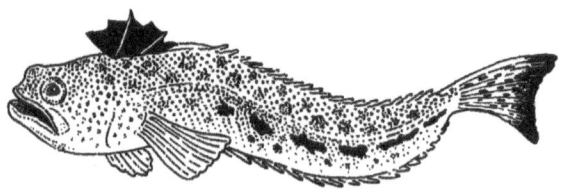

Ethel

Ethel Wilson stand am Hafen und blickte aufs Wasser.

Die vergangenen Monate waren herrlich gewesen. Charles hatte sie ausgeführt und ihr hübsche Dinge gekauft. Er war spendabel, charmant und lustig. Keine Ahnung, warum sich Agatha ständig über ihn beschwerte. Im Gegensatz zu ihrer spröden Cousine fand sie den alten Fabriksbesitzer und das Leben oben in Southport amüsant und begehrenswert.

Sie beobachtete die Schiffe, die an- und ablegten, betrachtete die grimmig dreinblickenden Matrosen, die Kisten, Säcke und Truhen verluden. Morgen würde die *Britannia* vor Anker gehen und mit ihr Agatha.

Das lustige Leben, das sie in den vergangenen Monaten geführt hatte, wäre damit zu Ende. Keine Ausflüge nach Southport mehr, keine Geschenke, kein Charles. Wenn das Schiff doch nur sinken würde oder zumindest Agatha über Bord gehen ...

Sie hatte ihre Cousine noch nie ausstehen können. Schon als Kind war ihr die brave, strebsame Agatha fremd gewesen. Nie wollte sie Schabernack treiben oder sich an wilden Spielen beteiligen.

Ein alter Seemann schob sich mit einem Korb voller Meeresgetier an ihr vorbei. »Vorsicht, Weib«, murrte er und deutete auf einen hässlichen Fisch, der ganz oben lag und sie aus toten Glubschaugen anstarrte. »Das ist ein Petermännchen. Seine Stacheln sind giftig.«

»Giftig«, wiederholte Ethel gedankenverloren.

Plötzlich kam ihr eine Idee ...

Charles

Charles hatte gewartet, bis die Dunkelheit angebrochen war, um nach Liverpool zu reiten. Nun stand er im verruchtesten Teil des Hafenviertels und hoffte, dass das Gerücht stimmte, das er vor einiger Zeit aufgeschnappt hatte, als er bei der Inspektion einer seiner Fabriken das Gespräch von zwei Arbeitern belauscht hatte.

Das *Fahle Pferd* war eine heruntergekommene Spelunke, die in einer engen, schmutzigen Gasse hinter den Docks lag. Hier gab es offenbar, wonach er suchte.

Warme Luft schlug ihm entgegen, als er die Kaschemme betrat. Es stank nach Rauch, Alkoholdunst und saurem Schweiß. Wohin er auch blickte, saßen düstere Gestalten, Männer mit Narben und Schwielen, Männer mit viel auf dem Kerbholz.

Charles sondierte den Raum und suchte nach einem Kerl, auf dessen Hals ein Messer tätowiert war. *John the Knife.* Er entdeckte ihn am hinteren Ende des Tresens. Mit klopfendem Herzen und schweißnassen Händen stellte er sich neben ihn und versuchte, dabei so gelassen wie möglich zu wirken. »Sind Sie John?«, fragte er, wobei seine Stimme zitterte.

Der Kerl sah ihn feindselig an. »Wer will das wissen?«

Charles wollte auf keinen Fall seinen Namen nennen. »Kann ich Ihnen ein Bier ausgeben?«, wich er aus.

John the Knife grummelte etwas Unverständliches, das Charles als Zustimmung abtat.

Er orderte zwei Humpen Bier und stellte einen davon derart schwungvoll vor John hin, dass der Schaum überschwappte.

John nahm einen großen Schluck und wischte sich mit dem Handrücken über den Mund. »Was willst du?«

»Nun …« Charles schaute sich um, Schweiß trat auf seine Stirn. »Ich habe gehört, dass …«

»Komm auf den Punkt.« John trank den Rest des Biers in einem Zug leer und rülpste.

»Mir kam zu Ohren, dass Sie eine gewisse Arbeit übernehmen.« Charles fasste in seine Tasche, zog einen Lederbeutel hervor und öffnete ihn.

Beim Anblick der Münzen, die golden darin glänzten, veränderte sich Johns Miene. Seine verbissenen Züge wurden weicher und ein Funkeln trat in seine Augen. »Was für Arbeit?«

»Schmutzige.«

John schien zu verstehen. »Die kostet zwei solcher Beutel«, erklärte er.

»Zwei?« Das war ein kleines Vermögen. Charles schluckte. Dann dachte er an Ethel und daran, dass ein gutes Leben nun mal seinen Preis hatte. »Von mir aus.«

»Wer?«

Charles rückte näher an John heran. »Meine Frau«, flüsterte er. »Sie wird morgen mit der *Britannia* hier in Liverpool ankommen.«

John nickte wissend. »Wie erkenne ich sie?«

Charles beschrieb Agatha und kratzte sich dann am Kopf. »Ich habe sie seit Monaten nicht mehr gesehen. Gut möglich, dass sie sich verändert hat.« Er dachte nach, da fiel ihm etwas ein. »Sie wird die Letzte sein, die am Hafen steht und wartet. Sie denkt, dass ich sie abhole, aber das werde ich nicht.«

»Betrachte die Sache als erledigt.« John streckte seine schwielige Hand aus.

Widerstrebend reichte Charles ihm den Beutel. »Den Rest kriegen Sie, sobald alles erledigt ist. Ich erwarte Sie bei der alten Eiche oben in Hightown.« Er stand auf, um zu gehen, drehte sich aber noch einmal um. Konnte er dem zwielichtigen Gesellen wirklich trauen? Was, wenn er ihn über den Tisch ziehen wollte? »Und bringen Sie einen Beweis mit.«

Ethel

Am darauffolgenden Tag saß Ethel am Küchentisch und beträufelte einen selbstgemachten Apfelkuchen mit dem Strychnin, das ihre Mutter als Rattengift verwendete. Agatha hatte schon als Kind eine Vorliebe für süße Speisen gehabt.

Sie würde ihre Cousine am Hafen in Empfang nehmen, ihr den Kuchen als Willkommensgeschenk überreichen und somit das Problem lösen.

Nach längerem Überlegen war sie zu dem Schluss gekommen, dass dies das Beste war, und zwar für alle Beteiligten – selbst für Agatha.

Agatha war unglücklich. Sie hasste ihren Mann, hasste Southport und das Leben in England. Nicht umsonst war sie so lange in Halifax geblieben. Wahrscheinlich tat sie ihr sogar etwas Gutes, wenn sie sie von der irdischen Mühsal erlöste und mithilfe des Kuchens ins Jenseits beförderte.

Sie blickte auf die Uhr. Die *Britannia* würde gleich einlaufen. Es war höchste Zeit, zum Hafen zu gehen.

Charles

Charles trippelte nervös von einem Fuß auf den anderen. Eigentlich müsste die Tat doch längst vollbracht sein. Der düstere Geselle war doch wohl nicht etwa mit der Anzahlung durchgebrannt und hatte Agatha am Leben gelassen? Er war kurz davor, nach Liverpool aufzubrechen, um nach dem Rechten zu sehen, als am Ende des Wegs endlich John the Knife auftauchte.

»Alles erledigt?«, fragte Charles

»Alles erledigt.« John streckte seine Hand aus.

Charles konnte erkennen, dass sie blutverschmiert war, und schluckte. »Sicher?«

»Ja.« John sah sich um und schien langsam ungeduldig zu werden. »Sie war die Letzte, die noch herumstand und wartete. Ich hab sie in eine dunkle Gasse gelockt und…« Er fuhr sich mit der Handkante über die Kehle.

Charles schluckte abermals und zückte das Geld. »Wo ist mein Beweis?«

»Hier.« John reichte ihm eine kleine Schachtel. »Das hatte sie dabei.«

Daheim angekommen, war Charles Herz noch immer am Flattern. Er hatte es tatsächlich geschafft. Spätestens morgen würde man Agathas Leiche finden, er würde den erschütterten Ehemann mimen, Gras über die Sache wachsen lassen und dann das Leben in vollen Zügen genießen.

Er trank einen großen Schluck Scotch und betrachtete den Kuchen, der sich in der Schachtel befand. Er sah köstlich aus und roch herrlich. Sein Magen knurrte.

Vor lauter Aufregung hatte er den ganzen Tag noch nichts gegessen. Und ausgerechnet heute hatte die Haushälterin ihren freien Tag.

Er stellte sich ans Fenster, lauschte dem Rauschen der Wellen, biss von dem Kuchen ab und dachte an Ethel. Was sie wohl gerade machte?

Inspektor Robson

»Womit haben wir es zu tun?«, fragte Inspektor Robson.

»Weibliche Leiche«, erklärte sein Assistent. »Sie wurde als Ethel Wilson identifiziert. Irgendjemand hat ihr die Kehle durchgeschnitten.«

Agatha

Agatha Montgomery stand im Hafen von Halifax und blickte hinaus aufs Meer. Vor zwei Wochen hatte die *Britannia* von hier abgelegt, um nach Liverpool zu fahren – und sie war nicht an Bord gegangen. Sie hatte sich entschieden, nicht nach England zurückzukehren. Nie wieder.

Seit sie hergekommen war, um ihre Schwester zu pflegen, hatte sich ein völlig neues Gefühl ihrer bemächtigt: Freude. Hier in Kanada, weit weg von Southport und Charles, fühlte sie sich freier und glücklicher als je zuvor. Dieses neue Leben wollte sie auf keinen Fall mehr aufgeben.

Sie hatte dem Kapitän der *Britannia* einen Brief für Charles mitgegeben und ihrem Gatten darin alles erklärt. Er würde ihre Entscheidung verstehen. Wahrscheinlich würde er sie sogar begrüßen. Charles hatte schon länger ein Auge auf ihre Cousine Ethel geworfen. Die beiden passten gut zusammen und würden sicher glücklich miteinander werden.

Agatha lächelte und atmete die salzige Meerluft ein.

Sie wünschte den beiden alles Gute.

Den beiden dort drüben.

Auf der anderen Seite.

Severin Groebner

Drachen steigen lassen

»Bei dem Wetter willlst du raus?!« Der Wind zerrte an den Fenstern. Am Reet der Dächer der gegenüberliegenden Häuser. An den Bäumen, die auf dieser Insel sowieso alle schief wuchsen. Wegen des Windes zeigten sie alle nach Osten. Denn der Wind kam von Westen. Fast immer.

»Das ist das beste Wetter, das es gibt. Außerdem kommt der Wind heute von Norden. Das heißt, wir können den ganzen Strand entlang Drachen steigen lassen.«

»Du willst zum Strand?! Es ist doch saukalt.« Sie konnte es nicht fassen. Dieser Mann war doch nicht ganz dicht. Wegen eines bescheuerten Drachens. »Ach ... kalt. Was heißt hier schon kalt. Frische Luft ist das. Weißt doch: Es gibt kein schlechtes Wetter, nur schlechte Ausrüstung!«

Dieser Satz. Wie sie diesen Satz hasste. Das war so ein richtig deutscher Satz. Überheblich, arrogant und völlig besoffen vom Glauben an die eigenen Fähigkeiten. Und das aus dem Mund von diesem Bauernschädel aus dem Salzkammergut.

Natürlich war das nicht fair. Aber sie war sauer. Und wenn man sie gefragt hätte, zurecht.

Drachen steigen lassen – bei Windstärke 7. Das war nicht mehr abenteuerlich, das war schlicht idiotisch.

»Der Wind wird dir den Drachen zerreißen! Und die Schnur!«

»Das wird er sicher nicht. Ich hab mir einen neuen gekauft, mit extra starker Schnur. Die halten bis zu 70 km/h aus! Und wir haben jetzt gerade mal 52.«

»70 km/h?? Woher willst Du wissen, dass das stimmt?«

»Gar nicht. Deshalb geh ich ja jetzt raus, um das zu testen. Mit dir und dem anderen Drachen. Hahaha!«

Wahnsinnig komisch. Witze aus Steirisch-Kongo. Wenn er mit diesen Schilehrer-Schmähs anfing, war irgendwas im Busch. Den ganzen Vormittag lang war er schon so komisch gewesen. Noch lauter als sonst. Noch derber. Noch peinlicher.

Wenn es das Restaurant nicht gäbe, wäre sie ja schon lange nicht mehr hier. Auf dieser schrecklichen Insel. Voll reicher Deutscher. Unerträglich. Deutsche an sich waren ihr immer schon ein Gräuel gewesen. Schon damals in Wien. Da, wo sie aufgewachsen war, am Rand der Stadt, nah bei den Weinbergen, in Salmannsdorf, zwischen den Heurigen, da wurden die Deutschen jeden Freitag und Samstag herangekarrt. Riesige Busse hatten die Krottenbachstraße verstopft und deutsche Massen aus Bottrop, Düsseldorf oder Stuttgart ausgespuckt. Diese ewiggleichen beigen Windjacken, die Dauerwellen und Halbglatzen haben sich dann in die »Heurigen-Restaurants« betitelten Abfüllstuben ergossen. Und vier Stunden später haben sich dann die Deutschen ergossen. Neben dem Bus, auf offener Straße waren sie dagestanden. Aufgeteilt in drei Gruppen: die grölenden, die pinkelnden und die kotzenden. Jedes Wochenende von April bis Oktober war das so.

Laut und schamlos, das waren für sie die Deutschen. Und dabei kannte sie bislang nur die busreisende Mittelschicht. Hier auf dieser Schickimicki-Düne dagegen saßen die Germanen mit Geld. Und Geld macht laute und schamlose Menschen nicht leiser und dezenter.

Das konnte sie mit Bestimmtheit sagen.

Aber man brauchte natürlich geldige Menschen, um selbst auch Geld zu verdienen. Das hatte er erkannt, der Bub aus Bad Aussee. Zielstrebig, fokussiert, immer mit einem falschen Lächeln für jeden, der nach Geschäft aussah, ein flotter Spruch, und dann ging es mit ihm bergauf.

Und ja: Das hatte ihr imponiert. Damals.

Das war einer, der anpackte, sich etwas traute, der Welt »einen Haxen ausriss«, wie man in Wien sagt. Der war so ganz anders als diese teigigen Wiener Buberln mit den zu breiten Hintern und den Polohemden, die sie aus ihrer Schulzeit kannte.

Nein, der Steirerbua war sportlich, hatte ein markantes Kinn und wusste, was er wollte.

»So und jetzt gemma, gell!?« Er klemmte sich den Drachen unter den Arm und öffnete die Tür.

Der Wind riss ihm als Erstes die Mütze vom Kopf. »Na, des is a Wetter, was?«

»Wollen wir wirklich da …«

Aber er unterbrach sie: »Du, des is a Spitzengelegenheit. Grad so einer alten Kaffeehauspflanz'n wia dir tuat a bisserl a frische Luft scho guat.«

Der Baum gegenüber begann sich unter der frischen Luft zu biegen.

Seit einer halben Stunde rannte er jetzt schon mit der extrafesten Nylonschnur den Strand entlang. Der Wind peitschte die Wellen gegen die Betonblöcke, die man irgendwann im 20. Jahrhundert alle paar hundert Meter wie betonierte Rippen vom Strand ins Meer hineingebaut hatte. In der Hoffnung, sie würden den Verlust von Sand auf der Insel stoppen können. Konnten sie nicht. Die Insel wurde jedes Jahr kleiner. Dafür hatte man jetzt hässliche Betonstege ins Nirgendwo.

Eine unsinnige Kraftmeierei.

Genauso wie ihr gemeinsames Restaurant. Das »Alpina Gischt – Österreichische Spitzen-Küche auf Deutschlands nördlichster Insel«. Das stand da in die Dünen gezwängt – man könnte auch sagen »hineingeschissen« – zwischen diesen Sandhaufen, dem Sanddorn und dem Dünengras. Mit Blick auf die Nordsee erhob sich ein echter Bergbauernhof mit vollverglastem Außenbereich, Diskokeller und bewachtem Parkplatz auf der dem Meer abgewandten Seite. Diese alpine Trutzburg residierte auf einem Betonfundament, das sie vor zwanzig Jahren in die geschützte Landschaft hineingestellt hatten. Aufgrund einer »Sondergenehmigung«. Sie hatte damals nicht wissen wollen, wie er das wieder hingebogen hatte. Der örtlichen Gemeinde wurde es als »sanfter Eingriff in die Natur« angepriesen. Erst später, als das Geschäft so richtig losging, die Porsches, Jaguars, BMWs und Mercedes' ständig anrollten, wurde den Anwohnern klar, dass dieser sanfte Eingriff wohl eher ein langsames Erdrosseln dieses Teils der weltberühmten Dünenlandschaft war. Aber da war es zu spät. »Hahaha. Jetzt haben's es aa langsam überzuckert, die Friesenschädeln«, hatte ihr damals der Bergbauernsohn mit der Gastronomie-Ausbildung gesagt. Und war sehr zufrieden mit sich gewesen. Das Konzept war ja auch aufgegangen. Das Geld floss. Und ihre Ehe war... ja, wo war die eigentlich damals?

Sie zerrte sich die bepelzte Kapuze noch tiefer ins Gesicht. Sie stand mit dem Rücken nach Norden, von wo der Wind über die Insel schoss. Im Februar waren die Stürme besonders heftig an der Nordsee.

Der Strand war völlig leer. Nur ein kaputter Strandkorb stand halbversunken im Sand und der Wind zerrte an ihm, als wäre er der Meinung, der Strandkorb gehöre nicht hierher. Ein Relikt der Hauptsaison im Wintersturm. Im Sommer waren die Strände voll. Schließlich wollte sich jeder oder jede – der oder die es sich leisten konnte – dem »Reizklima« aussetzen. Und vor allem zeigen, dass er oder sie es sich leisten konnte.

Ja, herrlich. Für dieses Reizklima samt einem Bergbauernhof zwischen Sandhaufen und einem Koch aus dem Ausseerland hatte sie ihre Heimatstadt verlassen. »War ich eigentlich total deppert?«, fragte sie sich selbst halblaut, während der Wind brüllte, die Wellen sich an den Brechern überschlugen und ihr Mann mit einer Schnur in der Hand wie ein kleiner Bub über den Strand rannte. Keine Frage, in Wien war das Wetter im Februar auch grauslich. Sehr sogar. Kälte, Regen, Wind... aber es gab Museen, Theater, Straßenbahnen, Würstelstände, U-Bahnstationen, Buchhandlungen und Kaffeehäuser mit wunderbaren, grantigen Kellnern darin, die einem voller Verachtung oder falscher Freundlichkeit Mehlspeisen servierten, an denen man sich in aller Ruhe und Würde dick und rund fressen konnte.

Hier gab es… was? Teestuben. Zwei Supermärkte und einen Bahnhof. Und die Buchhandlung hatte im Winter zu. Und es wurde ab 15 Uhr schon dunkel. Das ist das Problem, wenn man das beste Restaurant auf der Insel führt. Da weiß man, dass alles außerhalb des eigenen Hauses ungenießbar ist. Was tat sie hier eigentlich noch?

»Was tust Du hier eigentlich!?« Plötzlich stand er vor ihr. Mit hochrotem Gesicht und dem knallroten Aufwickler der Schnur in der Hand. »Ich schau dir zu«, antwortete sie und blickte ihn an. Groß war er immer noch. Muskulös, aber mit beginnendem Bauchansatz. Von Wind und Sonne war seine Haut rotbraun geworden, dazu der Drei-Tage-Bart, den sich Männer seines Alters derzeit stehen ließen und der wohl Jugendlichkeit signalisieren sollte. In Wahrheit signalisierte er nur, dass sie zu faul zum Rasieren waren. Und die weißen Flecken im Bart waren das Gegenteil von Jugendlichkeit. Und da waren natürlich auch die Lachfältchen in den Augenwinkeln. Das Resultat von jahrelangem, falschem Gastronomie-Grinsen an der frischen Luft.

»Da! Halt mal.« Er drückte ihr den Aufwickler in die Hand, der Wind zerrte sofort an der Schnur und sie musste kräftig dagegenhalten. »Ja, das sind halt die Kräfte der Natur! Hahaha.«

Er grinste falsch in sie hinein. Sie schaute teilnahmslos zurück. Eindeutig, er führte etwas im Schilde. Aber glaubte er wirklich, dass er nach all den Jahren mit dieser Surflehrer-Anmache irgendwas bewirken könnte? Seine Einfältigkeit war manchmal erstaunlich.

»Ich muss dir was sagen«, fing er plötzlich an.

Der Wind brüllte, der Drachen zerrte an der Schnur, das Meer tobte vor sich hin und es kam das, was sie schon so oft gehört hatte. Von Freundinnen, von Gästinnen, beim Klassentreffen, es war immer dasselbe: Es wäre ihr doch sicher auch aufgefallen, es liefe nicht mehr so gut, die Arbeit, der Alltag, das fresse einen auf, Gift für die Beziehung, weiterentwickelt, persönlich, auseinander, noch Träume, es wäre eben passiert, keine Absicht, der Lauf der Natur, jemanden kennengelernt, aber er hoffe …

»Kenn ich sie?«

»Aber darum geht's doch gar nicht. Es geht doch um dich! Du bist doch unglücklich hier. Das seh ich doch. Die ganze Alpina ist doch nur noch eine Belastung für dich. Sieh es als Chance. Kannst ja wieder zurück, in deine Kaffeehäuser.«

Aha! Sie sollte sich auch noch vom Acker machen. Nach zwanzig Jahren Knochenarbeit auf einer sandigen Insel voller geldgeiler Germanen sollte sie jetzt dem Herrn Gemahl nicht im Weg stehen in seinem zweiten Frühling.

Der Wind zerrte so am Drachen, dass sie fast vornüber in den Sand gefallen wäre. Sie hielt mit einem Ruck dagegen. »Die Britta. Die Empfangschefin. Natürlich.«

Er sah sie nicht an. »Aber das ist doch egal, wer. Das ist ja nur der Auslöser.«

Und dann war plötzlich der Wind weg.

So ist das an der Nordsee. Ständig stürmt es und auf einmal ist es so, als hätte der Wind ein Loch.

Der Drache fiel zu Boden. Die Schnur, die gerade noch an dem Aufwickler in ihrer Hand gezogen hatte wie ein brünftiger Hund, sank nieder, legte sich sanft auf den Sand und den kaputten Strandkorb wie eine Spinnwebe auf einen Dachboden, den schon lang keiner mehr betreten hatte. Doch kurz bevor der Drache sich in den Sand bohrte, war der Wind wieder da und riss ihn erneut in die Höhe.

»Verdammt, jetzt hat er sich verhakt«, schimpfte er.

Sie sah ihn nochmal an. Augen, Nase, Bart, das hervorstechende Kinn, das ihr so gefallen hatte. Zwanzig Jahre. »Die Schnur hängt an dem depperten Strandkorb da vorne. Halt mal.« Er stapfte auf den Strandkorb zu und begann, kniend an der Schnur herumzuwerkeln. In einem Viertelkreis näherte sie sich von hinten. Zuerst sah sie nur seinen Rücken in der blauen Outdoorjacke. Dann seine langen Beine, die da im Sand vor dem Strandkorb knieten, seine koboldartig behaarten Ohren, die aus seiner Mütze hervorlugten, und dann war sie schon so nah, dass sie ihn fluchen hörte. Der Wind zerrte immer noch am Drachen, der wild auf und ab tanzte. Aber der Strandkorb und die Schnur waren wohl eine innigere Liaison eingegangen.

Sie umklammerte den Aufwickler. Immer in der Erwartung, dass der Wind jederzeit wieder an der Schnur reißen könnte. An jener Schnur, die da vom Strandkorb über seine linke Schulter in einem Bogen hinter seinem Rücken durch den Sand lief und schließlich in dem Aufwickler in ihrer rechten Hand endete. Sie blickte auf die Schnur. Was hatte er gesagt? Der Lauf der Natur.

Sie trat von hinten an ihn heran und umarmte ihn. Einmal noch mit ganzer Kraft. Was halt so eine Kaffeehauspflanze nach zwanzig Jahren noch zusammenbrachte. Sie presste ihre Arme um seinen Brustkorb und seine Oberarme, so dass er nicht mehr weiter an dem Strandkorb herumfummeln konnte.

»Aber Schatzerl, doch nit jetzt! Schau lieber, dass du den Aufwickler nicht verlierst. Sonst ist die Schnur weg.«

»Ja … da hast du recht. Ich pass auf die Schnur auf.« Sie blickte auf den Aufwickler, der jetzt in ihrer linken Hand lag. »Oder noch besser … Du passt selber auf deinen Aufwickler auf!«, und reichte ihm das knallrote Ding wieder über die rechte Schulter seiner Outdoorjacke zurück, auf der bereits ein Stückchen dünne Nylonschnur lag.

»Ja, gib halt her. Ich bin's da eh glei.« Er nahm den Aufwickler und klemmte ihn sich unter seine linke Achsel.

Und wie immer: Wenn er sich etwas vorgenommen hatte, dann schaffte er das auch. Die Schnur löste sich vom Strandkorb, er sagte noch: »Ha! Geht doch!«, der Drache stieg, der Wind wehte und die Schnur, die Windstärken bis zu 70 km/h standhielt, schoss mit dem Drachen in die Höhe. Nur etwas konnte sie daran hindern, mit dem Fluggerät in den Himmel Norddeutschlands zu entschwinden … und das war sein Hals.

Er verstand gar nichts. Das war an seinem Blick eindeutig zu erkennen. Er verstand nicht, wo die Schnur herkam, warum er plötzlich rücklings im Sand lag, warum der Abwickler neben ihm über den Strand tanzte und auch nicht, warum er keine Luft bekam. Er verstand es nicht, das sah sie. Und sie sah auch, wie die Schnur sich unter dem hervorstechenden Kinn in seine Haut schnitt.

Sie sah, wie sie wirkten, die Kräfte der Natur. Wie sie ihn langsam von ihr wegzogen. Durch den Sand. Böe um Böe. Wie er noch mit den Armen ruderte, dann weniger, dann nur noch ab und zu und schließlich gar nicht mehr. Und wie der Wind immer noch wehte.

Und morgen würde sie als Erstes diese Almhütte in den Dünen verkaufen und sich eine Wohnung in der Josefstadt suchen. Oder beim Karmelitermarkt? Und dann … nein.

Als Erstes würde sie Britta entlassen. Ein bisschen frische Luft würde der sicher guttun.

Andreas Gruber

Mord im Leuchtturm

Goldstein war am späten Nachmittag mit seinem Leihwagen in Gamvik losgefahren. Die heutige Strecke dauerte zum Glück nur eine halbe Stunde, danach erreichte er auch schon Slettnes fyr, eine winzige Ortschaft an der Küste, die nur aus drei weiß angestrichenen Holzhäusern und einem Leuchtturm bestand – dem nördlichsten Leuchtturm auf dem norwegischen Festland. Dementsprechend trostlos sah die Gegend aus.

Der Himmel war bewölkt, und die raue See peitschte die Gischt meterhoch über die Felsen. Obwohl es nicht regnete, musste Goldstein den Scheibenwischer des Jeeps einschalten. Als er aus dem Wagen stieg, spürte er die hohe Luftfeuchtigkeit und Sekunden später auch das Salzwasser auf den Lippen. Es roch nach Muscheln und Seetang. Über ihm kreiste eine Schar Möwen, die um Futter bettelte. Hier sah es aus wie am Ende der Welt – und im Grund genommen war es das auch.

Der an der Seite hochgespritzte Schlamm war am Blech des Wagens festgefroren und bröckelte ab, als Goldstein die Fahrertür zuschlug. Dann holte er seinen Ledermantel vom Rücksitz, schlüpfte hinein und stellte den Kragen auf. Das Wetter war tödlich für sein Rheuma und seine Gastritis, aber sein Besuch in Slettnes fyr würde nicht lange dauern. Spätestens bei Anbruch der Nacht würde er wieder in seinem warmen Hotelzimmer in Gamvik sein und tags darauf zurück in seine Heimat fliegen, wo es warm war. Allerdings nur, wenn er erfolgreich war und herausfand, was er herausfinden musste.

Es war nicht nötig, den Leihwagen abzusperren. Um diese Jahreszeit – Mitte Oktober – wohnte im Umkreis vieler Meilen nur eine einzige Person. Silvia Hammersfahr. Und die musste er sprechen.

Er stapfte von seinem Wagen aus in Richtung der drei kleinen Häuser. Die flechtenartige, knotige Vegetation war von einer dünnen Schneeschicht überzogen, aus der einige wenige Felsspitzen ragten. Dazwischen trotzte ein halbherzig aufgestellter und windschiefer Stacheldrahtzaun dem Wind. Vermutlich hatten im Sommer hier einige Schafe gelebt und sich vom kargen Gras ernährt. Mehr gab dieser Landstrich nicht her. Da es so weit nördlich keinen Monat gab, in dem die Durchschnittstemperatur über neun Grad stieg, befand man sich in dieser Region bereits in der polaren Klimazone.

Goldstein ging über den schroffen Kiesweg zwischen den Holzhütten durch und blickte zum Leuchtturm hinauf. Ein neununddreißig Meter hohes Gebilde aus Gusseisen, das auf einem Betonsockel stand. Weinrot mit zwei breiten, weißen Ringen als Markierung. Die runde Galerie enthielt das Laternenhaus. Im Moment war sicher niemand oben, denn erst um halb sechs, kurz nachdem die Sonne untergegangen war, würde Silvia Hammersfahr wie jeden Abend das Licht einschalten.

Goldstein sah sich um. Aus dem Kamin des größten der drei Häuser stieg Rauch auf. Goldstein hielt den Kopf gesenkt, um sich gegen den Wind zu schützen, damit der ihm nicht den Hut wegriss. So stapfte er auf das beheizte Haus zu. Als er die Eingangstür unter dem Vordach erreichte, hauchte er sich in die Hände und klopfte an.

Anscheinend hatte Hammersfahr bereits zuvor das Knattern seines Wagens gehört und ihn schon durch das Fenster gesehen. Denn nach dem zweiten Klopfen wurde die Tür geöffnet, und sie stand vor ihm. Eine gertenschlanke Frau, sehnig, Mitte fünfzig, mit verbitterten und wettergegerbten Gesichtszügen und einem messerscharfen, aber misstrauischen Blick. *Kein Wunder*, dachte Goldstein, *nach dem, was dieser Frau hier draußen alles zugestoßen ist.*

»Darf ich hereinkommen?«, fragte Goldstein auf deutsch.

»Haben Sie sich verfahren?« Ihre Stimme klang dunkel, mit dem Hauch eines norwegischen Akzents.

»Mein Name ist Günther von Humboldt«, sagte er. »Ich schreibe ein Buch über die Geschichte des Leuchtturms.«

»Über *diesen* Leuchtturm?«, entfuhr es ihr. Sie zupfte an den Rüschen ihrer Küchenschürze. »Das wird ein kurzes Buch.«

»Aber der Turm hat eine bewegte Geschichte«, erwiderte Goldstein. »Die Nazis haben ihn 1944 zerstört, vier Jahre später wurde er von der norwegischen Regierung wieder aufgebaut. Und außerdem gab es hier einen Mord.«

»Das war kein Mord.«

»Sie haben recht«, korrigierte Goldstein sich. »Es ist Notwehr gewesen. Dennoch ist ein Mann dabei ums Leben gekommen. Darüber würde ich gern mit Ihnen reden.«

»Die Polizei hat das damals alles ausführlich untersucht. Es gibt Protokolle, die…«

»…ich bereits alle gelesen habe«, fiel er ihr ins Wort. »Aber ich würde die Geschichte gern aus Ihrem Mund hören.«

»Ich war damals noch jung.«

»Ich weiß, fünfundzwanzig.«

»Sie sind gut informiert.«

»Hier draußen ist es kalt.« Er sah sich um und schlang sich demonstrativ die Arme um den Körper.

»Kommen Sie herein. Wollen Sie einen Kaffee?«

»Tee wäre mir lieber.« Goldstein betrat die Stube.

»Schuhe ausziehen«, befahl sie. »Ihren Mantel können Sie hierhin hängen.«

»Mir ist… eiskalt«, schlotterte er. »Wenn es Ihnen recht ist, würde ich ihn gern anbehalten.«

»Ganz wie Sie wollen.«

Nachdem er sich die Schuhe ausgezogen hatte und in warme Pantoffeln geschlüpft war, bat sie ihn in die Stube herein, wo ein prächtiges Feuer im Kamin prasselte. »Legen Sie ein paar Scheite Holz nach, ich mache uns in der Zwischenzeit Tee.«

Nachdem sie bei einer Tasse Kamillentee und einem frisch gebackenen, duftenden Rosinenkuchen am Küchentisch saßen und durch das außen angefrorene Fenster auf die tosende Gischt blickten, räusperte sich Goldstein. »Ihr Mann war um knapp zwanzig Jahre älter, richtig?«

Sie nickte. »Er war Norweger.« Und dann erzählte sie, was vor dreißig Jahren an diesem gottverlassenen Ort passiert war …

Arne hatte mit der gusseisernen Bratpfanne ausgeholt und sie seitlich am Kopf getroffen, sodass sie rücklings neben den Küchentisch auf den harten Holzboden fiel. »Stimmt es?«, brüllte er sie an.

Sie wischte sich mit dem Handrücken über die aufgesprungene blutige Lippe und tastete mit der Zunge über die Zähne. *Verdammtes Arschloch!* Einer der Eckzähne war locker. Sie spuckte Blut, dann rutschte sie nach hinten, bis sie mit dem Rücken an die Küchenkommode stieß.

»Stimmt es?«, wiederholte er. Speichel flog aus seinem Mund.

Sie gab keine Antwort.

»Leugne es wenigstens!«, schrie er mit Tränen in den Augen.

Wiederum schwieg sie. Was immer sie sagte, würde ihn nur weiter in Rage bringen.

»Du verdammte Hure!«, brüllte er. »Wie konntest du mich nur hintergehen?« Er warf die Hände in die Luft. »Hier draußen, in der Einsamkeit.« Er wischte sich die Tränen weg. »Da denkt man, dass man hier draußen ein ruhiges Leben führen kann, abseits des ganzen Wahnsinns, und dann zerstörst du Schlampe alles.«

»Wie hast du es herausgefunden?«, keuchte sie.

»Du warst gestern am Funkgerät.«

Sie spuckte wieder Blut. »Du hast mich belauscht?«

Er kam auf sie zu, drehte die Bratpfanne am Griff. »Normalerweise hätte ich mir nichts dabei gedacht, wenn du im Funkraum bist, aber ich habe dich durch die Tür flüstern gehört… es war dein Flüstern… *das* hat mich stutzig gemacht. Also habe ich gelauscht.«

Ihr Herz krampfte sich zusammen. »Was hast du gehört?«

»Genug, um zu wissen, dass ich dich…«, er kam näher, »… töten werde!«

»Du musst das nicht! Wir können das auch anders lösen!« Sie versuchte, weiter zurückzurutschen, aber das ging nicht mehr.

»Mir bleibt keine andere Wahl.«

Plötzlich erfasste sie eine unglaubliche Kälte. Für einen von ihnen beiden würde der Kampf tödlich ausgehen. Sie nahm all ihre Kraft zusammen und rappelte sich auf.

»Bleib auf dem Boden!«, rief er.

Doch sie stand bereits vor ihm. Wieder holte er mit der Pfanne aus, aber sie trat ihm zuvor in die Hoden. Der Tritt war nicht perfekt, aber er genügte, damit Arne pfeifend die Luft aus der Lunge wich und er sich reflexhaft vornüberbeugte. Instinktiv rammte sie ihm das Knie gegen das Gesicht. Seine Nase knackte, sie hörte ihn schmerzvoll stöhnen.

Mehr sah sie nicht. Sie ignorierte ihre eigenen Schmerzen und rannte bereits aus der Küche in den Gang.

»Ich bringe dich um, du verräterische Schlampe!«, rief er mit gurgelnder Stimme.

Sie war sicher, dass er das tun würde. Er war größer als sie und wog gut das Doppelte. Genauso wusste sie auch, dass sie nur eine Chance haben würde. Sie schnappte sich die Schrotflinte, die über dem Türstock hing, und lief weiter zum Funkraum.

»Bleib hier!«, brüllte er direkt hinter ihr.

Silvias Herz blieb für einen Augenblick stehen. Er würde sie jeden Moment erreichen. Sie schlitterte um die Ecke, fing sich an der Kommode, riss die gehäkelte Decke mitsamt den gerahmten Fotos darauf herunter und erreichte den Eingang zur Funkstube.

Arne trat auf die Bilder. Sie hörte die Rahmen hinter sich zerbrechen und Glas splittern. Sie war bereits in der Stube und knallte die Tür zu. Zum Glück steckte der Schlüssel innen. Hastig drehte sie ihn zweimal um. Gerade rechtzeitig, denn im nächsten Moment warf Arne sich bereits mit seiner massigen Gestalt gegen die Tür und rüttelte an der Klinke.

»Du Miststück!«, drang seine Stimme dumpf durch das Holz.

Sie lehnte die Flinte an den Tisch, schaltete das Funkgerät ein, setzte sich die Kopfhörer auf und suchte mit zitternden Fingern nach der Frequenz, auf der sie in den letzten Monaten heimlich gefunkt hatte.

Endlich hatte sie Kontakt. Kaum hatte sie den kurzen SOS-Funkspruch abgesetzt, fuhr sie hoch. Arne stand draußen vor dem Fenster. Sie sah seine Silhouette durch die angefrorene Scheibe. Er trug keine Jacke, nur seinen grauen Rollkragenpullover. Wahrscheinlich hatte er sich in seinem Wutanfall nicht einmal Schuhe angezogen und stand mit bloßen Socken im Schnee.

Sie sah, wie er mit der Pfanne ausholte, die Scheibe zertrümmerte und mit mehreren Hieben das Fensterkreuz aus dem Rahmen schlug. *Verdammt!* Der Wind fegte in die Stube und blies den Schnee herein. Dann versuchte er, ins Innere zu klettern.

Sie wiederholte den Funkspruch ein letztes Mal.

»Was hast du getan?«, brüllte er. Nase, Oberlippe und Schnauzbart waren blutig. Speichel floss ihm aus dem Mundwinkel. Er zerschnitt sich an den Scherben die Handflächen, aber das schien ihn nicht davon abzuhalten, hereinzuklettern.

»Bleib draußen!«, warnte sie ihn, griff nach der Flinte, lud sie durch und legte auf ihn an.

»Das wagst du nicht.«

Sie ging einen Schritt auf ihn zu, den Kolben fest gegen die Schulter gepresst und seinen Körper im Visier.

»Silvia, ich …«

Sie drückte ab. Die Schrotkugeln zerfetzten sein Gesicht aus nächster Nähe und schlugen um ihn herum in die Bretterwand. Arne wurde durch das Fenster zurück in den Schnee geschleudert, wo er rücklings liegenblieb. Binnen Sekunden färbte sich der Schnee um ihn rot. Arne röchelte, wollte sich erheben, hatte aber nicht mehr die Kraft dazu. »Wie … lange … noch …?«, keuchte er mit gurgelnder Stimme und zerfetzter Zunge, während ihm das Blut aus mehreren Wunden an Hals und Kopf lief.

»Drei Minuten.« Sie warf die Schrotflinte weg und lief zur Tür. Hastig sperrte sie auf und verließ die Funkstube. Im Vorraum schlüpfte sie in feste Stiefel, schnappte sich eine dicke Jacke, einen Schal und kramte aus einer Schublade ihren Reisepass, ihre Ketten, Ringe und sämtliches Bargeld hervor, das sie finden konnte.

Im Geiste hatte sie die Sekunden mitgezählt. *Noch eine halbe Minute!* Es wurde Zeit, das Haus zu verlassen.

Sie stürzte aus dem Gebäude und lief über den gefrorenen Schotterweg von der Küste weg in Richtung

Festland. Nach wenigen Metern hörte sie bereits das Knattern der Maschinen. Sie kamen übers Meer.

Silvia drehte sich nicht um, sondern lief so schnell wie möglich weg. Das Knattern wurde lauter. Keuchend rannte sie immer weiter und ignorierte das Brennen in ihren Oberschenkeln. Im nächsten Moment hörte sie das immer schriller werdende Pfeifen, das ihr eine Gänsehaut bescherte.

Nun drehte sie sich doch um. Es waren drei Flugzeuge, die in Kampfformation ziemlich niedrig über den Leuchtturm flogen und unmittelbar darüber ihre Fracht abwarfen.

Der Leuchtturm und die drei Gebäude vergingen in einer gewaltigen Explosion. Die Rauchwolke stieg hoch in den Himmel. Die Flugzeuge machten eine Wendung, stießen durch die schwarze Wolke und nahmen wieder Kurs aufs Meer.

An den Seiten der Flieger sah Silvia das blutrote Banner mit dem weißen Kreis, in dessen Mitte sich das schwarze Hakenkreuz der Nazis befand.

»Das also ist Ihre Geschichte?«, fragte Goldstein mit krächzender Stimme, nachdem er sich alles schweigsam angehört hatte.

Sie nickte.

»Wen genau haben Sie angefunkt?«

»Mein Mann wollte mich umbringen. Welche Wahl blieb mir denn? Ich habe einfach um Hilfe gefunkt.«

»Den erstbesten Kontakt? Und da hatten Sie ausgerechnet eine Funkstation der Nazis dran, von denen Sie wussten, dass sie einen Angriff fliegen würden«, stellte Goldstein fest, hakte aber nicht weiter nach. Er kannte die Wahrheit bereits. »Und warum wollte Ihr Mann Sie umbringen?«, fragte er stattdessen.

Sie hob die Schultern. »Ich weiß es nicht. Er war ziemlich jähzornig. Vermutlich dachte er, ich hätte ihn betrogen.«

Goldstein nickte langsam, doch dann schüttelte er sachte den Kopf. »Betrogen ja, aber nicht mit einem anderen Mann, richtig? Es hat lange gedauert, bis ich den Inhalt Ihres letzten Funkspruchs herausgefunden habe.«

Sie schluckte, sagte aber nichts. *Nach all den Jahren?*, schien ihr Blick zu sagen.

Goldstein griff in die Manteltasche und holte einen Zettel heraus, den er auffaltete. »*71 Grad, 5 Minuten und 22,4 Sekunden nördliche Breite*«, las er vor. »*28 Grad,*

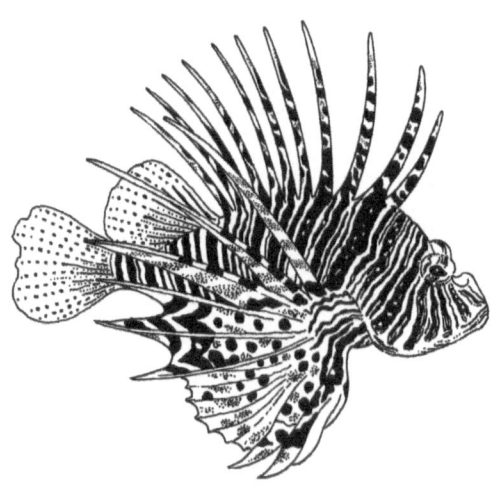

13 Minuten und 5,7 Sekunden östliche Länge … mehr nicht. Das war alles.« Er sah auf. »Das sind exakt die Koordinaten dieses Leuchtturms. Sie haben den Nazis die genaue Position verraten, und die haben den Leuchtturm unmittelbar darauf zerstört.« Er blickte ihr fest in die Augen, aber sie zeigte keine Reaktion.

»Ihr Name ist gar nicht von Humboldt, richtig?«, stellte sie schließlich emotionslos und mit trockener Kehle fest.

Er nickte.

»Und Sie schreiben gar kein Buch über den Turm.«

»Nein, tue ich nicht«, bestätigte Goldstein. »Sie waren eine Nazi-Kollaborateurin. Eine Spionin der Faschisten. Eine Hure der SS.« *O Gott, wie er dieses Wort hasste!* Er konnte es gar nicht mehr normal aussprechen, ohne es auszuspeien. »Und Ihr Mann ist dahintergekommen. Ihre einzige Chance, um zu überleben, war, ihn zu töten und den Leuchtturm mit allen Spuren zu vernichten«, spekulierte er. »Jahre später, als der Krieg vorbei war und die Norweger den Turm wieder aufgebaut hatten, haben Sie Ihren alten Job wieder angenommen – in der Hoffnung, dass nie jemand die Wahrheit herausfinden würde.«

Silvia blieb gefasst. Sie blickte auf die Tischdecke und hatte die Hände zu Fäusten geballt, vermutlich um das Zittern zu unterdrücken. Sie antwortete nicht, und das war Antwort genug. »Warum sind Sie erst jetzt gekommen?«, fragte sie schließlich.

»Dreißig Jahre später?«, fragte er. »Ich hatte viel zu tun.«

»Ich weiß«, flüsterte sie mit gesenktem Blick und versteckte die zitternden Hände nun unter dem Tisch.

»Ich hatte in den letzten Jahren den Kontakt zu allen Männern verloren, die ich noch von damals kannte. Mittlerweile habe ich erfahren, dass sie alle tot sind.« Sie sah auf. »Waren Sie das?«

»Einige davon bestimmt.« Goldstein nickte. »Haben Sie mich erwartet?«

Sie atmete tief durch. »Ich habe vermutet, dass es irgendwann einmal passieren würde. Allerdings hätte ich Sie schon früher erwartet.«

Goldstein sah, wie sich ihr Oberarmmuskel anspannte. Rechtzeitig trat er gegen das Tischbein, sodass der Tisch über den Boden rutschte. Ein Schuss krachte, und Goldstein hörte, wie hinter ihm eine Vase zu Bruch ging. Haarscharf hatte ihn die Kugel verfehlt.

Silvia sah ihn entsetzt an. Langsam legte sich der Pulverrauch.

»Netter Versuch«, rief er etwas lauter, um das Sirren in seinen Ohren zu übertönen. Dem Knall nach zu urteilen, hatte Silvia unter der Tischplatte eine alte Mauser montiert, deren Lauf genau auf seinen Sitzplatz gerichtet war. »Haben Sie noch andere Fallen im Haus versteckt?«

Sie antwortete nicht, sah ihn nur entsetzt an. »Und jetzt?«, presste sie hervor.

»Jetzt geht es ganz schnell.« Goldstein hatte bereits unter den Mantel gegriffen und seine Luger hervorgeholt. Silvia schnappte nach Luft, als sie auf den glänzenden Lauf starrte. Offenbar überlegte sie, ob sie noch Zeit hatte, ihre Mauser aus der Verankerung zu reißen.

»Tun Sie es nicht«, sagte Goldstein mit einer ungewöhnlichen Ruhe in der Stimme. Obwohl hier draußen

niemand außer ihr lebte, hatte er zuvor den Schall-
dämpfer angebracht. Er hasste den lauten Knall der
Luger.

Sie sah ihn fragend an. »Ist das Ihr letzter Auftrag als
Nazi-Jä…?«

Er drückte zweimal ab. Unmittelbar über den Tisch.

Silvia Hammersfahr rutschte mit dem Stuhl nach
hinten, sackte dann seitlich hinunter. Noch ehe ihr
lebloser Körper am Boden aufschlug, stand Goldstein
bereits auf und ließ die Waffe im Mantel verschwinden.
Jetzt hatte es tatsächlich einen richtigen Mord beim
Leuchtturm gegeben. *Auftrag erledigt!* In Gedanken
befand er sich schon wieder auf seiner Heimreise.

Und ja, das war mein letzter Auftrag.

In Tel Aviv würde er nur noch Bericht erstatten.

Patricia Highsmith

Die tapferste Ratte von Venedig

Im Haushalt der Familie Mangoni im Palazzo Cecchini am Rio San Polo ging es fröhlich und lebhaft zu: Mann und Frau und sechs Kinder im Alter von zwei bis zehn Jahren, vier Jungen und zwei Mädchen. Sie waren die Verwalterfamilie. Die Besitzer des Palazzo, ein englisch-amerikanisches Ehepaar namens Whitman, waren für drei Monate oder noch länger verreist, nach London, wo sie ein Stadthaus besaßen.

»Was für ein herrlicher Tag! Lasst uns die Fenster aufreißen und singen! Und dieses Haus *saubermachen*!«, rief Signora Mangoni aus der Küche, während sie ihre Schürze losband. Sie war im achten Monat schwanger. Sie hatte das Frühstücksgeschirr abgespült, die Brotkrumen aufgekehrt und betrachtete den frischen, sonnigen Tag mit der Freude einer Besitzerin. Warum auch nicht! Sie und ihre Familie verfügten über alle Zimmer, konnten in jedem Bett schlafen, in dem sie schlafen wollten, und hatten obendrein genug Geld von den Whitmans, um den Haushalt standesgemäß weiterzuführen.

»Dürfen wir unten spielen, Mama?«, fragte der zehnjährige Luigi der Form halber. Er nahm an, dass Mama »No!« sagen würde, woraufhin er und ein paar seiner

Brüder und vielleicht seine Schwester Roberta es trotzdem tun würden. Im seichten Wasser unten zu waten, auszurutschen und hinzufallen war ein Riesenspaß. Oder die vorbeifahrenden Gondolieri und ihre Passagiere zu erschrecken, indem man die Tür zum Kanal aufriss und einen Eimer Wasser hinausschüttete, vielleicht geradewegs einem Touristen in den Schoß.

»Nein!«, sagte Mama. »Nur weil ihr heute schulfrei habt –«

Offiziell gingen Luigi, Roberta und die Brüder Carlo und Arturo zur Schule. Doch im vergangenen Monat, seit die Familie Mangoni den Palazzo Cecchini ganz und gar in Besitz genommen hatte, hatten sie oft gefehlt. Spannender als der Schulunterricht war es, das Haus zu erkunden, so zu tun, als gehöre einem alles, jede Tür öffnen zu dürfen, ohne vorher anzuklopfen. Luigi wollte Carlo zu sich winken, als seine Mutter sagte: »Luigi, du hast versprochen, heute Vormittag mit Rupert rauszugehen!«

Hatte er das? Und wenn, dann belastete dieses Versprechen Luigis Gewissen nicht sonderlich. »Heute Nachmittag.«

»Nein, heute Vormittag. Hol den Hund!«

Luigi seufzte. Mißmutig ging er mit watschelnden Schritten in die Küchenecke, wo der Dalmatiner am Fuß eines Kachelofens angebunden war.

Der Hund ging allmählich aus der Form, und deshalb wollte Luigis Mutter, dass er oder Carlo ihn mehrmals täglich ausführten. Der Hund ging aus der Form, weil er Risotto und Pasta zu fressen bekam statt der Fleischnahrung, die Signor Whitman empfohlen hatte. Das wusste Luigi. Luigi hatte seine Eltern darüber debattieren gehört, und die Debatte war kurz gewesen: Wie sollte man bei den Fleischpreisen einem Hund *bistecca* zu fressen geben? Völlig hirnverbrannt, selbst wenn ihnen das Geld dafür ausgehändigt worden war. Der Hund konnte genausogut altes Brot mit Milch fressen, und schließlich enthielten die Risottoreste immer ein bisschen Fisch und Muschelfleisch. Ein Hund war ein Hund und kein Mensch. Jetzt aß die Familie Mangoni Fleisch.

Als Kompromiss ließ Luigi Rupert in der engen Gasse vor dem Haupteingang des Palazzo das Bein heben, rief Carlo herbei, der mit einer halbgeleerten Limonadenflasche in der Hand nach Hause schlenderte, und zusammen mit dem Hund stiegen die beiden eine Treppe hinter einer Tür in der Eingangshalle hinunter.

Das Wasser sah aus, als wäre es einen halben Meter tief. Luigi lachte voller Vorfreude, schlüpfte auf der Treppe aus den Sandalen und streifte sich die Socken von den Füßen.

Gluck-schwapp! Das dunkle Wasser bewegte sich, klatschte blindlings an steinerne Ecken, kam in Wellen zurück. Der große, leere, rechteckige Raum lag im Halbdunkel. Hinter der Tür führte eine weitere Steintreppe unmittelbar in das Wasser des relativ breiten Kanals, der Rio San Polo hieß. Hunderte von Jahren hindurch, bevor der Palazzo so stark gesunken war, hatten Gondeln hier haltgemacht und herausgeputzte Damen und Herren trockenen Fußes auf den Marmorboden des Salons abgesetzt, in dem nun Luigi und Carlo im Wasser planschten und rutschten, das ihnen fast bis zum Knie reichte.

Der Hund Rupert stand zitternd auf einer der Stufen, die die Jungen hinuntergekommen waren. Er zitterte weniger, weil ihn fröstelte, als aus Unruhe und Langeweile. Er wusste nichts mit sich anzufangen. Seine gewohnten und geliebten drei Spaziergänge täglich, Milch und Hundekekse morgens und die große Fleischmahlzeit gegen sechs Uhr nachmittags, all das gehörte der Vergangenheit an. Jetzt war sein Leben ein elendes Chaos, und seine Tage waren strukturlos.

Es war November, aber nicht kalt, nicht zu kalt jedenfalls für Luigis und Carlos improvisiertes Spiel, bei dem sie einander schubsten. Wer zuerst hinfiel, hatte verloren, wurde jedoch durch den Beifall und das Gelächter der anderen belohnt – meistens kamen Roberta und die kleine Schwester Benita herbeigewatet oder sahen von der Treppe aus zu.

»Eine Ratte!«, rief Luigi und streckte heuchlerisch den Finger aus und schubste Carlo im selben Moment gegen die Knie, so dass Carlo mit lautem Platschen ins Wasser fiel, das an die Wände spritzte und Luigi mit Tröpfchen übersäte.

Carlo richtete sich auf, pitschnaß und lachend, und watete zu den Treppenstufen, auf denen der zitternde Hund stand.

»Schau mal! Da ist eine echte!«, rief Luigi mit ausgestrecktem Finger.

»Ha, ha!«, sagte Carlo ungläubig.

»Da, schau doch!« Luigi klatschte mit der Hand ins Wasser, um das hässliche Etwas unterzutauchen, das zwischen ihm und den Treppenstufen schwamm.

»Feigling!« Carlo quietschte vor Vergnügen und watete auf einen im Wasser treibenden Stock zu.

Luigi entriss ihm den Stock und ließ ihn auf den Körper der Ratte niedersausen; der Schlag ging daneben, rutschte am Rücken der Ratte ab. Luigi schlug abermals zu.

»Pack sie am Schwanz!«, kicherte Carlo.

»Hol ein Messer, dann stechen wir sie ab!« Luigi fletschte die Zähne, aufgeregt bei der Vorstellung, dass die Ratte tauchen und einem seiner Füße einen tödlichen Biss verpassen konnte.

Carlo platschte bereits die Treppenstufen hinauf. Seine Mutter war nicht in der Küche. Er griff sich schnell ein Fleischmesser mit breiter Klinge und rannte zu Luigi zurück.

Dieser hatte die Ratte zwei weitere Male geschlagen; jetzt, das Messer in der Rechten, traute er sich, die Ratte am Schwanz zu packen und sie auf einen Marmorvorsprung in Hüfthöhe zu bugsieren.

»Iiih! Mach sie tot!«, sagte Carlo.

Rupert jaulte mit erhobenem Kopf, überlegte, ob er die Treppe hochsteigen sollte, weil seine Leine locker war, und konnte sich nicht entscheiden, weil er nicht wusste, was er oben tun sollte.

Luigi hieb ungeschickt nach dem Hals der Ratte, die er noch immer am Schwanz hielt, verfehlte den Hals und traf ein Auge. Die Ratte wand sich und quiekte, wobei sie lange Vorderzähne entblößte, und vor Angst hätte Luigi fast ihren Schwanz losgelassen, doch statt dessen schlug er mit dem Messer zu, um sie zu enthaupten, trennte ihr jedoch einen Vorderfuß ab.

»Ha, ha, ha!« Carlo klatschte und spritzte wie wild mit dem Wasser, wobei er seinen Bruder mehr durchnässte als die Ratte.

»Dreckige Ratte!«, rief Luigi.

Ein paar Sekunden lang verharrte die Ratte reglos, mit offener Schnauze. Blut floss aus ihrem rechten Auge, und Luigi schlug mit der Messerklinge nach dem linken Hinterfuß der Ratte, der mit gespreizten Zehen schutzlos auf dem Stein lag. Die Ratte biss zu und erwischte Luigi am Handgelenk.

Luigi kreischte auf und schüttelte seinen Arm. Die Ratte fiel ins Wasser und schwamm hastig davon.

»Ooh!«, sagte Carlo.

»Aua!« Luigi schwenkte seinen Arm im Wasser hin und her und begutachtete sein Handgelenk. Zu sehen war nur ein rosa Punkt wie von einem Nadelstich. Luigi hatte vor seiner Mutter angeben wollen, um von ihr getröstet zu werden, aber er würde sich mit dieser Wunde zufriedengeben müssen. »Es tut wahnsinnig weh!«, versicherte er Carlo und watete auf die Treppenstufen zu. Obwohl die Verletzung nicht weh tat, standen ihm bereits Tränen in den Augen. »Mamma!«

Die Ratte schob sich mit dem Stumpf ihrer Vorderpfote und mit der gesunden Pfote an einer bemoosten Steinmauer entlang und hielt, so gut es ging, ihre Schnauze über Wasser. Ringsum färbte ihr Blut das Wasser rosa. Es war eine junge Ratte, ein fünf Monate altes Männchen, noch nicht ausgewachsen. In diesem Haus war sie zum ersten Mal gewesen; sie war durch eine Gasse oder einen Riss in der Hauswand von der Straßenseite aus hineingeraten. Sie hatte den Geruch von Nahrung gerochen oder zu riechen vermeint, verfaultes Fleisch oder dergleichen. In der Wand war ein Loch gewesen, und bevor sie wusste, wie ihr geschah, war sie ins Wasser geplumpst, das so tief war, dass sie schwimmen musste. Jetzt galt es, aus dem Wasser hinauszukommen. Das linke Vorderbein und das rechte Hinterbein schmerzten, aber schlimmer waren die Schmerzen im Auge. Die Ratte suchte hier und dort, fand aber weder Loch noch Mauerritze, in die sie kriechen konnte, und hielt sich schließlich mit den Krallen des rechten Vorderfußes an schleimigen Moossträngen fest, reglos, fast bewusstlos.

Etwas später regte sich die Ratte wieder; sie fröstelte und war benommen. Der Wasserpegel hatte sich etwas gesenkt, doch das war der Ratte nicht bewusst, denn sie musste immer noch schwimmen. Plötzlich zeigte sich in einer Wand ein schmaler Lichtstreifen. Die Ratte hielt darauf zu, quetschte sich hindurch und entkam dem nassen Kerker. Nun befand sie sich im Halbdämmer irgendeiner Kanalisation. Sie fand einen Ausgang: einen Spalt im Straßenpflaster. Die nächsten Stunden bestanden aus einer Reihe kurzer Ausflüge in den Schutz einer Mülltonne, eines Hauseingangs, des Schattens hinter einem Blumenkübel. Auf Umwegen manövrierte die Ratte sich auf ihr Zuhause zu. Sie hatte noch keine eigene Familie, wurde jedoch in dem Heim oder Hauptquartier verschiedener Rattenfamilien, in dem sie auf die Welt gekommen war, mehr oder weniger geduldet. Als sie dort ankam, war es dunkel; es handelte sich um den Keller eines ehemaligen Lebensmittelgeschäfts, der vor langer Zeit leergefressen worden war. Die Holztür des Kellers war morsch wie Zunder, was den Ratten das Ein- und Ausgehen erleichterte, und keine Katze hätte es gewagt, sie in ihrem Nest anzugreifen, wo es für die Katze nur einen Fluchtweg gab, nämlich den Weg, den sie gekommen war.

Hier leckte die Ratte zwei Tage lang ihre Wunden, ohne Hilfe von Eltern, die sie ohnehin nicht als Nachwuchs betrachteten, oder anderen Verwandten. Wenigstens konnte sie sich an alten Kalbsknochen gütlich tun und an modrigen Kartoffelabfällen, Resten, die andere Ratten hergebracht hatten, um sich hier in Ruhe darüber herzumachen. Die Ratte sah nur mit einem Auge, doch das machte sie schon jetzt wacher und wendiger im Ergattern von Nahrungskrümeln und beim Rückzug, wenn sie sich bedroht fühlte. Diese Zeit der Erholung und Genesung wurde eines Morgens durch einen Wasserschwall unterbrochen.

Die Holztür wurde aufgestoßen, und der Sturzbach aus dem Wasserschlauch warf Rattenjunge in die Luft und gegen die Wand, zerschmetterte oder ertränkte sie, während die erwachsenen Ratten an dem Mann mit dem Schlauch vorbei die Stufen emporkletterten, wo man ihnen mit Knüppeln auf Kopf und Rücken schlug und wo große Gummistiefel sie zertrampelten.

Die verkrüppelte Ratte blieb unten und schwamm zuletzt ein bisschen. Männer mit großen Netzen an Stöcken kamen herunter und sammelten die Leichen ein. In das Wasser, das jetzt den Fußboden bedeckte, warfen sie Gift. Das Gift stank und schmerzte in den Lungen der Ratte. Es gab einen Hinterausgang, ein Wandloch, das gerade groß genug für die Ratte war, und dieses Loch benutzte sie. Ein paar andere Ratten hatten es auch benutzt, aber sie begegnete keiner von ihnen.

Es war Zeit, sich eine neue Bleibe zu suchen. Der Keller würde nie wieder sein, was er einmal gewesen war. Der Ratte ging es inzwischen besser, sie fühlte sich selbstsicherer und reifer. Sie lief und kroch, darauf bedacht, ihre zwei wunden Stümpfe zu schonen. Bis zum Mittag hatte sie eine Gasse hinter einem Restaurant entdeckt. Nicht aller Abfall war in die Mülleimer gelangt. Brotreste und ein langer Steakknochen mit Fleisch lagen auf dem Kopfsteinpflaster. Ein wahres Festmahl! Vielleicht die beste Mahlzeit, die die Ratte je gegessen hatte. Nach dem Essen legte sie sich in einem trockenen Abflussrohr schlafen, das für Katzen zu eng war. Bei Tageslicht hielt man sich besser versteckt. Nachts war es sicherer.

Die Tage vergingen. Die Stümpfe der Ratte schmerzten weniger. Selbst das Auge tat nicht mehr weh. Das graue, leicht bräunliche Fell wurde dicht und glatt. Das zerstörte Auge war ein halbgeschlossener grauer Fleck, zerklüftet durch die Bewegung des Messers, aber nicht mehr blutig oder voller Lymphflüssigkeit. Die Ratte merkte, dass sie Katzen zum Rückzug zwingen konnte, wenn sie sie angriff, und sie spürte, dass das an ihrem ungewöhnlichen Aussehen lag, weil sie auf zwei kurzen Beinen hinkte und nur ein Auge hatte. Auch die Katzen waren verschlagen, plusterten ihr Fell auf, um größer zu wirken, machten kehlige Geräusche. Aber nur ein einziges Mal hatte ein alter rötlicher, räudiger und einohriger Kater versucht, die Ratte in den Nacken zu beißen. Die Ratte hatte sofort das Vorderbein der Katze angegriffen und so fest zugebissen, dass die Katze von ihr ablassen musste. Als die Ratte das Bein losließ, war die Katze weggerannt und auf eine Fensterbank gesprungen. In irgendeinem finsteren Garten war das gewesen.

Die Tage kamen und gingen, und es wurde immer kälter und feuchter; Tage, an denen man mit etwas

Glück in einem Flecken Sonnenlicht schlafen konnte, aber meistens nicht, weil es in irgendeinem Loch sicherer war, Nächte, in denen man stöberte und Futter suchte. Und tags wie nachts galt es, auf der Hut zu sein, vor Katzen und den erhobenen Knüppeln in Menschenhand. Einmal hatte ein Mensch unsere Ratte mit einer Mülltonne angegriffen, hatte die Mülltonne auf den Steinboden geknallt und den Schwanz der Ratte erwischt, ihn nicht abgeschnitten, aber so schmerzhaft eingeklemmt, wie es die Ratte seit dem Verlust ihres Auges nicht mehr erlebt hatte.

Die Ratte wusste, wann eine Gondel sich näherte. »Ho! Aii!«, oder etwas Ähnliches riefen die Gondolieri, meistens, wenn es darum ging, um eine Ecke zu manövrieren. Gondeln waren keine Bedrohung. Manchmal holte ein Gondoliere mit seinem Ruder nach der Ratte aus, aber spielerisch, nicht um sie totzuschlagen. Und so ein Gondoliere hatte sowieso keine Chance. Der eine Schlag ging unweigerlich daneben, und der Gondoliere fuhr in seinem Boot weiter.

Eines Nachts, als die Ratte aus einer verschlossenen Gondel in einem engen Kanal Wurstgeruch roch, wagte sie sich an Bord. Der Gondoliere schlief unter einer Decke. Der Wurstgeruch entströmte einem Stück Papier neben ihm. Die Ratte fand die Überreste eines Sandwiches, fraß sich satt und schmiegte sich in einen groben, schmutzigen Stofffetzen. Die Gondel schaukelte sacht. Inzwischen war die Ratte ein ausgezeichneter Schwimmer. Oft war sie in Kanälen untergetaucht, wenn eine Katze so kühn gewesen war, sie dorthin zu verfolgen, und Katzen begaben sich nicht gern unter die Wasseroberfläche.

Ein dumpfes Geräusch weckte die Ratte. Der Mann hatte sich aufgerichtet und entrollte ein Seil. Die Gondel entfernte sich vom Gehsteig. Das beunruhigte die Ratte nicht. Sollte der Mann sie wahrnehmen und sich ihr nähern, würde sie einfach über Bord springen und der nächsten Steinmauer entgegenschwimmen.

Die Gondel überquerte den Canal Grande und fuhr in einen breiten Kanal zwischen Palästen, die in Hotels umgewandelt waren. Die Ratte erschnupperte das Aroma von frischem gebratenem Schweinefleisch, gebackenem Brot, Orangenschalen und den strengeren Geruch von Schinken. Etwas später bugsierte der Mann die Gondel zu den Treppenstufen eines Hauses, stieg aus und schlug mit einem breiten Ring an einer Befestigung gegen die Haustür. Vom Schandeck aus entdeckte die Ratte einen zerbröckelnden Abschnitt der Kaimauer, der ihr Halt bieten würde; sie sprang ins Wasser und schwamm auf die Stelle zu. Der Gondoliere hörte das Platschen, trat nach der Ratte und rief: »Aih, aih!«, und deshalb kletterte die Ratte nicht an der vorgesehenen Stelle an Land, sondern schwamm weiter, bis sie eine andere geeignete Stelle fand und trockenen Boden unter die Füße bekam. Der Gondoliere war bereits wieder damit beschäftigt, an die Tür zu klopfen.

An diesem Tag begegnete die Ratte einem Rattenweibchen – ein vergnüglicher Zeitvertreib in einer ziemlich feuchten Gasse hinter einem Kleidergeschäft. Es hatte gerade geregnet. Beim Weiterwandern traf die Ratte auf etwas, was fast eine Spur aus Sandwichresten, verstreuten Erdnüssen und harten Maiskörnern bildete, wobei sie letztere verschmähte. Und plötzlich befand sie sich auf einer weiten, offenen Fläche. Es war die Piazza San Marco, wo die Ratte noch nie gewesen war. Die Weite des Platzes konnte die Ratte nicht überblicken, aber sie spürte sie. Mehr Tauben, als sie je zu sehen bekommen hatte, liefen auf dem Pflaster zwischen Leuten umher, die ihnen Körner zuwarfen. Tauben segelten mit ausgebreiteten Flügeln herunter und landeten auf anderen Tauben. Popcorngeruch machte die Ratte hungrig. Aber es war heller Tag, und die Ratte wusste, dass sie vorsichtig sein musste. Sie hielt sich an die Ritze zwischen Pflaster und Gebäudemauern, stets bereit, sich in eine Einfahrt zu verdrücken. Sie stibitzte eine Erdnuss und knabberte daran, während sie weiterhinkte, ließ die Schale fallen, behielt die Nuss in der Schnauze und hob die zweite Hälfte der Erdnuss wieder auf, die einen zweiten Kern enthielt.

Tische und Stühle. Und Musik. Auf den Stühlen saßen nur vereinzelt Leute, alle in Mänteln. Auf dem Steinboden zwischen den Stühlen gab es alle möglichen Croissantkrümel, Brotkrumen und sogar Schinkenstückchen.

Ein Mann lachte und deutete auf die Ratte. »Schau nur, Helen!«, sagte er zu seiner Frau. »Schau dir diese Ratte an! Und das mitten am Tag!«

»Oh! Was für ein Geschöpf!« Das Erschrecken der Frau war nicht gespielt. Sie war an die Sechzig und kam aus Massachusetts. Dann lachte sie, erleichtert, amüsiert und ein wenig furchtsam.

»Du lieber Himmel, sie haben ihr die Füße abgehackt!«, sagte der Mann fast im Flüsterton. »Und ein Auge fehlt auch! Schau dir das an!«

»Da haben wir was zu erzählen, wenn wir wieder

zu Hause sind!«, sagte die Frau. »Gib mir die Kamera, Alden!«

Der Ehemann reichte sie ihr. »Nicht jetzt, der Kellner kommt.«

»Altro, signore?«, fragte der Kellner höflich.

»No, grazie. Ah, sì. Un caffellatte, per piacere.«

»Alden –«

Er wusste, dass er nicht mehr als zwei Tassen Kaffee täglich trinken sollte, eine morgens, die andere abends. Er hatte nur noch wenige Monate zu leben. Der Anblick der Ratte hatte ihn unternehmungslustig und unerwartet fröhlich gestimmt. Er beobachtete die Ratte, wie sie nur wenige Schritte entfernt nervös in dem Wald aus Stuhlbeinen herumschnüffelte, mit dem guten Auge Ausschau hielt und nach Krumen haschte, wobei sie die kleineren, minderwertigen, zertretenen verschmähte. »Jetzt, bevor sie wegläuft!«

Helen hob die Kamera.

Die Ratte spürte die Bewegung, die eine Bedrohung bedeuten konnte, und blickte auf.

Klick!

»Ich glaube, es hat geklappt!«, flüsterte Helen und lachte so glücklich, als hätte sie gerade den Sonnenuntergang von Kap Sunion oder Acapulco fotografiert.

»In dieser Ratte«, begann Alden ebenfalls leise zu sprechen, bevor er verstummte und mit etwas zittrigen Fingern den Zipfel eines schmackhaften Würstchens von dem kleinen Butterbrötchen auf seinem Teller nahm. Er warf ihn der Ratte zu, die ein paar Schritte zurückwich und dann auf das Würstchen lossprang, es packte und fraß, wobei sie es mit einem Fuß, dem Stumpf, festhielt. Die Wurst verschwand im Handumdrehen; die feisten Bäckchen der Ratte kauten. »Diese Ratte besitzt wahren Mut!«, sagte Alden schließlich. »Stell dir vor, was sie durchgemacht haben muss. Wie Venedig selbst. Aber sie gibt nicht auf. Nicht wahr?«

Helen erwiderte das Lächeln ihres Mannes. Alden sah glücklicher, besser aus als seit Wochen. Sie freute sich. Sie war der Ratte dankbar. Dankbar, einer Ratte, man stelle sich vor, dachte sie. Als sie wieder hinsah, war die Ratte verschwunden. Aber Alden lächelte ihr zu.

»Wir werden einen herrlichen Tag erleben«, sagte er.

»Ja.«

Täglich wurde die Ratte stärker und kühner und wagte sich auch tagsüber hinaus, doch sie lernte auch, sich besser zu schützen, sogar vor Menschen. Wenn jemand mit Besen, Stock oder Kiste ausholte, um sie zu zerschmettern, schnellte sie vor, wie zum Angriff, worauf der Jemand, egal ob Mann oder Frau, zurückwich oder gerade lange genug zögerte, dass die Ratte weglaufen konnte, in jede Richtung, sogar an dem Jemand vorbei, wenn dort der Fluchtweg lag.

Mehr Rattenweibchen. Wenn der Ratte der Sinn danach stand, konnte sie unter den Weibchen wählen, denn andere Männchen fürchteten sich vor ihr und ließen es auf keinen ernsthaften Kampf ankommen. Der schwerfällige, schaukelnde Gang und das böse einzelne Auge verliehen der Ratte etwas Bedrohliches, einen Ausdruck, der besagte, dass nur der Tod ihr Einhalt gebieten könne. Mit sieben Monaten bahnte sie sich ihren Weg durch das venezianische Labyrinth schaukelnden Schritts wie ein alter Kapitän, selbstsicher und mit dem Terrain vertraut. Mütter rissen ihre kleinen Kinder entsetzt an sich. Größere Kinder lachten und zeigten hin.

Die Räude brannte in ihrem Magen und in ihrem Kopf. Manchmal wälzte sie sich auf den Pflastersteinen, um das Jucken zu lindern, oder sprang trotz der Kälte ins Wasser. Sie kontrollierte das Gebiet vom Rialto bis San Trovaso und ging in den Lagerhäusern auf dem Ponte Lungo am breiten Canale della Giudecca ein und aus.

Der Palazzo Cecchini lag zwischen dem Rialto und dem Landvorsprung, auf dem die Lagerhäuser standen. Eines Tages kehrte Carlo aus dem nahen Lebensmittelgeschäft mit einem großen Pappkarton zurück, in dem der Dalmatiner Rupert schlafen sollte. Rupert war erkältet, und Carlos Mutter machte sich Sorgen. Carlo erspähte die Ratte, die zwischen zwei Holzkisten mit Fisch und Eis vor einem Laden herausschlich.

Es war dieselbe Ratte! Ja! Carlo erinnerte sich lebhaft an die zwei abgetrennten Pfoten und das ausgestochene Auge. Carlo zögerte keine Sekunde lang, stülpte den Karton über die Ratte und setzte sich auf den Karton. Er hatte sie! Carlo blieb ruhig, aber entschlossen sitzen.

»He, Nunzio!«, rief Carlo einem vorbeikommenden Spielkameraden zu. »Hol Luigi! Sag ihm, er soll kommen! Ich habe eine Ratte gefangen!«

»Eine Ratte!« Nunzio hielt einen dicken Brotlaib unter dem Arm. Es war nach sechs Uhr, und es dunkelte.

»Eine ganz besondere Ratte! Hol Luigi!«, rief Carlo noch nachdrücklicher, denn die Ratte warf sich gegen die Seiten des Kartons und würde bald zu nagen anfangen.

Nunzio lief los.

Carlo stieg von dem Karton hinunter, drückte den Boden ein und trat gegen die Seiten, um die Ratte vom

Nagen abzuhalten. Sein großer Bruder würde beeindruckt sein, wenn er die Ratte festhalten konnte, bis Luigi kam.

»Was machst du da, Carlo, du bist hier im Weg!«, rief der Fischhändler.

»Ich habe eine Ratte! Ich habe ein Kilo Scampi dafür verdient, dass ich eine von Ihren Ratten gefangen habe!«

»*Meine* Ratten?« Der Fischhändler machte eine drohende Handbewegung, doch er war zu beschäftigt, um den Jungen wegzuscheuchen.

Luigi kam angerannt. Unterwegs hatte er ein Stück Holz aufgelesen, eine Latte von einer Kiste. »Eine Ratte?«

»Dieselbe Ratte, die wir schon mal hatten! Die ohne Füße! Ehrlich!«

Luigi grinste, legte die Hand auf den Karton und trat mit aller Kraft gegen die Seite. Er lüpfte den Karton leicht, das Holzstück erhoben. Die Ratte flitzte heraus, und Luigi schlug ihr auf die Schultern.

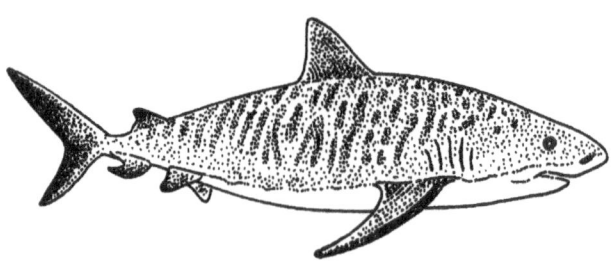

Die Ratte bekam keine Luft und hatte Schmerzen. Ein weiterer Schlag gegen ihre Rippen. Die Beine der Ratte bewegten sich im verzweifelten Versuch zu entkommen, aber sie kam nicht auf die Füße. Sie hörte das Gelächter der Jungen. Sie wurde in dem großen Karton weggetragen.

»Komm, wir werfen sie die Treppe runter! Wir ersäufen sie!«, sagte Carlo.

»Ich will was sehen. Wenn wir eine Katze finden würden, könnten wir einen richtigen Kampf haben. Die schwarz-weiße von –«

»Die ist doch nie da. Das Wasser steht hoch. Komm, wir ersäufen sie!« Der Salon unten an der Treppe faszinierte Carlo. Er träumte von Gondeln, die zur Tür hineinglitten und Fahrgäste absetzten, die in dem abscheulichen Halbdunkel ertranken, bis ihre Leichen den Marmorfußboden bedeckten und erst sichtbar wurden, wenn das Wasser verebbt war. Womöglich könnte das Erdgeschoß des Palazzo Cecchini eine weitere grausige Touristenattraktion Venedigs werden, so wie die Verliese hinter der Seufzerbrücke.

Die Jungen stiegen die Vordertreppe hinauf und betraten den Palazzo, dessen hohe Holztüren leicht offenstanden. Ihre Mama sang in der Küche, wo das Transistorradio einen Schlager spielte. Carlo schloß die Tür mit einem Tritt, den ihre Mutter hörte.

»Kommt essen, Luigi, Carlo!«, rief sie. »Vergesst nicht, dass wir ins *cine* gehen wollen!«

Luigi fluchte, und dann lachte er. »Subito, mamma!«

Er und Carlo gingen die Treppe zum Erdgeschoß hinunter.

»Habt ihr den Karton bekommen?«, rief ihre Mutter.

»*Sì, sì* – gib mir das Holzstück!«, sagte Luigi zu seinem Bruder. Luigi ergriff das Holz und kippte gleichzeitig den Karton um. Er erinnerte sich an den Biss in sein Handgelenk; vor dieser Ratte fürchtete er sich. Die Ratte stürzte ins Wasser. Ja, es war die Ratte von damals! Luigi sah die zwei Beinstümpfe. Die Ratte sank sofort und spürte kaum den ungelenken Schlag, den Luigi mit dem Holzstück führte.

»Wo ist sie?«, fragte Carlo. Er stand in Socken und Sandalen im knöcheltiefen Wasser auf der untersten Treppenstufe.

»Sie taucht wieder auf!« Luigi, eine Stufe höher, hielt das Holzstück erhoben, um es zu werfen, wenn er die Ratte nach Luft schnappen sah. Die Jungen suchten mit dem Blick das dunkle Wasser ab, das jetzt wogte, weil ein Motorboot draußen vorbeigefahren war.

»Komm, wir gehen runter und scheuchen sie auf!«, sagte Carlo mit einem Blick zu seinem Bruder, trat ins Wasser, das ihm bis zu den Knien reichte, und stampfte, um sicherzugehen, dass die Ratte nicht in seiner Nähe war.

»Luigi!«, kreischte die Mutter von oben. »Seid ihr da unten? Ihr kriegt eine Tracht Prügel, wenn ihr nicht sofort hochkommt!«

Luigi drehte sich um, offenen Mundes, um eine Antwort zu rufen, und sah, wie die Ratte mühsam von der obersten Treppenstufe in den ersten Stock des Hauses kletterte. »Mamma mia!«, flüsterte er und deutete hin. »Die Ratte ist nach oben geklettert!«

Carlo erfasste die Lage, obwohl er die Ratte nicht sehen konnte; er hob die Augenbrauen und stieg schweigend die Treppe hinauf. Sie durften ihrer Mutter nichts sagen. Sie würden die nasse Spur der Ratte verfolgen und die Ratte aus dem Haus schaffen müssen. Das wussten beide, ohne ein Wort zu wechseln. Als sie den Eingangsraum betraten, war von der Ratte nichts zu sehen. Sie schauten sich nach Spuren um, doch auf dem grauen und weißen Marmorfußboden waren keine Wassertropfen zu sehen. Zwei Salontüren standen offen. Die Tür der Toilette stand offen. Vielleicht war die Ratte sogar nach oben weitergeklettert.

»Kommt ihr endlich? Die Spaghetti werden kalt! Etwas Beeilung!«

»Sì, sì, subito, mamma!« Luigi zeigte auf Carlos nasse Füße und deutete mit dem Daumen zum oberen Stockwerk, wo sich Carlos Kleidung großenteils befand.

Carlo schoß die Treppe hinauf.

Luigi warf schnell einen Blick in die Toilette. Sie konnten ihrer Mutter nicht sagen, was passiert war. Wenn sie erfuhr, dass eine Ratte frei herumlief, würde sie keinesfalls das Haus verlassen oder erlauben, dass die anderen ins Kino gingen. Luigi sah sich in einem der Salons um, wo sechs Stühle um einen ovalen Tisch standen und noch mehr Stühle neben Beistelltischchen an den Wänden. Er wartete – keine Ratte weit und breit.

Carlo kam. Gemeinsam gingen sie die Stufen zur Küche hinunter. Papa hatte seine Spaghetti schon fast aufgegessen. Danach gab es *bistecca*. Der verfettete Hund sah mit der Schnauze auf den Vorderpfoten zu. Das Wasser lief ihm im Maul zusammen. Er war wieder am Fuß des Kachelofens angebunden. Luigi sah sich heimlich in den Küchenecken nach der Ratte um. Vor Ende der Mahlzeit erschien Maria-Teresa, die

Babysitterin, zwei Bücher unter dem Arm. Sie lächelte breit, knöpfte ihren Mantel auf und nahm das Kopftuch ab.

»Ich bin zu früh dran! Tut mir leid!«, sagte sie.

»Nein, nein! Setz dich! Nimm etwas von der *torta*!«

Zum Dessert gab es eine köstliche Pfirsichtorte. Wie sollte man da widerstehen, vor allem mit dem Appetit einer Siebzehnjährigen? Maria-Teresa setzte sich und nahm ein Stück.

Papa Mangoni nahm ein zweites Stück. Wie Rupert ging er allmählich aus der Form.

Dann brach die Familie eilig auf, das jüngste Kind auf Papas Arm, denn Papas Berechnungen zufolge würden sie bereits vier Minuten zu spät kommen, selbst wenn sie sich beeilten. Und Papa sah gern die Reklame vor dem Film und begrüßte seine Freunde.

Der Fernseher war aus dem Elternschlafzimmer in das Zimmer gebracht worden, in dem der zweimonatige Antonio wie aufgebahrt in einer hohen Wiege lag, mit weißen Spitzen bedeckt, die bis zum Fußboden hingen. Die Wiege hatte Räder. Maria-Teresa, die leise ein Lied summte, vergewisserte sich, dass das Baby schlief, schob die Wiege noch weiter vom Fernseher weg, der in einer Ecke stand, und schaltete ihn ein, den Ton leise gestellt. Die Sendung war mäßig interessant, und Maria-Teresa schlug einen ihrer Romane auf, eine Liebesgeschichte, die im amerikanischen Westen des neunzehnten Jahrhunderts spielte.

Als Maria-Teresa einige Minuten später den Blick auf den Bildschirm richtete, fiel ihr etwas Graues auf, das sich in einer Ecke bewegte. Sie stand auf. Eine Ratte! Ein riesiges, grässliches Etwas! Sie bewegte sich nach rechts in der Hoffnung, das Tier zur offenen Tür zu ihrer Linken scheuchen zu können. Die Ratte näherte sich ihr langsam und unaufhaltsam. Sie hatte nur ein Auge. Eine ihrer Vorder-pfoten fehlte. Maria-Teresa schrie vor Entsetzen leise auf und rannte selbst zur Tür hinaus.

Sie wollte nicht versuchen, das Tier zu töten. Sie verabscheute Ratten! Ratten waren Venedigs Verhängnis! Maria-Teresa lief zum Telefon im Eingangsraum unten. Sie wählte die Nummer eines nahegelegenen Cafés, in dem ihr Freund arbeitete. »Cesare«, sagte sie, »ich muss Cesare sprechen.«

Cesare kam an den Apparat. Er hörte ihre Geschichte und lachte.

»Kannst du kommen? Die Mangonis sind im Kino. Ich bin ganz allein! Ich habe solche Angst, dass ich am liebsten aus dem Haus laufen würde!«

»Schon gut, ich komme!« Cesare legte auf. Er warf sich eine Serviette über die Schulter, grinste und sagte zu einem Kollegen: »Meine Freundin passt auf ein Baby auf, und in dem Haus ist eine Ratte. Ich soll sie erledigen!«

»Ha, ha!«

»Gute Geschichte! Wann kommst du zurück, Ces?«, fragte ein Gast.

Noch mehr Gelächter.

Cesare hielt es nicht für nötig, seinem Chef zu sagen, dass er für ein paar Minuten den Laden verließ, denn der Palazzo Cecchini lag nur eine Gehminute entfernt, wenn er sich beeilte. Vor dem Haus fand Cesare die Eisenstange von mehr als einem Meter Länge, mit der die Haustür von innen verriegelt wurde. Sie war schwer.

Er trabte auf das Haus zu und stellte sich vor, wie er eine in die Enge getriebene Ratte mit der Stange erschlug und wie Maria-Teresa ihn dankbar mit ihren Küssen belohnte.

Statt des besorgten Mädchens, seiner Liebsten, das er mit einer innigen Umarmung und ermunternden Worten trösten wollte, bevor er sich das kleine Ungeheuer vornahm – statt dessen öffnete Cesare die Tür ein in Tränen aufgelöstes Mädchen, das vor Entsetzen zitterte.

»Die Ratte hat das Baby gefressen!«, sagte sie.

»Wie?«

»Oben –«

Cesare rannte mit der Eisenstange die Treppe hinauf. Er sah sich in dem fast leeren, steif möblierten Zimmer nach der Ratte um, suchte nach ihr unter dem großen Himmelbett.

Maria-Teresa kam herein. »Ich weiß nicht, wo die Ratte steckt. Schau dir das Baby an! Wir müssen einen Arzt rufen! Es ist passiert, als ich – mit dir telefoniert habe!«

Cesare blickte auf das erschreckend rote, blutverschmierte Kissen des Babys. Die ganze Nase des Babys – einfach grauenhaft! Es war keine Nase mehr da! Und die Wange! Cesare murmelte ein Stoßgebet und wandte sich wieder an Maria-Teresa. »Ist das Baby noch am Leben?«

»Ich weiß es nicht! Ja, ich glaube schon!«

Behutsam berührte Cesare mit dem Zeigefinger die kleine Faust des Babys. Das Baby zuckte und machte ein gurgelndes Geräusch, als erschwere ihm das Blut das Atmen. »Müssen wir es nicht auf die Seite legen?

Leg ihn auf die Seite! Ich – ich rufe einen Arzt. Weißt du die Nummer eines Arztes?«

»Nein!«, sagte Maria-Teresa, die sich inzwischen auszumalen begann, was ihr dafür blühen würde, dass sie das hier zugelassen hatte. Sie wusste, sie hätte die Ratte aus dem Zimmer jagen müssen, statt Cesare anzurufen.

Nach einem vergeblichen Versuch, einen Arzt zu erreichen, dessen Namen er kannte und dessen Nummer er im Telefonbuch nachgesehen hatte, rief Cesare im größten Krankenhaus von Venedig an, und man versprach ihm, sofort Hilfe zu schicken. Die Ambulanz war ein Boot, das in etwa fünfzig Meter Entfernung am Canal Grande anlegte. Cesare und Maria-Teresa konnten den Motor des Schnellboots hören. Mittlerweile hatte Maria-Teresa dem Baby das Gesicht vorsichtig mit einem feuchten Waschlappen abgewischt, weil sie hoffte, ihm so das Atmen zu erleichtern. Die Nase war weg; man konnte sogar ein Stück Knochen sehen.

Zwei weißgekleidete junge Männer gaben dem Baby zwei Spritzen und flüsterten immer wieder: *»Orribile!«* Sie baten Maria-Teresa, eine Wärmflasche mit heißem Wasser zu füllen.

Cesares für gewöhnlich rosige Wangen waren blutleer, und ihm war, als müsse er gleich ohnmächtig werden. Er setzte sich auf einen der steifen Stühle. Von einer leidenschaftlichen Umarmung mit Maria-Teresa träumte er nicht mehr. Er konnte sich kaum auf den Beinen halten.

Die Krankenpfleger nahmen das Baby, samt Wärmflasche in eine Decke gewickelt, in ihrem Boot mit.

Cesare erholte sich ein wenig, ging in die Küche hinunter und entdeckte nach kurzem Suchen eine halbe

Flasche Strega. Er schenkte zwei Gläser ein. Er hielt noch immer nach der Ratte Ausschau, konnte sie aber nirgends sehen. Die Mangonis würden bald zurückkommen, und er wäre lieber sonstwo gewesen – lieber bei seiner Arbeit –, aber er ermahnte sich, dass er Maria-Teresa beistehen müsse und dass sein Chef diese Entschuldigung akzeptieren würde. Ein Baby war fast umgekommen, inzwischen vielleicht tot – wer weiß?

Gegen zwanzig vor elf kam die Familie Mangoni nach Hause, und sofort herrschte Chaos.

Mama schrie wie am Spieß. Alle redeten gleichzeitig. Mama ging nach oben, um die blutverschmierte Wiege zu sehen, und fing wieder zu schreien an. Papa wurde erklärt, er solle im Krankenhaus anrufen. Cesare und die drei älteren Brüder sowie eine der Schwestern durchsuchten das ganze Haus, bewaffnet mit leeren Weinflaschen, Messern, einem Holzschemel aus der Küche und einem Bügeleisen, und Cesare hatte noch immer die Eisenstange bei sich. Keiner entdeckte eine Ratte, aber mehrere Möbelstücke bekamen versehentlich die eine oder andere Kerbe ab.

Maria-Teresa wurde verziehen. Wirklich? Papa hatte Verständnis dafür, dass sie ihren Freund in der Nähe angerufen hatte, um ihn um Hilfe zu bitten. Aus dem Krankenhaus erfuhr man, dass das Baby eine fünfzigprozentige Überlebensaussicht habe und dass die Mutter bitte umgehend ins Krankenhaus kommen solle.

Die Ratte war durch ein eckiges Abflußrohr am Boden der Küchenwand entwischt. Ihr Sprung hatte sie fast drei Meter tief in den Rio San Polo befördert, doch das machte ihr nichts aus. Sie schwamm mit kräftigen Stößen ihrer zwei gesunden Beine und ihrer Stümpfe und mit reiner Willenskraft zur nächsten Stelle, die Halt bot, und kletterte an Land, ohne dass ihre Energie nachließ. Sie schüttelte sich. Im Mund hatte sie noch immer den Geschmack von Blut. Sie war vor Panik über das Baby hergefallen und auch vor Wut, weil sie einfach keinen Ausweg aus dem verwünschten Haus gefunden hatte. Die Arme und Fäuste des Babys hatten schwach gefuchtelt, ihren Kopf und ihren Brustkorb berührt. Es hatte der Ratte ein gewisses Vergnügen bereitet, ein Mitglied der menschlichen Rasse anzugreifen, das genauso roch wie die ausgewachsenen Exemplare. Die Brocken zarten Fleischs hatten ihr den Bauch gefüllt und gaben ihr jetzt Energie.

Sie machte sich im Dunkeln mit ihrem schaukelnden Gang auf den Weg, hielt ab und zu inne, um an einem wertlosen Stück Fressbarem zu schnuppern oder sich mit einem Blick aufwärts oder einem Schnuppern der Richtung zu vergewissern. Sie war auf dem Weg zum Rialto, den sie nachts gefahrlos auf der Brücke überqueren konnte. Sie spielte mit dem Gedanken, in der Gegend um San Marco mit den vielen Restaurants eine Art formloses Hauptquartier zu errichten. Die Nacht war sehr finster, was Sicherheit bedeutete. Während sie dahinschaukelte, mit dem Bauch fast an den feuchten Steinen, schien ihre Kraft zuzunehmen. Einen neugierigen Kater, der es gewagt hatte, sich ihr zu nähern und sie zu beäugen, starrte sie zuerst an und attackierte sie dann. Der Kater tat einen Luftsprung und verkroch sich.

P. D. James

Vorsatz und Begierde

Adam Dalgliesh ermittelt

Als das Cellokonzert zu Ende und die Rotweinflasche
ausgetrunken war, stapelte er die restlichen Fotografien
aufeinander, verstaute sie in der Schreibtischschublade
und beschloss, seine melancholische Stimmung durch
einen Spaziergang am Meer loszuwerden. Der Abend
war viel zu schön, als dass man ihn mit trübsinnigen
oder schwermütigen Gedanken vergeuden sollte. Es
war windstill draußen. Selbst das Rauschen des Meeres,
das im Licht des Vollmonds und der Sterne geheim-
nisvoll schimmernd dalag, war kaum zu hören. Er verharrte einen Augenblick unter den Windmühlenflügeln
und ging dann mit ausholenden Schritten in nördlicher
Richtung, vorbei an den Kiefern, über die Landzunge
und bog nach einer Dreiviertelstunde zum Strand ab.
Er glitt den sandigen Abhang hinab und sah vor sich
die schon halb im Schwemmsand versunkenen Betonbunker, aus denen wie bizarre Antennen rostbedeckte
Baueisenstangen in die Luft ragten. Helles Mondlicht
überflutete den Strand. Plötzlich überkam ihn der
Wunsch, die Wellen an seinen Füßen zu spüren. Er zog
Schuhe und Socken aus, stopfte die Socken in seine

Sakkotasche, band die Schuhe an den Schnürsenkeln zusammen und hängte sie sich um den Hals. Nach dem anfänglichen Kältegefühl kam ihm das Meer fast warm vor. Er stapfte durch das seichte Wasser, blieb hin und wieder stehen, um, wie in seiner Kindheit, seine Fußspuren zu betrachten. Schließlich kam er zu dem Kiefernwäldchen. Er wusste, dass da ein Pfad war, der an Hilary Robarts' Cottage vorbei zur Straße führte. Von hier aus konnte er auf die Landzunge gelangen, ohne die brüchigen Klippen im Süden hinaufklettern zu müssen. Er setzte sich auf einen großen Stein, wischte sich mit dem Taschentuch die Sandkörner von den Füßen, zog Socken und Schuhe an und ging über den angeschwemmten Kies zum sandigen Saum des Strandes hinüber.

Hier bemerkte er, dass anscheinend jemand vor ihm da gewesen war: Links von ihm verlief eine Spur von nackten Füßen. Das war sicherlich Hilary Robarts gewesen, die ihr allabendliches Bad im Meer genommen hatte. Die Fußspuren waren noch unverwischt; sie musste den Strand vor etwa anderthalb Stunden verlassen haben. In einer windstillen Nacht blieben Fußabdrücke lange Zeit frisch. Vor ihm lag der Pfad, der ihn vom mondhellen Strand in den Baumschatten des Kiefernwäldchens brachte. Auf einmal wurde es dunkler. Eine niedrige, blauschwarze Wolke mit gezacktem, silbrigem Rand zog am Mond vorüber.

Er knipste seine Taschenlampe an und richtete sie auf den Weg. Zu seiner Linken schimmerte etwas – eine Zeitung, ein Taschentuch, eine weggeworfene Papiertüte – weißlich auf. Neugierig wich er vom Weg ab, um nachzuschauen. Und da sah er sie. Ihr verzerrtes Gesicht starrte ihn an wie eine Fratze aus einem Albtraum. Sie lag in einer von Strandhafer gesäumten flachen Mulde. Die Gräser waren so hoch, dass er die Einzelheiten erst sah, als er vor ihr stand. Rechts neben ihr erblickte er ein zerknittertes, rot-blau gestreiftes Handtuch, oberhalb davon ein Paar Sandalen und eine Taschenlampe. Gleich daneben lag ein blau-weißer Trainingsanzug. Anscheinend waren es dessen weiße Streifen, die er bemerkt hatte. Hilary Robarts lag auf dem Rücken, den Kopf zurückgeworfen, die toten Augen starr auf ihn gerichtet, als flehte sie ihn stumm an. Ein Haarbüschel war unter die Oberlippe gestopft, was ihr das Aussehen eines zähnefletschenden Kaninchens gab. Ein einzelnes schwarzes Haar klebte auf ihrer Wange. Dalgliesh verspürte den nahezu unwiderstehlichen Drang, sich neben sie zu knien, um es zu entfernen. Sie trug nur ein schwarzes Bikinihöschen, das bis zum Oberschenkel herabgezogen war. Deutlich konnte man sehen, wo das Haarbüschel abgeschnitten worden war. Der in die Stirnhaut eingeritzte Buchstabe L bestand aus zwei dünnen, messerschmalen Schnitten, die sich rechtwinklig trafen. Zwischen den abgeflachten Brüsten mit ihren dunklen Höfen und den aufgerichteten Brustwarzen – die Haut hob sich milchweiß von den gebräunten Armen ab – ruhte ein schlüsselförmiges Metallmedaillon, das an einem Lederriemen hing. Gerade als er den Lichtkegel seiner Tachenlampe über die Leiche hinweggleiten ließ, um sie genauer zu betrachten, schob sich der Mond aus der Wolke, und es wurde beinahe taghell.

Dalgliesh war schaurige Situationen gewöhnt. Er wusste, wozu Menschen aus Grausamkeit, Aggressivität oder Verzweiflung fähig waren. Aber er war zu empfindsam, um einen entstellten Toten mit kühler Gelassenheit zu mustern. Zu schaffen gemacht hatte ihm diese Empfindsamkeit allerdings nur bei seinem letzten Fall; dabei war er im Fall »Paul Berowne« wenigstens nicht unvorbereitet an den Tatort gerufen worden. Dies hier war dagegen das erste Mal, dass er selbst eine ermordete Frau entdeckte.

Er kniete sich neben sie und berührte ihren Oberschenkel. Er war eiskalt und fühlte sich an, als bestünde er aus einer prall mit Luft gefüllten Kunststoffhaut. Wenn er einen Finger fest hineindrückte, würde eine Vertiefung zurückbleiben. Behutsam strich er über ihr Haar. An den Wurzeln war es noch feucht, die Spitzen hingegen waren trocken. Es war eine warme Septembernacht. Er schaute auf seine Armbanduhr: 22 Uhr 33. Er entsann sich, dass jemand gesagt hatte – wer und wann war es doch gleich gewesen? –, Hilary Robarts habe die Angewohnheit, kurz nach 9 Uhr abends im Meer zu schwimmen. Alle Anzeichen sprachen dafür – und er selbst hielt es auch für wahrscheinlich –, dass seit ihrem Tod kaum zwei Stunden vergangen sein konnten.

Im Sand hatte Dalgliesh nur seine und ihre Fußabdrücke gesehen. Es war Ebbe. Um 9 Uhr musste Flut gewesen sein. Da jedoch der obere Bereich des Strandes trocken war, konnte das Wasser die Mulde, wo die Leiche lag, nicht erreicht haben. Wie Hilary Robarts hatte der Mörder wahrscheinlich den Pfad durch das Wäldchen benutzt und ihr, hinter den Bäumen verborgen, aufgelauert. Auch auf dem mit Kiefernnadeln bedeckten Boden waren höchstwahrscheinlich keine Fußabdrücke zurückgeblieben, aber man musste ihn dennoch möglichst unberührt lassen. Dalgliesh entfernte sich vorsichtig von der Leiche und ging dann auf dem kiesigen Teil des Strandes gut zwanzig Meter in südlicher Richtung weiter. Beim Licht seiner Taschenlampe schlüpfte er durch die dichtstehenden Kiefern, wobei hin und wieder einer der unteren dürren Äste abbrach. Hier war bestimmt in letzter Zeit niemand durchgekommen. Nach einigen Minuten erreichte er die Straße. In zehn Minuten konnte er, wenn er zügig ging, bei der Mühle sein. Das nächste Telefon war zwar sicherlich in Hilary Robarts' Cottage, doch ihr Haus war wahrscheinlich verschlossen, und er wollte sich nicht gewaltsam Zutritt verschaffen. Das Haus des Opfers musste ebenso unberührt bleiben wie der Tatort. Andererseits hatte er neben der Leiche keine Handtasche liegen sehen; da waren nur die Sandalen und die Taschenlampe, der Trainingsanzug und das leuchtend rot-blau gestreifte Handtuch gewesen. Vielleicht hatte die Robarts den Hausschlüssel daheim gelassen, das Haus gar nicht verschlossen. Hier auf der Landzunge machte man sich keine Sorgen, wenn man das Haus nach dem Dunkelwerden einmal für eine halbe Stunde unverschlossen ließ. Die paar Minuten Zeit, um das festzustellen, konnte er in jedem Fall erübrigen.

Wenn er Thyme Cottage von einem Fenster der Mühle aus betrachtet hatte, war es ihm stets als das reizloseste Domizil auf der Landzunge vorgekommen. Es war dem Landesinneren zugewandt, ein kastenförmiges, lieblos gestaltetes Haus mit einem gepflasterten Innenhof statt einem Garten, mit übergroßen Fenstern aus modernem Glas, die es um den altmodischen Charme gebracht hatten, den es vielleicht einmal besessen haben mochte. Es passte mit seinem modernen

Aussehen eher in eine Stadtrandsiedlung als auf diese meerumtoste, abgelegene Landzunge. Auf drei Seiten standen die Kiefern so dicht, dass sie fast die Hausmauern streiften. Manchmal hatte er sich gefragt, warum Hilary Robarts ausgerechnet hier hatte wohnen wollen, mochte das Haus auch noch so nahe beim AKW liegen; nach der Dinnerparty bei Alice Mair glaubte er den Grund zu kennen.

Im Erdgeschoss brannten sämtliche Lampen. Gemeinhin wäre das ein beruhigendes Anzeichen von Leben gewesen, von Normalität, von Gastfreundschaft, als wäre das Haus Zufluchtsort vor den atavistischen Ängsten, die der herandrängende Wald, die leere, mondbeschienene Landzunge auslösen konnten. Nun aber verstärkten die hellen, vorhanglosen Fenster Dalglieshs Beklommenheit.

Jemand war vor ihm dagewesen. Er schwang sich über die niedrige Feldsteinmauer und sah, dass die Scheibe des großen Fensters nahezu eingeschlagen war. Kleine Glassplitter schimmerten wie Strass auf dem mit Kopfsteinen gepflasterten Innenhof. Er schaute zwischen den verbliebenen zackigen Glasstücken hindurch in das hell erleuchtete Wohnzimmer. Der Teppich war übersät mit Glasscherben, die im grellen Licht funkelten. Man konnte deutlich erkennen, dass das Fenster von außen eingeschlagen worden war. Vor ihm lag, die Bildseite nach oben, das in Öl gemalte Porträt von Hilary Robarts. Zwei Schnitte, die fast bis zum Rahmen reichten und sich rechtwinkelig trafen, bildeten den Buchstaben L.

Dalgliesh sah nicht nach, ob die Haustür verschlossen war. Wichtiger war jetzt, am Tatort keine Spuren zu verwischen, als zehn oder fünfzehn Minuten eher die Polizei zu benachrichtigen. Hilary Robarts war tot; schnelles Handeln war angebracht, aber es durfte auch nichts überstürzt werden. Er kehrte zur Straße zurück und ging mit raschen Schritten zur Mühle. Doch dann hörte er das Geräusch eines näherkommenden Wagens. Als er sich umsah, erblickte er die Scheinwerfer eines aus nördlicher Richtung heranfahrenden Autos. Es war Alex Mairs BMW. Dalgliesh blieb mitten auf der Fahrbahn stehen und schwenkte seine Stableuchte. Der Wagen wurde abgebremst und rollte aus. Alex Mair steckte den Kopf aus dem offenen rechten Fenster. Sein Gesicht sah im Mondlicht fahl aus. Er musterte ihn eindringlich, aber ohne zu lächeln, als sei diese zufällige Begegnung ein konspiratives Treffen.

»Ich habe eine schlimme Nachricht für Sie«, sagte Dalgliesh. »Hilary Robarts ist ermordet worden. Ich habe sie gefunden. Jetzt müsste ich dringend telefonieren.«

Die Hand, die lässig das Steuerrad umklammert hatte, verkrampfte und entspannte sich. Die auf den Kommissar gerichteten Augen bekamen einen wachsamen Ausdruck. Als Alex Mair sprach, klang seine Stimme beherrscht; nur durch die unwillkürliche Anspannung der Handmuskeln hatte er seine Betroffenheit verraten.

»Der Whistler?«, fragte er.

»Sieht so aus.«

»Ich habe ein Telefon im Wagen.«

Ohne ein weiteres Wort öffnete er die Tür, stieg aus und trat zur Seite. Es dauerte eine Weile, bis Dalgliesh mit Rikkards' Büro verbunden wurde. Da Rikkards nicht anwesend war, hinterließ er eine Nachricht und legte auf. Alex Mair hatte sich indes gut dreißig Meter vom Wagen entfernt und schaute zum beleuchteten Kraftwerk hinüber, als wollte er mit der Angelegenheit nichts zu tun haben.

Nun kam er zurück. »Wir haben sie alle davor gewarnt, allein im Meer zu schwimmen«, sagte er. »Aber sie kümmerte sich nicht darum. Ich habe im Grunde auch nicht geglaubt, dass es ihr mal gefährlich werden könnte. So haben wohl all die Mordopfer gedacht, bis es dann zu spät war. ›Mir kann doch so was nicht zustoßen!‹ Aber davor ist wohl niemand sicher. Trotzdem finde ich es sonderbar, geradezu unfassbar. Das zweite Mordopfer in Larksoken. Wo liegt sie?«

»Am Rand des Kiefernwaldes, von wo aus sie, wie ich annehme, ins Meer schwimmen ging.«

Als Alex Mair eine Bewegung in diese Richtung machte, fügte Dalgliesh hinzu: »Für Sie gibt es da nichts zu tun. Ich gehe zum Tatort zurück und warte auf die Polizei.«

»Ich weiß, dass ich nichts tun kann. Ich möchte sie nur sehen.«

»Lieber nicht. Je weniger Menschen den Tatort betreten, desto besser.«

Mair drehte sich ruckartig zu ihm um. »Können Sie denn nur wie ein Polizist denken, Dalgliesh? Ich möchte sie ja nur noch einmal sehen.«

Es ist ja nicht mein Fall, dachte Dalgliesh, und außerdem kann ich ihn nicht mit Gewalt davon abhalten. Aber er konnte zumindest dafür sorgen, dass der direkte Weg zu der Leiche unberührt blieb. Wortlos schritt er voran, und Alex Mair folgte ihm. Warum diese Hartnäckigkeit, noch einmal die Tote sehen zu wollen?, überlegte er. Wollte er sich selbst davon überzeugen, dass sie tatsächlich tot war? Steckte dahinter der Drang des Wissenschaftlers, sich selbst ein Bild zu machen? Versuchte er so, sich von einer grausigen Vorstellung zu befreien, die sich in der Fantasie noch bedrückender auswirken würde als in der Realität? Oder trieben ihn mehr seine Gefühle? Wollte er von der Toten Abschied nehmen, bevor die Polizei mit all ihrem Rüstzeug für eine Ermittlung eintraf und sich in die intimen Geheimnisse mischte, die die beiden einst geteilt hatten? Alex Mair schwieg, während Dalgliesh ihn in südlicher Richtung, vorbei am Weg, zum Strand führte. Wortlos folgte er ihm in den Baumschatten und zwängte sich zwischen den Kiefernstämmen hindurch. Der Lichtkegel seiner Stablampe erfasste die dürren Äste, die Dalgliesh vorhin abgebrochen hatte, die mit Sand bestreute Schicht von Kiefernnadeln, die dürren Kiefernzapfen, eine verbeulte Blechdose. Der würzige Harzgeruch schien immer stärker zu werden und erschwerte das Atmen wie in einer schwülen Hochsommernacht.

Nach einigen Minuten traten sie aus der beklemmenden Dunkelheit auf den hellen Strand hinaus und sahen vor sich das mondbeschienene Meer. Es glich einem geschwungenen Schild aus getriebenem Silber. Einen Augenblick lang blieben sie nebeneinander stehen und atmeten tief durch. In dem trockenen Sand oberhalb des Kiesstreifens waren Dalglieshs Fußabdrücke deutlich zu sehen. Sie folgten ihnen, bis sie vor der Toten standen.

Es ist mir zuwider, dachte Dalgliesh, dass ich mit ihm hierhergekommen bin, dass wir beide sie in ihrer Nacktheit sehen, ohne dass sie sich wehren kann. Das fahle, kalte Licht schien sein Wahrnehmungsvermögen auf ungewohnte Weise zu steigern. Die bleichen Gliedmaßen, das dunkle Haarbüschel, das grellfarbene rotblaue Handtuch, die Strandhaferhorste, all das hatte die eindimensionale Einprägsamkeit eines Farbdrucks. Die notwendige Wache bei der Leiche bis zur Ankunft der Polizei hätte ihm nichts ausgemacht; er war ja die stille Gesellschaft von Toten gewohnt. Aber mit Alex Mair an seiner Seite kam er sich wie ein Voyeur vor. Eher aus Widerwillen als aus Feinfühligkeit entfernte er sich und schaute zu den dunklen Kiefern hinüber, wobei er freilich jede Bewegung, jeden Atemzug der hochgewachsenen Gestalt wahrnahm, die mit der gespannten Aufmerksamkeit eines Chirurgen auf die Leiche hinabblickte.

»Das Medaillon, das sie um den Hals trägt, habe ich ihr am 29. August zum Geburtstag geschenkt«, sagte Alex Mair.

»Es hat die passende Größe für ihren Yale-Hausschlüssel. Einer der Facharbeiter in der Werkstatt von Larksoken hat es nach meinen Angaben angefertigt. Es ist schon bewundernswert, zu welchen Leistungen diese Leute fähig sind.«

Dalgliesh wusste, dass ein Schock sonderbare Gedankengänge und Äußerungen auslösen konnte, und erwiderte nichts darauf.

»Kann man sie denn nicht abdecken, Dalgliesh?«, fragte Alex Mair plötzlich mit erregter Stimme.

Womit denn?, dachte Dalgliesh. Glaubt er denn, dass ich das Handtuch unter ihr hervorziehen werde? »Nein, tut mir leid«, entgegnete er. »Wir dürfen an ihr nichts verändern.«

»Aber das hier hat doch der Whistler getan. Das ist unverkennbar. Sie haben's ja selbst gesagt.«

»Der Whistler ist ein Mörder wie viele andere auch. Auch er hinterlässt Spuren am Tatort, die als Beweismittel dienen können. Er ist nur ein Mensch, keine Naturgewalt.«

»Wann wird endlich die Polizei eintreffen?«

»Lange kann es nicht mehr dauern. Ich habe zwar mit Rikkards nicht gesprochen, aber man wird ihn benachrichtigen. Sie können ruhig gehen, ich werde warten. Sie können ohnehin nichts tun.«

»Ich bleibe, bis man sie fortbringt.«

»Wenn der Polizeiarzt nicht verfügbar ist, kann es noch eine Weile dauern.«

»Dann warte ich eben so lange.«

Wortlos wandte Mair sich ab und ging parallel zu Dalglieshs Fußabdrücken zum Meer. Dalgliesh schlenderte zum Kiesstreifen hinüber und setzte sich. Die Arme vor den Knien verschränkt, betrachtete er Mairs hochgewachsene Gestalt, die entlang des Wassersaums unentwegt hin- und herging. Sollten an seinen Schuhsohlen irgendwelche aufschlussreichen Spuren gewesen sein, so waren sie nun verloren. Aber solche Gedanken waren abwegig. Die Tote konnte nur vom Whistler, nicht aber von einem anderen Mörder so zugerichtet worden sein. Weswegen war Dalgliesh dann aber so unschlüssig? Wieso hatte er das ungute Gefühl, dass alles nicht so eindeutig war, wie es auf den ersten Blick aussah? Er setzte sich bequemer hin und machte sich auf eine längere Wartezeit gefasst. Das kalte Mondlicht, das unaufhörliche Rauschen des Meeres, das Gefühl, dass hinter ihm eine Tote lag, versetzten ihn in eine melancholische Stimmung. Gedanken an den Tod, auch an seinen, stellten sich ein. *Timor mortis conturbat me.* In unserer Jugend neigen wir zur Tollkühnheit, weil wir den Tod nicht kennen, dachte er. Die Jugend schmückt sich mit Unsterblichkeit. Erst im mittleren Alter wird uns die Vergänglichkeit des Lebens bewusst. Aber die Angst vor dem Tode, wie irrational sie sich auch immer äußern mochte, war ganz natürlich, ob nun der Tod das endgültige Aus oder der Eintritt in eine andere Existenzform war. Jede Körperzelle war auf Leben programmiert. Alle gesunden Geschöpfe hingen bis zum letzten Atemzug am Leben. Mit der allmählich wachsenden Erkenntnis, der Widersacher aller Sterblichen könnte zuletzt als Freund kommen, fand man sich nur schwer ab, mochte sie noch so tröstlich sein. Was sein Metier so anziehend machte, war vielleicht die Tatsache, dass der Prozess der Verbrechensaufdeckung dem Tod eines Menschen eine gewisse Würde verlieh, selbst dem Ableben eines nichtsnutzigen, erbärmlichen Subjekts. Die beharrliche Suche nach Spuren und Motiven spiegelte die Faszination wider, die das Mysterium der eigenen Sterblichkeit ausübte. Zugleich verschaffte sie einem die beschwichtigende Illusion von einer Welt, der eine Moral zugrunde lag, in der Unschuld erwiesen werden konnte, in der das Recht durchgesetzt und die Ordnung wiederhergestellt wurde. Aber eigentlich ließ sich nichts wiederherstellen, schon gar nicht das Leben. Und man konnte nur dem ohnehin bedenklichen Gerechtigkeitssinn der Menschen Genüge tun. Dalglieshs Beruf übte auf ihn eine Faszination aus, die über die damit verbundene intellektuelle Beanspruchung hinausging, die stärker war als sein Drang nach einem Privatleben. Aber inzwischen hatte er genug Geld geerbt, um seinen Job an den Nagel hängen zu können. Hatte seine Tante in ihrem unmissverständlichen Testament etwa darauf abgezielt? Hatte sie ihm signalisieren wollen: Mit all dem Geld ist nun jede Beschäftigung, die Dichtkunst ausgenommen, unnötig geworden? Wäre es da nicht an der Zeit, sich endgültig zu entscheiden?

Das hier war nicht sein Fall. Er musste ihn nicht bearbeiten. Aus Gewohnheit überlegte er aber, wann die Polizei eintreffen könnte. Nach fünfunddreißig Minuten hörte er im Kiefernwald Geräusche. Sie kamen auf dem Weg, den er ihnen angegeben hatte, und waren nicht gerade leise. Rikkards erschien als Erster. Ihm folgten ein jüngerer, breitschultriger Beamter und vier weitere Polizisten, die an ihren Gerätschaften schwer zu tragen hatten. Dalgliesh erhob sich, um ihnen entgegenzugehen. Rikkards nickte ihm zu und stellte seinen Sergeant vor, der Stuart Oliphant hieß.

Zusammen gingen sie zu der Leiche und blickten auf die sterblichen Überreste von Hilary Robarts hinab. Rikkards atmete schwer, als wäre er gelaufen. Oliphant und die vier anderen Beamten setzten ihre Ausrüstung ab und blieben wortlos stehen. Dalgliesh kam es so vor, als spielten sie alle in einem Film; gleich würde der Regisseur die Anordnung zum Drehen geben, später würde eine Stimme »Aus!« schreien, die Gruppe würde sich zerstreuen, und die Tote würde sich recken, sich aufsetzen, Arme und Beine reiben und über ihre verkrampften Muskeln und das Kältegefühl klagen.

»Kannten Sie sie, Mr Dalgliesh?«, erkundigte sich Rikkards, den Blick noch immer auf die Tote gerichtet.

»Es ist Hilary Robarts, Abteilungsleiterin im AKW von Larksoken. Ich habe sie letzten Donnerstag auf einer Dinnerparty, die Miss Mair gab, kennengelernt.«

Rikkards schaute zu Alex Mair hinüber. Dieser stand reglos, den Rücken ihnen zugewandt, so nahe bei den anrollenden Wellen, dass diese fast seine Schuhe berührten. Er machte keine Bewegung, als warte er darauf, dass man ihm eine Anweisung gab oder dass Rikkards sich zu ihm gesellen würde.

»Das ist Dr. Alex Mair«, sagte Dalgliesh. »Der Direktor des AKWs. Ich habe Sie über sein Autotelefon angerufen. Er möchte bleiben, bis die Tote fortgeschafft wird.«

»Dann muss er sich noch eine Weile gedulden. Das ist also Dr. Mair. Ich habe über ihn gelesen. Wer hat die Tote entdeckt?«

»Ich war's. Ich denke, das habe ich telefonisch durchgegeben.«

Entweder versuchte Rikkards von ihm Informationen zu erfragen, die er bereits kannte, oder seine Mitarbeiter waren unfähig, simple Angaben weiterzuleiten.

Rikkards wandte sich Sergeant Oliphant zu. »Sagen Sie ihm, dass es noch eine Weile dauern wird. Er kann uns hier nicht weiterhelfen und behindert höchstens die Spurensuche. Reden Sie ihm gut zu, dass er sich schlafen legt. Wenn gutes Zureden nichts hilft, dann setzen Sie eben die Amtsmiene auf.« Als Oliphant losging, sagte Rikkards noch: »Wenn er unbedingt bleiben will, dann soll er sich nicht von der Stelle rühren. Ich möchte ihn nicht am Tatort haben. Deckt die Tote zu. Das verdirbt ihm den Spaß.«

Eine solche beiläufig grausame Bemerkung hätte Dalgliesh nicht von ihm erwartet. Mit dem Mann stimmte etwas nicht. Dahinter verbarg sich mehr als nur berufliche Überanstrengung, die durch ein weiteres Mordopfer des Whistlers ausgelöst worden war. Es hatte den Anschein, als seien halb eingestandene, nur unzureichend unterdrückte persönliche Ängste durch den Anblick der Toten geweckt worden und triumphierten nun über Vorsicht und Disziplin.

Dennoch war Dalgliesh empört. »Der Mann ist kein Voyeur«, sagte er. »Er mag vielleicht im Augenblick nicht vernünftig handeln. Aber er kannte die Frau.

Hilary Robarts gehörte zu seinen wichtigsten Mitarbeiterinnen.«

»Er kann ihr jetzt nicht mehr helfen, selbst wenn sie seine Geliebte gewesen wäre.« Als hätte ihn der leise Tadel beeindruckt, fügte Rikkards aber noch hinzu: »Schon gut, ich werde mit ihm reden.«

Schwerfällig stapfte er über den Kies davon. Als Oliphant ihn hörte, drehte er sich um. Zusammen näherten sie sich dem Mann, der stumm am Meeressaum stand. Dalgliesh sah, dass sie mit ihm redeten und dann zu dritt den Strand hinaufschritten. Alex Mair ging zwischen den beiden Polizeibeamten, als sei er ein Häftling, der eskortiert wurde. Rikkards kehrte zu der Toten zurück, während Sergeant Oliphant offensichtlich Alex Mair zu dessen Wagen begleiten sollte. Er knipste seine Stablampe an und richtete den Lichtkegel auf den Wald. Alex Mair zögerte. Er schaute nicht zu der Leiche hinüber, als gäbe es sie gar nicht. Aber er musterte Dalgliesh, wie um ihm noch etwas zu sagen. Schließlich rief er: »Gute Nacht!« und folgte Sergeant Oliphant.

Rikkards äußerte sich nicht darüber, warum Alex Mair es sich plötzlich anders überlegt oder was ihn dazu bewogen hatte.

»Sie hatte keine Handtasche dabei«, sagte er.

»Der Hausschlüssel ist in dem Medaillon, das um ihren Hals hängt«, erklärte Dalgliesh. »Haben Sie die Leiche angefasst, Mr Dalgliesh?«

»Nur den Oberschenkel und ihr Haar. Ich wollte nachsehen, ob es noch feucht ist. Das Medaillon hat ihr Mair geschenkt. Er hat es mir gesagt.«

»Sie wohnt hier in der Nähe, nicht?«

»Sie müssen das Haus beim Vorüberfahren gesehen haben. Es liegt jenseits des Kiefernwaldes. Nachdem ich die Leiche entdeckt hatte, ging ich dorthin, weil ich annahm, die Haustür sei vielleicht unverschlossen. Dann hätte ich von dort aus telefonieren können. Aber jemand hat sich dort zu schaffen gemacht und ein Bild von Hilary Robarts durch das Fenster geworfen. In derselben Nacht ein weiterer Mord des Whistlers und dazu noch eine Sachbeschädigung – schon ein eigenartiger Zufall.«

Rikkards schaute ihn forschend an. »Mag sein. Aber der Whistler kann es nicht gewesen sein. Der Whistler ist nämlich tot. Gegen 18 Uhr hat er in einem Hotel in Easthaven Selbstmord verübt. Ich habe versucht, Sie zu benachrichtigen.«

Rikkards kniete sich neben die Tote und berührte ihr Gesicht. Dann hob er den Kopf der Toten an und ließ ihn fallen. »Noch keine Leichenstarre. Hat nicht mal eingesetzt. Wird aber bald eintreten. Als der Whistler sich umbrachte, hatte er genug auf dem Kerbholz, aber das da, Mr Dalgliesh« – er wies mit dem Zeigefinger auf die Tote –, »das war jemand anderes.«

Stefan Kutzenberger

Der letzte Nachmittag auf Erden

Alles wird gut, dachte er genau in dem Moment, als hinter ihm ein ohrenbetäubender Schuss krachte, doch keine Kugel war in ihn gefahren, nur der Schreck, der allerdings im Herzen stach, sodass er stehenblieb, die Hände langsam hob, bis zu den Ohren, in denen er seine eigene Stimme singen hörte: … *the last afternoon on earth*. Sie hatten beschlossen, zur Abwechslung englischsprachige Songs aufzunehmen, vielleicht brachte das ja den langersehnten internationalen Durchbruch, für baskische Lieder war der Markt dann doch zu klein. Mit zitternden Händen griff Unai nach den kleinen weißen Airpods, das erschrockene Herz raste schneller als zuvor beim Laufen und pumpte Adrenalin durch seinen Körper, zum Sportschweiß hatte sich Angstschweiß gesellt. Wahrscheinlich ein Jäger, eine kleine Sprengung, ein Missverständnis, hatte nichts mit ihm zu tun. Er zog die Ohrstöpsel heraus, ließ die Hände erhoben, drehte sich vorsichtig und verwirrt um und blickte auf ein Gewehr, das ein großgewachsener Mann mit langen, blonden Haaren auf ihn richtete. Keine zwanzig Meter war er entfernt. Jetzt ließ der Mann die Flinte sinken und ging mit großen Schritten einen kleinen Pfad hinab auf Unai zu, der auf dem weichen Moos hinter dem nur kniehohen Drahtzaun stand, der parallel zum Strand gezogen war. Leise hörte er aus den kleinen Plastikstöpseln in seinen Händen Xaviers Schlagzeug scheppern, tsching, tsching, tsching, noch drei Takte, dann war das Lied zu Ende. *The Last Afternoon on Earth* musste ihr Durchbruch werden, das Ende aller finanziellen Probleme, das Ende der ewigen Streitereien mit seiner Frau, »du mit deiner erfolglosen Band, die bringt uns noch alle ins Grab!«, der Anfang einer glorreichen Zukunft. Der neue Song hatte wirklich das Zeug zu einem großen Hit, das war eine Weltnummer, sowas schreibt man nur einmal im Leben, in dem Fall an dem Abend, als ihm seine Frau eröffnet hatte, dass sie schwanger war. Verwirrt hatte er zu rechnen begonnen, er war gerade von einer langen Tour heimgekehrt, aber so war es nun wohl: Er wurde Vater!

»Was zum Teufel machst du da?«, schrie ihn der nordische Hüne mit der Flinte an, auf Englisch. Noch immer schwer atmend ließ Unai seine Hände langsam und beschwichtigend nach unten sinken.

»Nichts, ich laufe nur eine kleine Runde«, sagte er, ebenfalls auf Englisch.

»Und auf welcher Seite des Zauns?«, brüllte der Mann, obwohl er nur mehr eine Flintenlänge von Unai entfernt stand.

»Hier«, sagte Unai und zeigte vor seine Füße.

»Jawohl, hier, auf meiner Seite!«

»Sorry, im Schotter war das Laufen extrem anstrengend. Hier im Moos ist es so schön weich, so knieschonend«, sagte Unai.

»Das freut mich für deine Knie«, knurrte der Mann, der wahrscheinlich kaum älter als Unai war, ihn aber wie einen Schulbuben behandelte. »Wenn da jeder kommt, ist es aber bald aus mit dem Moos. Weil hier dann nichts mehr wächst.«

»Aber es kommt ja sonst niemand«, versuchte sich Unai zu verteidigen, »ich bin, seit ich vom Hotel weggelaufen bin, niemandem begegnet.« Ein weiterer Schuss explodierte markerschütternd in der Luft, eine kleine Rauchwolke blieb wie ein böses Omen über den Köpfen der beiden Männer stehen und löste sich nur langsam auf. Unais Ohren pfiffen, diesmal war es nicht Schreck, der ihn durchzuckte, sondern Wut.

»Was soll das, Sie können doch nicht einfach so herumballern!«, brach es aus ihm heraus.

»Und ob ich das kann«, sagte der Mann ruhig, kippte den Lauf der Doppelflinte nach vorne und steckte routiniert zwei neue Patronen hinein. Mit einem satten Klick war das Gewehr neu geladen und zielte nun genau zwischen Unais Augen. »In ganz Island darf man Wege nicht verlassen. Sag mir also nicht, was ich tun darf und was nicht.« Unai blickte direkt in die zwei dunklen Löcher des Laufs vor ihm, er musste seine Taktik ändern, nicht recht haben wollen, sondern deeskalieren, das sollte doch möglich sein.

»Sie können so gut Englisch«, hörte er sich sagen, »ich glaube, in ganz Spanien findet man keinen Bauern, der so gut Englisch kann wie Sie.«

»Ich bin kein Bauer.«

»Ach so, ich dachte nur, weil Sie sagten, dass das Ihr Land sei. Was machen Sie denn beruflich?«, versuchte Unai so freundlich und natürlich wie möglich Konversation zu betreiben, den Gewehrlauf vor seiner Nase ignorierend.

»Du bist also Spanier«, stellte der Mann fest, ohne auf die Frage einzugehen.

»Eigentlich Baske, aus dem Baskenland.«

»Baske?«, fragte der Mann erfreut und ließ das Gewehr sinken.

»Ja«, bestätigte Unai.

»Und was bringt dich nach Island?« Unai blickte hinaus aufs Meer. In kaltem Grau lag es da und spülte nachlässig kleine Wellen an den Schotterstrand, wo sie sich mit sanftem Rauschen in weißen Schaum auflösten.

»Das Meer«, sagte Unai. »Mein Vater war Fischer, wie so viele Basken. Da der Golf von Biskaya aber bereits nach wenigen Seemeilen vor unserer Küste in einen viertausend Meter tiefen Schlund abbricht, gibt es dort kaum Fische. Deshalb fahren unsere Kutter bis

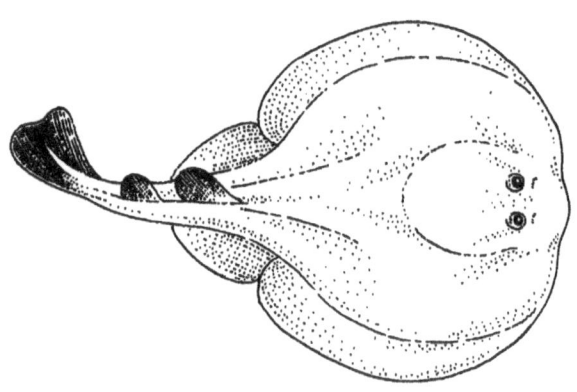

hinauf nach Island, um dann zwei oder drei Wochen später vollgepackt wieder zurückzukommen.«

»Bist du mit einem Fischerboot hier?«

»Nein, ich bin als Tourist hier. Oder als Sohn. Mein Vater ist vor langer Zeit, als ich noch ein Kind war, von einer dieser Fahrten nach Island nicht mehr heimgekehrt. Verschollen, von einer Welle verschluckt, man weiß es nicht genau. Als ich immer dringender nach meinem Papa gefragt habe, hat mir meine Mama erklärt, dass er als Held in Island geblieben ist. Sie hat mir ein Buch mit den nordischen Götter- und Heldensagen gegeben und behauptet, dass Papa nun als einer von denen weiterlebt. Obwohl ich schon damals gefühlt habe, dass das nicht ganz stimmen kann, hab ich es doch auf irgendeine Art geglaubt. Ich war nicht der Einzige, der mit solchen Märchen abgespeist worden ist, viele Kinder, deren Väter nicht mehr heimgekommen waren, hatten nun einen Papa, der auf dem Meeresgrund herrschte, Kapitän eines fliegenden Schiffes war oder die Welt auf der Suche nach einem unermesslichen Schatz unermüdlich umrundete. Die nordischen Heldensagen ließen mich auf jeden Fall nie wieder los. Odin, Thor und Loki sind für mich wahrer als die Erinnerung an meinen *Aita*. Dass wir aber nach Island gefahren sind, war die Idee meiner Frau. Um meinem Vater, dem Helden, näherzukommen, um endlich abschließen zu können.«

»Da bist du also Baske«, wiederholte der Mann, ohne auf die umständliche Erklärung einzugehen.

»Ja, aus dem Baskenland.«

»Weißt du, es ist so, dass die Basken schon seit vielen Jahrhunderten vor unserer Haustüre fischen. Selbst im

Mittelalter waren sie hier, haben Proviant aufgenommen, die Schönheit Islands genossen – und die Schönheit der isländischen Frauen. Die interessanten Männer aus dem Süden waren eine willkommene Abwechslung für unsere Frauen. Eine Abwechslung, aus der viele Kinder entstanden sind. Das hat die isländischen Männer weniger erfreut. Deshalb hat man ein Gesetz erlassen, das den Mord an Basken straffrei stellt. Und weißt du, was das Beste daran ist?«, fragte er, und es war keine rhetorische Frage, sondern eine echte, auf die er eine Antwort erwartete und auch einforderte, doch Unai wusste nicht, was er sagen sollte, hatte keine Ahnung, was das bedeuten sollte, dass es angeblich legal war, Basken zu erschießen, und er zuckte mit den Schultern und fragte: »Was ist das Beste?«

»Dass das Gesetz nie aufgehoben wurde. Es gilt immer noch.« Der Mann hob wieder das Gewehr, sodass es den Basken fast berührte, nur Zentimeter vor seinem Gesicht hin- und hertanzte, und da Unai immer noch nicht wusste, was er sagen sollte, schwieg er einfach. Eine gespenstische Ruhe machte sich breit. Das schlurfende Schäumen des an diesem Nachmittag so ruhigen Meeres schien den Soundtrack zu diesem eigenartigen Showdown liefern zu wollen, und gerade, weil der gewaltige Ozean so unbeteiligt lässig dalag, wirkte er umso bedrohlicher, und Unai wusste, dass ihm niemand zur Hilfe eilen würde, falls dieser Mann es ernst meinte. Im Hotel wartete seine Frau auf ihn oder auch nicht, mit ihrem dicken Kugelbauch, in dem ihre gemeinsame Tochter bereits lebensfähig war, Iduna sollte sie heißen, das hatte Aroa so bestimmt. Seit sie schwanger war, interessierte sie sich plötzlich auch für nordische Mythologie, deshalb also der Name der isländischen Göttin der Unsterblichkeit, er hatte da nichts mitzureden gehabt. Sie ließ sich das Geschlecht nicht sagen, weil sie sicher war, eine Tochter zu bekommen, so übel war ihr die ganze Zeit, es konnte gar nicht anders sein, hatte mit den weiblichen Hormonen zu tun, meinte sie, eine Frau in einer Frau, das ist zu viel, da brauche sie gar kein verwackeltes Ultraschallbild, und Unai hatte keine Ahnung, ob das medizinisch irgendwie belegbar war, hoffte auf einen Sohn und half ihr so gut es ging durch die Schwangerschaft. Doch meist ging es ihr nicht gut, sie lag leidend im Bett, bewegte sich kaum und ließ sich von ihm bedienen. Bis sie plötzlich die Idee hatte, gemeinsam nach Island zu reisen, bevor sie keine Zeit mehr dafür haben würden. Sie meinte, er müsse endlich erwachsen werden und akzeptieren, dass sein Papa kein isländischer Held war, sondern im Meer ertrunken. Vielleicht würde es ihm ja helfen, vor Ort zu sein, um das Schicksal seines Vaters zu vollenden, wie sie sich ausdrückte. Und nun waren sie hier, und sie lag seit Tagen im Hotelzimmer, während er regelmäßig am Strand entlangjoggte. Doch heute war er plötzlich explodiert. So eine Schnapsidee, hierher fliegen zu wollen, hatte er gebrüllt, wo Island doch so absurd teuer war, jede Nacht fast unbezahlbar, jeder Apfel, jede Suppe, jedes Brot ein Vermögen kostete, und sie ohnehin gleich wieder alles ausspie, woraufhin sie zurückschrie, dass sie wegen ihm hergekommen war, um bei ihm zu sein, wenn er seinem Vater näherkam, dass sie aber, wenn er nicht wollte, ihn ohnehin nicht brauchte, er keine Hilfe wäre, niemals gewesen war, und sie das Kind gerne auch alleine großziehen könne. Auf keinen Fall, brüllte er, so leicht würde sie ihn nicht loswerden, niemals würde er seinen Schwur brechen: »Bis dass der Tod uns scheidet.« Du bist der konservativste Rockmusiker der Welt, höhnte Aroa, doch er hatte gar nicht weiter zugehört, sich die Laufschuhe geschnürt und war losgerannt, den Strand entlang, was im Schotter aber anstrengend war, sodass er über den kleinen Zaun sprang und auf dem so weichen Moos weiterlief, obwohl er sehr wohl gehört hatte, dass man das nicht tun sollte, aber es federte so beschwingt, dass er sich wie ein Kind auf einem Trampolin vorkam, und als dann auch noch die Sonne zwischen den Wolken hervorblitzte und gleichzeitig *Last Afternoon on Earth* in den Kopfhörern ertönte, euphorisierte ihn der so perfekt abgemischte Sound wie beim ersten Hören, und er fühlte plötzlich, wie schön das Leben sein konnte, und dass es sinnlos war, es sich schwerer zu machen als notwendig. Er sollte umdrehen, Aroa in die Arme nehmen und ihr sagen: Alles wird gut – doch dann war der Schuss gefallen.

»Ich kann dich also abknallen, und mir wird nichts passieren«, stellte der Mann klar. Unai musste seine Gedanken ordnen. Meinte der Typ das ernst?

»Weil ich auf dem Moos gelaufen bin?«, fragte er.

»Ja, weil du auf dem Moos gelaufen bist. Wenn das alle tun, ist es vorbei mit dem isländischen Moos.«

»Es werden nicht alle tun.«

»Man muss trotzdem ein Exempel statuieren.«

»Sie können mich aber nicht einfach abknallen. Auch wenn einen das Gesetz nicht stoppt, so gibt es doch noch etwas, das einen davor abhält, jemanden zu töten«, sagte Unai und wusste noch immer nicht, ob er das Ganze ernst nehmen sollte oder ob es nur ein Spiel war.

»Was hält einen ab?«

»Die Moral.« Der Mann lachte und schüttelte seine blonde Mähne.

»Moral! Die hilft nicht viel, oder? Die Menschen bringen sich immer schon gegenseitig um. Trotz Polizei, trotz Gesetzen und trotz Moral.« Das Gewehr tanzte gefährlich nah vor Unais Nase.

»Vielleicht gab es tatsächlich immer schon Mord«, argumentierte er tapfer, »der Mensch tötet aber nur dann einen anderen, wenn er nicht mehr weiterweiß, aus großem Leid oder großer Leidenschaft, als allerletztes Mittel. Doch nicht einfach so.«

»Was heißt, einfach so? Wenn man in der Welt von deinem Tod erfährt, wird nie wieder jemand über das Moos trampeln. Als Märtyrer für die Natur wirst du in die Geschichte eingehen. Held von Island wirst du werden!« Für einen Augenblick öffneten sich die über den atlantischen Himmel dahinjagenden Wolken, und die Sonne sandte einen Strahl auf Erden. Unai dachte an Iduna, mit einem Mal war er sich ebenso sicher wie Aroa, dass sie eine Tochter bekommen würden. Eine Tochter! Eine warme Welle des Glücks umfasste ihn. Gerührt blickte er auf das Meer hinaus, wo die Sonne auf der sanft wogenden Wasseroberfläche blinkende Brillanten blitzen ließ, wie ein Gruß seines Vaters, des Helden von Island. Er hatte gar nicht gewusst, wie sehr er ihn vermisst hatte. Doch nun war er ihm ganz nahegekommen, auch hiermit hatte Aroa recht gehabt. Er hatte Vater werden müssen, um den seinen wiederzufinden. Da zerschnitt ein krachender Schuss die friedliche Stille von Unais letztem Nachmittag auf Erden.

Wie eine in die Luft gezeichnete Verbindungslinie stand für einen Augenblick eine Rauchwolke zwischen den beiden Männern. Noch bevor sie sich aufgelöst hatte, war der eine mit verblüfftem Blick nach hinten gekippt, wo ihn das weiche, isländische Moos empfing, als wäre es ein tröstendes Himmelbett. Der andere Mann griff zu seinem Mobiltelefon und tippte mit leicht zitternden Fingern eine Nachricht: *Geliebte Aroa, niemand steht unserem Glück mehr im Weg. Ich kann es nicht erwarten, dich in meine Arme zu schließen und zu spüren, wie Idunas kleine Füßchen durch die Bauchdecke hindurch ihren Papa begrüßen.*

Petros Markaris

Die drei Caballeros

Abend für Abend breiteten sie ihre Matten unter der Arkade vor dem Bankgebäude in der Athinas-Straße aus. Sie betteten sich hintereinander und nicht nebeneinander, so dass die Füße des einen den Kopf des anderen berührten.

Vor aller Augen hüllten sie sich in ihre Decken, die sich nur im Farbton unterschieden, aber allesamt schmutzig und voller Löcher waren. Sokratis und Periklis hatten jeweils an ihrem Kopfende einen Plastikbecher stehen, während Platon seinen Metallbecher mit der Rechten festhielt. Beim morgendlichen Aufwachen waren die Becher in der Regel leer. Vielleicht fand sich mal ein 20-Cent-Stück in einem der drei, vielleicht auch zwei 10-Cent-Münzen, als kleine mildtätige Gabe von nächtlichen Passanten oder als Spende von Leuten, die gut gelaunt aus den Bars oder Esslokalen in Monastiraki gekommen waren und sich, bevor sie heimkehrten, großzügig zeigen wollten.

Vielleicht hätten die Athener ihnen den Spitznamen »die drei Caballeros« verpasst, wäre ihnen Tonis Maroudas' gleichnamiger Hit aus den düsteren Bürgerkriegsjahren noch geläufig gewesen. Ende der vierziger Jahre war er in aller Munde, zumindest bei denen, die noch nicht auf entlegene Inseln deportiert waren.

Die drei Obdachlosen hingegen kannten das Lied noch aus ihrer Kindheit und nannten sich manchmal im Scherz so. Und obwohl sie mit den im Lied besungenen Vaqueros nichts zu tun hatten, passte die zweite Strophe perfekt auf sie: Auch sie brachen, genauso wie die südamerikanischen Rinderhirten im Lied, immer vom selben Ort auf.

Platon bettelte an der Ecke der Ajias-Irinis-Straße, nicht weit von ihrem Schlafplatz entfernt. Gäbe es eine Auszeichnung für Bettler, so hätte Platon für den Titel des gepflegtesten Bettlers Athens kandidieren können. Sein langes Haar war säuberlich nach hinten frisiert und sein Bart, der fast bis zur Brust reichte, perfekt getrimmt. Auf seinen Knien hielt er ein Pappschild mit der wohlformulierten Aufschrift: »Bitte um eine milde Gabe«. Dann und wann stellte er das Pappschild neben seinem Schemel ab, zog selbstverliebt Kamm und Spiegel aus seiner Jackentasche und widmete sich der Bartpflege.

Sokratis und Periklis waren Mülltaucher, die man – aufgrund ihrer Suche nach wertvollen Altmetallen – als die Grabräuber der Moderne bezeichnen könnte. Die beiden grasten hauptsächlich die Innenstadtviertel ab, hielten sich jedoch von den Mülleimern rund um die Athinas-Straße fern, die das Revier der eingewanderten Grabräuber bildeten. Als sie einmal wagten, sich ihnen zu nähern, fiel gleich ein Dutzend Migranten verschiedenster afroasiatischer Provenienz über sie her. Sie hätten kräftige Prügel bezogen, wenn nicht gerade ein Streifenwagen vorbeigekommen wäre und die anderen zu einer ungeordneten Flucht gezwungen hätte.

»Lasst die Müllcontainer in dieser Gegend lieber in Ruhe«, sagte der Fahrer des Streifenwagens. »Das hier ist das Revier der Migranten. Wir waren nur ganz zufällig in der Nähe. Beim nächsten Mal habt ihr vielleicht nicht mehr so viel Glück.«

Da begriffen sie, dass sie »in der ganzen Pampa bekannt« waren, wie es auch im Lied heißt, und so beschlossen sie, lieber noch unentdeckte Gefilde zu erkunden.

Aber gab es überhaupt noch weiße Flecken auf der Landkarte? Griechische Mülltaucher haben ja eine interessante statistische Gemeinsamkeit mit Führungskräften aus der Wirtschaft: Einer von drei Griechen ist studierter Betriebswirt, einer von drei Obdachlosen ist »Grabräuber«.

Periklis und Sokratis beschlossen, einen Erkundungsfeldzug durchzuführen: Sie wollten verschiedene Viertel durchforsten, um herauszufinden, welche ihnen einen möglichst großen Ertrag bei möglichst geringer Gefahrenlage einbrachten.

Platon verfolgte kopfschüttelnd ihr Gespräch: »Nehmt doch besser euren Plastikbecher, wählt einen guten Standort aus und widmet euch dem Betteln«, riet er ihnen. »Mülltauchen ist doch kein Beruf.«

»Lass mal, Platon«, antwortete Periklis genervt. »Seit wann ist denn Betteln ein Beruf? Wir durchsuchen den Müll, sammeln nutzlos gewordene Dinge und verkaufen sie. Wir sind Händler. Was ist dagegen die Bettelei?«

»Geldwäsche«, meinte Sokratis und lachte sich die Seele aus dem Leib.

»Ihr werdet noch gehörig draufzahlen«, kommentierte Platon und brach das Gespräch ab.

Sokratis und Periklis entwarfen noch am selben Abend einen generalstabsmäßigen Plan. Sokratis schlug vor, in den reichen Vororten anzufangen.

»Ja, aber wie kommen wir dorthin?«, fragte sich Periklis. »Jetzt gibt es nur noch elektronische Fahrkarten und Durchgangssperren. Wie sollen wir da unseren Einkaufswagen mitnehmen, selbst wenn wir Geld für ein Ticket auftreiben könnten?«

Mit einem Euro hatten sie einen Supermarkteinkaufswagen mitgehen lassen. Antonis, der eine kleine Drogerie betrieb, hatte ihnen erlaubt, ihn in seinem Lager abzustellen.

»Wir könnten einen Einkaufswagen aus einem Supermarkt vor Ort holen«, schlug Sokratis vor. »Den Euro kriegen wir schon wieder rein. Dann stopfen wir unsere Funde in große Plastiktüten und transportieren sie so in der Stadtbahn.«

»Bist du noch bei Trost? Die Supermärkte haben doch alle Sicherheitspersonal. Wenn die sehen, dass wir einen Einkaufswagen mitnehmen, haben die uns gleich am Schlafittchen. Wer weiß, wie wir aus der Nummer dann wieder rauskommen.«

Schließlich einigten sie sich darauf, die Viertel abzuklappern, die sie zu Fuß erreichen konnten, also Gegenden am unteren Ende der Patission-Straße zwischen Viktoria-Platz und Kato Patissia.

»Ihr habt ja nicht alle Tassen im Schrank«, schlussfolgerte Platon. »Der untere Teil der Patission ist der reinste Dschungel. Dort regieren nigerianische, afghanische und somalische Banden.«

Sie ignorierten seine Einwände, weil er ein notorischer Besserwisser war. Aber gleich am Anfang ihres Erkundungsgangs mussten sie erkennen, dass er recht hatte.

Als sie vom Viktoria-Platz weiter in Richtung Attiki und Ajios Nikolaos vordrangen, sahen sie in allen Querstraßen Grüppchen von Afrikanern und Asiaten, die miteinander quatschten. In einigen Straßen waren auch lautstarke Auseinandersetzungen zu beobachten oder gar Schlägereien. Die einheimischen Bewohner huschten mit gesenktem Blick durch die Straßen und wagten kaum, sich umzublicken.

»Hat Platon vielleicht doch recht?«, fragte Periklis Sokratis.

»Wie meinst du das?«

»Ja, siehst du denn nicht? Hier herrscht das Gesetz des Dschungels, und zwar wortwörtlich. Wenn wir uns hier auch nur einem Müllcontainer nähern, kriegen wir eins aufs Dach.« Er blickte Sokratis an und lächelte spitzbübisch.

»Vielleicht sollten wir eine Genossenschaft gründen?«

»Eine Genossenschaft?«, wunderte sich Sokratis.

»Zusammen mit Platon. Warum sollte es nur landwirtschaftliche Genossenschaften geben? Wir könnten doch eine Bettler-Genossenschaft ins Leben rufen. Unser Berufsstand ist doch durch das ausländische Kapital in Misskredit gebracht worden.«

Sokratis warf ihm einen skeptischen Blick zu. Diese Idee schien ihm übertrieben. Vielleicht hätten das die drei Caballeros geschafft, nachdem ihnen Tonis Maroudas zum Erfolg verholfen hatte. Aber drei Bettler waren

»unter tausend Rindern allein auf weiter Flur«, wie es schon im Lied hieß.

»Komm«, sagte er knapp und ging forsch voran.

»Wohin denn?«, fragte Periklis.

»Es gibt nicht nur das eine Ende der Patission-Straße, sondern auch das andere«, erläuterte Sokratis.

Sie liefen die Agathoupoleos hoch und erreichten über den Ameriki-Platz den Stadtteil Kypseli. Hier war alles ruhig. In den Kafenions saßen Gäste, die in ihrer eigenen kleinen Welt lebten. Andere führten ihre Hunde Gassi. Eine Afrikanerin saß auf einem Stein-bänkchen und sah ihren Kindern beim Spielen zu.

»Na, siehst du?«, meinte Sokratis zufrieden.

Periklis gab keine Antwort. Er hatte die Müllcon-tainer entdeckt, die an der Ecke Tenedou- und Ajias-Sonis-Straße standen: drei Stück auf der einen und zwei auf der anderen Seite der Fußgängerzone. Er blickte sich um und fand schließlich einen kleinen Ast, mit dem er sie durchwühlen konnte. Er öffnete den ers-ten, danach nahm er sich die übrigen vor.

Die Gegend war zwar friedlich und still wie das Meer bei Schönwetter, aber die Müllcontainer waren leer. Auch als sie die umliegenden Straßen abklapperten, bot sich ihnen immer dasselbe Bild. Als sie ans Ende der Megistis-Straße gelangt waren, hörten sie eine Stimme hinter sich.

»Ihr sucht hier ganz umsonst. Um diese Zeit werdet ihr nichts finden.«

Als sie sich umdrehten, erblickten sie einen glatz-köpfigen Siebzigjährigen, der eine schäbige Jacke und Sportschuhe trug und ihnen entgegenlächelte.

»Warum werden wir nichts finden?«, fragte Sokratis.

»Weil sie morgens kommen und ihre Müllernte einfahren.«

»Die Einwanderer?«, wollte Periklis wissen.

»Was heißt Einwanderer? Landsleute! Die kommen
zwischen sechs und sieben Uhr früh, weil sie beim
Mülltauchen nicht erwischt werden wollen. Dann,
wenn die Anwohner noch schlafen oder gerade beim
Morgenkaffee sitzen.« Er pausierte kurz und fuhr dann
fort: »Das sind teils Rentner, teils Arbeitslose. Die nehmen alles mit, von Essensresten bis hin zu Metall und
Holz. Was sie um sechs Uhr früh vorfinden, weiß ich
allerdings nicht. Die Müllabfuhr kommt kurz nach
Mitternacht und leert die Container. Wer trägt denn
seinen Müll mitten in der Nacht runter? Tja… Not
macht erfinderisch, wie es so schön heißt. Zu den neuen

Errungenschaften unserer Zeit zählt jetzt auch das Mülltauchen.«

Er wandte sich kopfschüttelnd zum Gehen. Die anderen beiden blickten ihm nachdenklich hinterher.

»Und was jetzt? Sollen wir schon um vier Uhr früh kommen?«, fragte Sokratis.

»Hast du nicht gehört, was der Typ gesagt hat? Die Müllabfuhr kommt um Mitternacht.«

»Richtig, aber sie leert ja nur die Hausmüll-Container. Die blauen Recycling-Container werden vermutlich von einer anderen Schicht geleert. Die Rentner und Arbeitslosen kommen deshalb so früh morgens, weil die blauen dann noch voll sind.«

»Ach was, wer trennt denn schon den Müll? Die Leute werfen doch alles in den erstbesten Container«, sagte Periklis.

Sokratis dachte kurz nach, und seine Miene hellte sich auf. »Ich hab's! Wir kommen einfach um elf Uhr abends, bevor die Müllabfuhr kommt.«

Als sie zu ihrem Schlafplatz zurückkehrten, erzählten sie Platon ganz begeistert von ihrer Idee. Aber der stellte sich taub, hielt mit beiden Händen sein Pappschild mit dem Bettelspruch hoch und starrte unbeteiligt auf die Straße.

»Komm, lassen wir den Spinner«, sagte Periklis zu Sokratis.

Noch in derselben Nacht zogen sie los, und ihre Ausbeute war beeindruckend. Auch in den folgenden Nächten waren sie erfolgreich.

»Warum weiter die Hand aufhalten? Lass das Pappschild liegen und komm mit uns, du Trantüte!«, meinte Periklis versöhnlich. »Die Ausbeute reicht für uns alle.«

Platon hätte schon gern gern mitgemacht. In der letzten Zeit landeten mit jedem Tag weniger Münzen in seinem Becher. Aber zum einen fiel es ihm nicht leicht, seine Niederlage einzugestehen, zum anderen fürchtete er, seinen Posten aufzugeben, den sich sofort ein anderer unter den Nagel reißen würde. Wenn die Sache schiefging, würde er sich einen neuen Standort suchen müssen.

»Komm schon, das ist eine einmalige Gelegenheit!«, ermunterte ihn Sokratis, der seine skeptischen Gedanken zu lesen schien. »Seit drei Jahren müssen wir täglich befürchten, im Überlebenskampf irgendwann draufzugehen wie beim russischen Roulette, aber jetzt lacht uns das Glück! Ab morgen geht's bergauf!«

»Wie kommst du darauf?«

»Ein Typ in Kypseli hat uns erzählt, wo die wahre Müll-Pampa liegt«, erklärte ihm Periklis.

»Müll-Pampa?«, wunderte sich Platon. »Jetzt seid ihr völlig durchgeknallt.«

»Er hat uns von der großen Müllhalde in den Olympischen Sportstätten von Neo Faliro erzählt, beim Dingsbums-Beach«, fügte Sokratis hinzu. »Morgen drehen wir dort eine erste Runde. Komm mit, wir gehen zusammen, vereint im Kampf, dann haben wir alle was davon! Das Geld reicht dann auch für die Stadtbahn-Tickets.«

Platon schien darüber nachzudenken. »Jedem das Seine«, bemerkte er schließlich. »Ich bleibe Bettler.«

»Lass ihn doch! Wie kann man nur so stur sein!«, sagte Periklis erbost zu Sokratis.

Am nächsten Morgen beobachtete Platon aus dem Augenwinkel, wie die beiden ihre Matten zusammenpackten. Einen Augenblick dachte er daran, doch noch mitzugehen, aber dann wies er die Versuchung von sich und stellte sich schlafend. Eine Stunde später stand er auf, rollte seine Matte ein, kämmte sich Bart und Haare, bezog auf seinem Klapphocker mit dem Pappschild auf den Knien Position und vergaß Sokratis, Periklis und die Olympischen Sportstätten. Am Abend jedoch wartete er auf sie, weil er wissen wollte, wie es ihnen ergangen war. Nur, die beiden Caballeros kamen nicht. Platon machte sich keine weiteren Gedanken. Wahrscheinlich übernachteten sie in der Olympia-Anlage, um morgen gleich weiterzumachen und sich das Geld für die Fahrt mit der Stadtbahn zu sparen. Mülltaucher und Bettler hatten schließlich kein Handy, um Bescheid zu sagen.

Als jedoch Sokratis und Periklis am nächsten Abend wieder nicht auftauchten, kriegte Platon kalte Füße. Die ganze Nacht lang verharrte er auf seiner Matte und zerbrach sich den Kopf, was seinen Freunden zugestoßen sein könnte. Ihm kam es unwahrscheinlich vor, dass sie eine weitere Nacht in der »Müll-Pampa« verbrachten. Sie wären bestimmt zurückgekehrt, um ihre Ausbeute zu verkaufen.

Als Antonis, der Drogist, der ihren Einkaufswagen aufbewahrte, am nächsten Morgen seinen Laden aufsperrte, saß Platon noch immer grübelnd da, den Kopf in beide Hände gestützt.

»Was ist los mit dir? Hast du ein Problem?«, fragte er besorgt.

»Ich nicht, aber Sokratis und Periklis, befürchte ich.«

»Wieso?«

»Weil sie schon zwei Nächte woanders verbracht haben. Sie sind auf Streifzug in der Pampa.«

»In der Pampa?«, fragte Antonis baff.

»So nannten sie die neue Bezugsquelle, wo sie ihr Zeug herkriegen.«

»Und wo liegt diese Pampa?«

»In der Olympia-Anlage von Neo Faliro.«

Antonis' Blick verdunkelte sich. Es lag ihm etwas auf der Zunge, das merkte Platon ganz deutlich.

»Nur heraus mit der Sprache! Sag, wenn du etwas weißt.«

»Gestern wurden zwei unbekannte Tote in den Olympischen Sportstätten gefunden. Erstochen.« Als er Platons Gesichtsausdruck sah, versuchte er ihn zu beruhigen. »Aber das müssen ja nicht Sokratis und Periklis sein. Ich vermute, dort laufen jede Menge Leute herum, die genau denselben Job machen.«

Platon blickte ihn verstört an. »Wie kann ich das herausfinden?«, brachte er schließlich über die Lippen.

»Ich habe es gestern Abend im Fernsehen gehört, aber dort wurden keine Einzelheiten genannt. Wahrscheinlich kann dir nur die Polizei weiterhelfen.«

Platon überlegte. In seinem derzeitigen Leben mied er jede Begegnung mit der Polizei. Andererseits wusste er, dass er Höllenqualen leiden würde, wenn er nichts für seine Freunde unternahm.

Er holte seinen Kamm hervor und widmete sich der Pflege von Bart- und Kopfhaar. Wenn er schon um einen Besuch bei der Polizei nicht herumkam, wollte er doch alles dafür tun, um als ganz normaler Bürger behandelt zu werden.

Der diensthabende Beamte auf dem Polizeirevier am Omonia-Platz musterte ihn. »Du kommst mir bekannt vor«, sagte er und kramte in seinem Gedächtnis.

Platon kam sofort zur Sache, um weiteren Bemerkungen zuvorzukommen. »Seit vorgestern vermisse ich zwei Freunde. Heute Morgen hat mir ein Bekannter erzählt, dass zwei Tote in der Olympia-Anlage von Neo Faliro gefunden wurden. Und nun frage ich mich, ob es die beiden sein könnten.«

»Was sind deine Freunde von Beruf?«, fragte der Beamte, als hätte das irgendeine Bedeutung.

»Sie sind arbeitslos, wie ich«, antwortete Platon. Dass sie alle drei Bettler waren, ließ er aus Sicherheitsgründen unter den Tisch fallen.

»Es gibt nur einen einzigen Weg, wie du feststellen kannst, ob es deine Freunde sind. Ein Besuch in der Gerichtsmedizin, um sie zu identifizieren.«

Sie schickten ihn mit einem Streifenwagen auf den Weg. Während der ganzen Fahrt nagte die Ungewissheit an ihm.

Zwischendurch fragte er sich, ob er die Sache nicht besser auf sich beruhen lassen sollte. Dann konnte er weiter fest daran glauben, die beiden anderen Caballeros hätten ihn einfach hängenlassen. Er würde sie verfluchen, aber in seiner Vorstellung wären sie immer noch am Leben.

Man brachte ihn in einen Warteraum, wo ihn ein Uniformierter bewachte – als ob die Streifenbeamten nicht genügt hätten. Anscheinend hatten sie Angst, er könnte ausbüxen. Kurz danach trat ein junger Mann in weißem Arztkittel herein, überreichte ihm einen Mundschutz und forderte ihn auf mitzukommen.

Er führte ihn in einen großen Saal. Platon spürte die durchdringende Kälte. Dann erblickte er zwei Körper, die – von einem Tuch zugedeckt – auf Autopsietischen lagen. Der junge Arzt zog das Tuch so weit herunter, dass die Gesichter zu sehen waren.

Platon erkannte Sokratis und Periklis, die mit weit aufgerissenen Augen an die Decke starrten.

»Hast du sie erkannt? Sind es deine Freunde?«, fragte ihn der junge Arzt.

Platon machte den Mund auf, aber die Stimme versagte. Er konnte nur noch nicken. Plötzlich wurde ihm bewusst, dass die beiden Caballeros fort waren und er, wie Clint Eastwood, als einsamer Cowboy zurückgeblieben war. Während ihm Tränen in die Augen traten, fluchte er innerlich. ›Vollidioten, ich hab's euch doch gesagt! Was hattet ihr in der Müll-Pampa zu suchen? Was wäre schlimm daran gewesen, mit Becher und Pappschild loszuziehen! Aber ihr wolltet ja unbedingt in den Altmetallhandel einsteigen!‹

Der junge Arzt deckte Sokratis' und Periklis' Gesichter wieder zu. »Komm mit!«, sagte er zu Platon und klopfte ihm jovial und aufmunternd auf die Schulter.

»Wie sind sie umgekommen?«, fragte Platon.

»Der eine starb durch einen Messerstich in die linke Schulter, der andere durch einen in die Brust. Beide wurde mit derselben Waffe angegriffen.«

Der uniformierte Beamte erwartete ihn schon im Büro.

»Hat er sie erkannt?«, fragte er den jungen Arzt. Als dieser bejahte, wandte er sich an Platon: »In Ordnung, dann mal los.«

»Los? Wohin?«, fragte der.

»Zum Präsidium, für eine Zeugenaussage.«

Auf dem Präsidium wurde er zunächst in einem kahlen Büroraum »geparkt«. Nach einer Viertelstunde erschien eine Beamtin mit einem Laptop.

»Ich höre«, sagte sie, und Platon legte los.

Die Polizistin tippte in die Tasten, ohne ihn zu unterbrechen, bis Platon mit einem Mal verstummte.

Die Polizistin blickte ihn neugierig an. »Warum erzählen Sie nicht weiter?«, fragte sie.

»Weil mir noch etwas eingefallen ist.« Und dann berichtete er der Polizistin von dem Abend, als Periklis und Sokratis ganz begeistert zu ihrem gemeinsamen Schlafplatz gekommen waren, nachdem jemand sie auf die Olympischen Sportstätten in Neo Faliro aufmerksam gemacht hatte. Dort könne man das große Geld machen, hieß es.

»Kannten die beiden den Typen?«, fragte die Polizistin.

»Nein. Soviel ich weiß, haben sie ihn damals zum ersten Mal gesehen.«

»Einen Moment.«

Sie verließ das Büro und kehrte kurz darauf mit einem circa sechzigjährigen Mann wieder, der sich als Kostas Charitos vorstellte. Die Polizistin sagte: »Herr Kommissar, ich glaube, dieser Herr hat Ihnen etwas Interessantes zu sagen«, meinte sie zu ihm.

»Bist du sicher, dass deine Freunde ihn zum ersten Mal gesehen haben?«, fragte ihn der Kommissar, nachdem Platon seine Geschichte wiederholt hatte.

»So haben sie es mir jedenfalls erzählt, sie waren ganz aus dem Häuschen vor Freude.«

Der Kommissar blickte ihn grübelnd an. »Wir müssen dich möglicherweise noch um etwas Geduld bitten«, meinte er zu ihm und dann zur Polizistin: »Bestellen Sie einen Mokka für unseren Freund.«

»Wie trinken Sie ihn?«, fragte die Polizistin.

»Schwarz«, antwortete Platon. »Zucker kostet.«

Sie ließen ihn allein. Der Mokka wurde ihm nach kurzer Zeit gebracht, doch erst eine halbe Stunde später kamen die beiden Polizeibeamten zurück. Sie nahmen ihm gegenüber Platz und blickten ihn stumm an. Da das Leben Platon misstrauisch gemacht hatte, fühlte er sich unbehaglich. Dieses Gefühl zerstreute sich jedoch, als der Kommissar sein Schweigen brach.

»Möchtest du, dass wir den Mörder deiner Freunde finden?«, fragte er.

»Klar«, antwortete Platon aufatmend. »Sokratis und Periklis waren meine Familie, ich hab sonst keine.«

»Würdest du uns helfen, den Täter zu finden?«, fuhr der Kommissar fort und fügte hinzu: »Dazu können wir dich nicht zwingen. Aber wenn du uns hilfst, finden wir ihn mit Sicherheit.«

Platon zögerte keine Sekunde. »Was muss ich tun?«, wollte er wissen.

»Du hast uns erzählt, dass deine Freunde zuerst in Kypseli waren und dort die Müllcontainer durchwühlt haben, ohne Erfolg. Wir glauben, dass der Täter sich ihnen aus genau diesem Grund genähert hat: weil sie neu in der Gegend waren. Auf Migranten wäre er nicht zugegangen, weil er befürchten musste, dass wir ihn dann leicht aufgespürt hätten. Daher wollen wir, dass du dasselbe tust wie deine Freunde: Mülltauchen.«

Er sah Platons besorgte Miene und beeilte sich, seine Bedenken zu zerstreuen. »Keine Angst, wir lassen dich nicht allein. Es wird dich jemand beschatten. Wir sagen dir aber nicht, wer. Denn sonst schielst du immer wieder zu ihm rüber und lenkst so die Aufmerksamkeit auf ihn. Außerdem wird es jeden Tag jemand anderer sein.« Er hielt inne und blickte ihn an. »Nun, was sagst du dazu?«

Platon zögerte. Nicht, weil er Angst hatte, sondern weil er nicht wusste, ob er es hinkriegen würde. Schließlich meinte er: »Wann geht's los?«

»Wenn du dazu bereit bist, noch heute Abend«, lautete die Antwort des Kommissars.

Kaum war er in die Athinas-Straße zurückgekehrt, stattete er Antonis einen Besuch in seiner kleinen Drogerie ab. Er erzählte ihm, die beiden Toten in den Olympischen Sportstätten seien tatsächlich Sokratis und Periklis. Danach übergab er ihm seinen Klapphocker und sein Pappschild zur Aufbewahrung, mit der Erklärung, er sei von der Identifizierung der Toten fix und fertig und habe gerade keine Kraft zum Betteln.

Bei Einbruch der Nacht machte er sich mit zwei großen Mülltüten unterm Arm auf den Weg. Er hatte mit dem Kommissar abgemacht, dass er bei den Müllcontainern Ecke Lelas-Karajanni- und Ajias-Sonis-Straße anfangen würde.

Der erste Abend verlief ruhig. Er bog links in die Ajias-Sonis ein und ging weiter bis zur Lesvou-Straße, doch niemand sprach ihn an. Am Morgen bezog er wieder seinen Bettler-Posten. Nicht so sehr wegen der Einnahmen, die ihm sonst entgangen wären, sondern eher, um nicht den Eindruck zu erwecken, dass sich an seiner täglichen Routine etwas geändert hatte.

Am sechsten Abend jedoch, als er in den Containern an der Ecke Megistis- und Kallifrona-Straße wühlte, näherte sich ihm ein großgewachsener, bulliger und durchtrainierter Glatzkopf. Er blieb neben ihm stehen und musterte ihn, die Hände in den Taschen seiner Lederjacke vergraben. Platon spürte, wie ihn ein Schauer überlief, während er tat, als ob nichts sei, und sich nicht nach dem Fremden umwandte.

»Hier, wo du wühlst, wirst du nur nutzlosen Schrott finden. Die wahren Schätze liegen anderswo«, sagte der riesenhafte Kerl.

Platon konnte seinem Blick nicht mehr ausweichen.

»Schrott ist genau das, was ich suche«, versuchte er, mit fester Stimme zu antworten. »Mir ist schon klar, dass man hier keine Schätze findet.«

»Hast du's schon mal bei den Olympischen Sportstätten in Neo Faliro probiert? Dort kannst du reiche Ernte einfahren.«

Platon ließ seine Mülltüte sinken und steckte die Fäuste in die Jackentaschen, um ihr Zittern zu verbergen. »Meinst du? Davon hab ich noch nie gehört«, sagte er vorsichtig.

»Morgen Nachmittag bin ich auch dort. Du findest mich auf dem Beachvolleyball-Feld. Dann zeig ich dir, wo die Goldminen liegen«, sagte der Bodybuilder-Typ. Und weg war er.

›Das also war der Dingsbums-Beach, wie sich Periklis ausgedrückt hat‹, dachte Platon. Er hatte also den beiden anderen genau denselben Treffpunkt angegeben.

Auf dem Rückweg zerbrach er sich den Kopf, wie er mit dem Kommissar in Verbindung treten konnte. Er brauchte neue Anweisungen. Die Frage klärte sich, als ihm in der Athinas-Straße plötzlich ein dreißigjähriger Mann in den Weg trat und einen Dienstausweis aus der

Jackentasche holte. Er zog ihn am Arm in eine dunkle Ecke.

»Was hat der Typ, der dich am Müllcontainer angesprochen hat, zu dir gesagt?«, fragte er. Platon wiederholte ihm wortwörtlich das ganze Gespräch. »Schön, dann gehst du morgen dorthin«, sagte der Polizist. »Mach dir keine Sorgen, wir kümmern uns um deine Sicherheit. Und vergiss nicht, deine Mülltüten mitzunehmen. Er darf nicht den geringsten Verdacht schöpfen.«

Platon verbrachte die Nacht und den darauffolgenden Morgen äußerst unruhig und angespannt. Gegen fünf Uhr nachmittags stieg er in die Athener Stadtbahn und fuhr bis Neo Faliro.

In der Olympia-Anlage schaute er sich um. Was für eine geniale Falle, in die der Hüne seine Gefährten gelockt hatte. Der Ort war genau so, wie ihn die beiden Caballeros beschrieben hatten: eine Müll-Pampa, so weit das Auge reichte. Von Mülltüten und ruinösen Zuschauerbänken bis hin zu Metallzäunen und Eisengittern gab es hier Abfall und Schrott für jeden Geschmack und Gebrauch. Man musste nicht mal eine Auswahl treffen, man konnte einfach alles Herumliegende nehmen.

»Hab ich's nicht gesagt? Hier ist eine wahre Goldgrube!«, hörte er eine Stimme hinter sich sagen. Als er sich umdrehte, erkannte er den Riesenkerl, der ihm zulächelte. Angst überfiel ihn, und er hätte am liebsten Reißaus genommen. Aber es gelang ihm, sich zu beherrschen.

»Komm mit mir, ich zeig dir, wo die Leckerbissen sind.« Platon folgte ihm zur Mitte des Spielfeldes. Dort lag die eigentliche Müllhalde, unter der das Spielfeld völlig verschwand.

»Die Mülltüten sind uninteressant, such lieber ein bisschen weiter unten. Dort liegt der geheime Schatz!«, sagte der Hüne.

Platon gehorchte, während er sich selbst verfluchte, dass er sich – unter Einsatz seines Lebens – auf dieses gefährliche Spiel eingelassen hatte. Er bückte sich, um eine Schicht tiefer zu wühlen.

Plötzlich hörte er einen lauten Ruf hinter sich. »Keine Bewegung, sonst bist du dran!«

Erschrocken fuhr er hoch und erblickte vier Polizeibeamte, die ihre Waffen auf den Hünen gerichtet hielten.

»Raus mit der Hand aus der Jacke und Hände hoch! Bei der kleinsten Bewegung knallt's!«

Der Riesenkerl hob die Hände hoch. Drei von den Polizeibeamten behielten ihn weiter im Visier, während der Vierte auf ihn zuging, ihm die Arme auf den Rücken drehte und Handschellen anlegte. Erst dann ließen die Einsatzleute ihre Waffen sinken.

Platon sah, wie der Kommissar aus einiger Entfernung auf sie zukam. »Schau in seiner rechten Jackentasche nach«, meinte er zu einem Beamten.

Der Polizist zog sich einen Chirurgenhandschuh über und beförderte ein Messer ans Tageslicht. »Tatwaffe sichergestellt, Herr Kommissar«, rief er triumphierend.

Der Hüne wandte sich um und fixierte Platon. »Das war abgesprochen, oder?«, fragte er. »Du warst der Lockvogel.«

»Warum hast du sie umgebracht?«, wollte Platon von ihm wissen.

»Wen?«

»Meine beiden Freunde, die du, genau wie mich, hierhergelockt hast. Wieso hast du sie getötet?«

»Schau dich doch um«, antwortete der Riese. »Was siehst du? Unrat. Erinnerst du dich noch an die vergangenen Zeiten? Weißt du noch, wie es bei der Eröffnungs- und der Abschlusszeremonie der Olympischen Spiele war? Wie auf den T-Shirts der jungen Frauen die griechische Flagge wogte? Was ist davon noch übrig?« Er blickte die Polizeibeamten an. »Müll! Nichts als Müll! Auf Schritt und Tritt nur armselige Überreste einstiger Größe!« Sein Blick löste sich von den Beamten und richtete sich auf Platon. »Und du und deine

Freunde, ihr seid auch nur Müll. Menschlicher Unrat. Ich habe euch hierhergebracht, damit ihr eins werdet mit dem anderen Müll. Die Olympia-Anlage kann ich nicht vom Abfall säubern, aber den menschlichen Unrat kann ich entsorgen. Das ist mein Beitrag, um den Geist der Olympischen Spiele hochzuhalten.«

»Es waren aber nur meine Freunde Mülltaucher, ich nicht«, meinte Platon.

»Du bist kein Mülltaucher? Was bist du dann?«

»Ich bin Bettler.«

Dem Hünen gingen die Augen über, und er trat einen Schritt zurück. »Bettler? Warum hast du das nicht gleich gesagt? Hätte ich das gewusst, dann hätte ich dir kein Haar gekrümmt.«

»Wieso nicht?«, fragte der Kommissar.

»Weil die Bettler zum Symbol für Griechenland geworden sind. Das Land geht doch auch am Bettelstab. Jeden Morgen heißt es: Wen soll ich heute anbetteln? Die Bettler sind die Wahrzeichen der Nation. Und die taste ich nicht an!«

Die Polizeibeamten nahmen den Hünen mit zum Streifenwagen. Vor dem Losfahren klopfte der Kommissar Platon freundschaftlich auf die Schultern. »Bravo, du bist ein grundanständiger Mensch«, meinte er.

Es war die erste Nacht nach Sokratis' und Periklis' Tod, in der Platon tief und fest schlief. Am nächsten Morgen erschien er später als sonst auf seinem Posten, da er ein neues Pappschild schreiben musste. Er bat Antonis um eine Kartonkiste und einen Filzschreiber. Dann trennte er den Boden der Kiste heraus und schrieb darauf:

Eine milde Gabe für den Bettler, Wahrzeichen der griechi-
schen Nation

Hätte nun ein Wirtschaftsstatistiker neben Platon Platz genommen und seine Einnahmen gezählt, dann hätte er feststellen können, dass sein Umsatz mit dem neuen Pappschild um gut fünfundzwanzig Prozent in die Höhe schnellte.

Martina Parker

Starstruck

*Der Segler erbrach sein halbverdautes Bratlfettbrot ins
Schilf. Er und sein Begleiter waren bis zu den Hüften nass
geworden bei dem Versuch, den Mann zu retten, der da
bäuchlings im Wasser trieb. Jetzt lag dieser am schlam-
migen Ufer und man sah, dass es nichts mehr zu retten
gab. Das Gesicht des Mannes war unnatürlich blass. Die
schwarzen Locken klebten an seiner Stirn. Seine Lippen
waren fleischig, blutig, versehrt. Ein Zander hatte sich
daran versucht. Der Mann trug ein weißes Hemd, das
nass und fast durchsichtig an seinem bulligen Körper
klebte. Darüber eine dieser angesagten blaugestreiften
Schürzen. Auf dem Latz war ein Monogramm eingestickt.
Zwei verschlungene Buchstaben, AA.*

»Oh mein Gott«, sagte der Segler zu seinem Freund.

Der Griff der Peitsche glänzte in der Herbstsonne. Es
war ein kurzer fester Griff aus fein poliertem Holz mit
dekorativem Schnitzmuster. Die Peitsche selbst wirkte
– obwohl erst halb fertig – bereits schwer und lang. Der
grauhaarige Mann hatte hellblaue Augen, über die sich
jetzt im Alter ein milchiger Schleier gelegt hatte. Flink
vereinte er mehrere Seile zu einem straffen Strang. Zwischendurch behandelte er die Leinen immer wieder mit

Wachs, um sie geschmeidig zu machen. Seine Hände mit den verdickten Knöcheln arbeiteten kraftvoll und angestrengt.

»Es dauert noch, bis die Goaßl fertig ist. Haben Sie so viel Zeit?«, fragte er die Journalistin. Der alte Weinbauer war es gewohnt, dass die Leute heutzutage keine Zeit mehr hatten.

»Hab ich«, sagte Vera Horvath.

Sie hatte sich gut auf das Interview mit dem Goaßlflechter vorbereitet. Sie wusste, dass das, was er hier tat, ein aussterbendes Handwerk war. Einst wurden vielerorts solche selbstgemachten Peitschen geschwungen. Um dunkle Bedrohungen abzuwenden, um böse Geister zu verjagen, den Winter auszutreiben und Dämonen im Zaum zu halten. Doch hier rund um den Neusiedlersee war die dunkle Bedrohung real. Eine schwarze Wolke am Himmel. Eine Wolke, die sich zur Kugel zusammenzieht, pulsiert oder Wellen formt, bevor sie sich der Erde nähert und zerstört.

Der Segler hatte seinen Freund losgeschickt, um Hilfe zu holen. Er hatte noch immer den sauren Gestank seines Erbrochenen in der Nase. Aber er ekelte sich weniger davor als vor diesem weißen Etwas, das da am Ufer lag.

Er hatte eine Vermutung, wer dieses Etwas war. Das Foto war durch die Medien gegangen. Auturo Alessi. Der Haubenkoch, der im Seewinkel die Wiener Bobos einkochte. Der Mailänder wurde seit vier Tagen vermisst. Seine Freundin hatte Alarm geschlagen, als er nach Küchenschluss nicht nach Hause gekommen war.

Die Polizei hatte sie beruhigt: »Dass man sich irgendwo versäuft und erst Tage später wieder auftaucht, ist hier in

der Weinregion nichts Ungewöhnliches.« Und ein Gastro-
nom und ein Italiener noch dazu. Mein liebes Fräulein.
Ich bitt Sie gar schön. Wir wissen doch, dass so einer nicht
treu sein kann. Letzteres hatte der Polizist aber nur ge-
dacht und nicht gesagt.

»Er hat nie viel getrunken«, hatte die Freundin des
Kochs protestiert und auf eine Nachricht verwiesen, die
ihr dieser in besagter Nacht geschickt hatte. Auturo war
losgezogen, um seinen entlaufenen Hund zu suchen. Er
hatte ihr gesagt, er hätte ihn unten beim Steg bellen gehört.

»Taucht die Wolke auf, naht das Unheil. Wenn die
Stare über unsere Trauben herfallen, ist das wie bei
Hitchcock. Es sind Tausende und Abertausende auf
einmal«, erzählte der alte Weinbauer und runzelte sorgenvoll die Stirn. »Die gesamte Ernte ist dann in wenigen Stunden vernichtet. Und die Stare sind schlau. Die
rauben mit System.« Er blickte Vera ernst an. »Ein Teil
des Schwarms, das sind die Wächter. Die warnen vor
Feinden. Andere arbeiten als ›Strampler‹. Die treten in
Windeseile die Beeren von den Trauben. Und der Rest
der Brut pickt diese auf und schlägt sich so schnell wie
möglich die Bäuche voll. Dann ziehen sie weiter und
die Rollen werden neu verteilt.«

»Und es werden wirklich immer mehr?«, fragte Vera.
Der Weinbauer sah sie mit seinen milchigen Augen
prüfend an und zuckte die Achseln. »Sie waren schon
immer da, aber seit es im Winter so warm ist, gehen
viele gar nicht mehr weg. Sie sind Zugvögel, aber jetzt
zieht es sie immer weniger in den Süden. Beim Flug
über die Alpen sind immer welche auf der Strecke geblieben. Der Tod kommt mit der Turbine eines Flug-

zeugs oder durch bloße Erschöpfung. Die Italiener fangen sie mit Netzen und Leimfallen. Die essen gerne Singvögel. Und wenn sie keiner dezimiert...« Er zuckte mit den Schultern.

Die Polizei hatte den Hund des Kochs gefunden. Ebenfalls ersoffen, aber nicht im See, sondern im Swimmingpool eines Zuagroasten, der nur am Wochenende im Seewinkel war. Italienische Trüffelhunde sind zwar gute Schwimmer, aber wenn der Rand des Beckens so glatt ist, dass ein Rauskommen unmöglich ist, ersäuft auch der fitteste Wasserhund. Warum der arme Köter überhaupt im Pool des Tirolers gelandet war, war ein Rätsel. Genauso ein Rätsel wie sein totes Herrl im Meer der Wiener. So nannte der Boulevard den Neusiedler See gemeinhin.

»Mit allen Mitteln hat man schon versucht, die Vögel zu vertreiben, zu dezimieren, zu vernichten, die Weingärten zu beschützen. Doch der Star ist schlau. Ihm machen die Schreckschussautomaten kaum mehr Angst, er fliegt den Fliegern davon, er erkennt sogar die Autos der Weingartenhüter, die im Sommer von früh bis spät patrouillieren und mit Platzpatronen in die Luft schießen. Auch die Lautsprecher, die Todesschreie seiner Artgenossen imitieren, lassen ihn mittlerweile kalt.« Der Weinbauer blickte in den Himmel, als ob er jeden Moment einen Starangriff erwarten würde. Als dieser ausblieb, flocht er weiter. Er war jetzt am Ende der Peitsche angekommen. Verknotete die Enden kunstvoll, betrachtete dann stolz sein Kunstwerk.

»Nur vor dem hier hat der Star immer noch eine Heidenangst«, dozierte er: »Vor dem Kleschn der

Goaßl. Wenn man die richtig schwingt, dann macht das einen Höllenlärm.«

»Und an diesen Lärm gewöhnen sich die Vögel nicht?«, fragte Vera.

Der Weinbauer schüttelte den Kopf. »Nein, sie ertragen die Frequenz dieses Peitschenschlages nicht. Es sind die Schallwellen, die ihnen und ihrem empfindlichen Ortungssystem schreckliche Schmerzen bereiten.«

Auturo Alessi wurde auf der Gerichtsmedizin zweifelsfrei identifiziert. Als Todesursache wurde Ertrinken festgestellt. Seine Lungen waren voll mit dem lehmigen Wasser des Neusiedler Sees. Auch sein Mageninhalt wurde analysiert. Ein Brei aus Brot und Wein, Stücke von Geflügel. Kein Huhn. Dunkles Fleisch. Vermutlich Fasan oder Wildtaube? Der Gerichtsmediziner war nicht vom CSI. Er gab sich mit der Erkenntnis zufrieden, dass der Mageninhalt kein Gift enthielt, kein Morphium, kein Kokain.

Außerdem fand er in den Haaren des Toten Reste von Vogelkot. Das meiste davon hatte wohl das schlammige Wasser des Neusiedlersees weggewaschen. Aber einzelne Strähnen waren von dem ätzenden Kot der Stare befleckt. Seine Haut wies winzige Läsuren auf. Krallen. Schnabelhiebe. »Wüsste ich nicht mit kompletter Sicherheit, dass Stare keine Menschen anfallen, würde ich sagen, Vögel haben ihn ins Schilf getrieben und sind dann über ihn hergefallen«, mutmaßte der Polizist.

»Er konnte nicht schwimmen«, sagte seine Freundin.

»Ein Italiener, der nicht schwimmen kann?«, wunderte sich der Polizist.

»Er war aus Mailand. Er ekelte sich vor dem Wasser.«

»Und was hat er dann am See unten gemacht?«

»Ich hab es Ihnen doch schon gesagt. Er hat seinen Hund bellen gehört.«

»Sie meinen den Hund, der am Tag davor im Pool des Nachbarn ertrunken ist.«

»Woher wissen Sie, dass er am Vortag...?«

»Wir haben ihn ebenfalls obduziert.«

»Sie haben einen Hund obduziert? Was soll denn da rauskommen«

Der Polizist schwieg. Tatsächlich hatten sie Vogelkot auch im Fell des Köters gefunden.

Der Weinbauer hatte seine Arbeit beendet. »Das richtige Peitschenschwingen ist eine Kunst für sich«, erklärte er. »Ich hab das schon als kleiner Bub gelernt.

Man muss die Schnur erst kreisförmig über den Kopf schwingen und dann eine schön liegende Acht in die Luft zeichnen. Du musst halt nur aufpassen, dass dir die Schnur nicht ins Gesicht schnalzt.«

»Wobei«, er sah Vera stolz an, »man muss gar nicht kleschn, um einen Star zu vertreiben. Wenn ich von meinem Fenster aus auf den Weingarten schaue, die Stare kommen sehe, rausrenne und nach meiner Goaßl greife, fliegens schon auf und davon«, freute sich der Weinbauer. »Die merken sich alles. Die wissen, was ihnen blüht. Die Stare treiben es jedes Jahr wilder. Sie fürchten weder Tod noch Teufel. Nur vor der Goaßl haben sie Angst. Kommst mit in den Weingarten? Ich muss noch die Netze kontrollieren.«

»Die Netze?«

»Ja, die Netze. Wir schützen unsere Trauben mit Netzen. Manchmal verfangen sich Vögel. Leichte Beute für Singvogelliebhaber. Aber ich bin a Burgenlandla, ich ess lieber a Hendl. Der italienische Koch hat sich einmal ein paar aus unseren Netzen geholt und ihnen den Hals umgedreht. Er hat gesagt, er will eine Pastete damit machen. Sicher nur so a Gag, damit er in die Zeitung kommt. So was fressen nicht einmal die Zuagroasten.«

Vera sah auf die Uhr. Es war nun doch spät geworden. »Ich muss noch zurück in den Süden«, sagte sie. »Danke, dass Sie mir alles erklärt haben. Über das Goaßlkleschen und die Stare.«

»Alles habe ich sicher nicht erzählt«, sagte der Alte. »Dafür hat die Zeit nicht ausgereicht.«

»Hier«, er streckte Vera die Peitsche entgegen. »Die schenk ich dir, als Andenken.«

Vera ging durch die Dämmerung zurück zum Parkplatz. Ihr Wagen stand unter einem Kirschbaum. Als sie hochblickte, sah sie, dass dort ein Schwarm schwarzer Vögel rastete. Eines der Tiere erhob sich und schlug mit den Flügeln.

»Du bist also einer von den Superschlauen«, scherzte Vera.

Der Vogel legte den Kopf schief. Seine Knopfaugen fixierten Vera. Dann öffnete er den Schnabel und bellte.

Vera erstarrte. Sie hatte zwar gelesen, dass Stare Tierstimmen imitieren konnten, aber dieses Bellen war so täuschend echt, dass sie kurz an etwas Übersinnliches dachte. Der Star bellte erneut. Dann knurrte er. Es klang bedrohlich.

Vera hob instinktiv die Goaßl. Und gerade so, als hätte sie ein Zeichen gegeben, stoben die Vögel als schwarze Wolke davon und verschwanden am immer dunkler werdenden Firmament.

Theresa Prammer

Der Hochzeitstag

10

Seine Leiche sieht wunderschön aus im tiefblauen Meer.

Dieser muskulöse, durchtrainierte Körper, der anmutig im Wasser treibt. Eine Augenweide. Ich finde, er war noch nie so hinreißend wie jetzt. Der Tod steht ihm gut.

»Was für ein Jammer«, werden die Leute sagen. »Ausgerechnet er. Und so früh.«

Er ist in seinen »besten Jahren« und gehört eindeutig zu der Kategorie Männer, die mit dem Alter attraktiver werden. Er tut ja auch viel dafür.

Keine Kohlenhydrate, viel Eiweiß und Gemüse, täglich eine Stunde Krafttraining, drei Mal die Woche Joggen und eine ganze Wagenladung von Nahrungsergänzungsmitteln, Shakes und Proteinriegeln.

Ich höre schon die erstaunten Reaktionen, wenn die Zeitungen über uns berichten.

»Was? Die soll seine Frau sein? Ernsthaft? Na, kein Wunder, dass der so viel Viagra nehmen musste. Und deshalb der Krampfanfall … Wäre er nur nicht schwimmen gegangen. Hach, so schade um den schönen Mann.«

Ich bin nicht schön. Im Gegenteil. Ich war einmal ganz ansehnlich, doch das ist lange her. So ist das mit der eigenen Schönheit: Man weiß sie erst zu schätzen, wenn sie weg ist.

Bei meinem Mann ist das anders. Den weiß ich erst zu schätzen, weil er weg ist.

9

Die Sonnenstrahlen spiegeln sich auf der Wasseroberfläche. Als wäre das Meer voller Diamanten. Ich sitze am Strand und versuche, mich abzulenken, indem ich dieses Glitzern bewundere.

In seinem Todeskampf ist er nämlich nicht besonders ansehnlich. Immer wieder kommt er hoch, versucht, um Hilfe zu rufen, schluckt Wasser, geht wieder unter. Meine Güte, das dauert ewig. So etwas sieht man nicht in TV-Krimis. Es ist aber auch schon ewig her, dass ich das letzte Mal ferngesehen habe.

Er winkt unbeholfen. Es hört sich an, als würde er versuchen, meinen Namen zu rufen.

»L…U…I…S…E.«

Schnell greife ich nach dem Buch, das er mitgenommen hat, und tue so, als würde ich lesen. Es ist ein Krimi. Was für eine Ironie. Na ja, zumindest für mich.

Immer wieder linse ich über das Buch hinweg. Und dann ist es endlich so weit. Er bewegt sich nicht mehr.

8

»So, ich gehe jetzt noch eine Runde schwimmen. Und danach bekommst du dein Geschenk zum Hochzeitstag.«

Ich sitze auf dem rosa Badetuch, das er ausgebreitet hat. Er steht vor mir, sieht auf mich runter, die Arme in die Hüften gestützt. Breitbeinig, als wäre er Superman vor dem Abflug.

»Darauf freust du dich schon das ganze Jahr, was? Na, da will ich dich nicht enttäuschen, Luise-Schatz.«

Mit einem breiten Grinsen drückt er demonstrativ die blaue Pille aus dem Blister. Mein Herz klopft so laut, dass ich mir denke, er muss es hören. Doch das Meeresrauschen scheint lauter zu sein.

Seine strahlend weißen Veneers auf den Zähnen blitzen im Sonnenlicht. Er steckt die Viagra-Tablette zwischen die Lippen und spült sie mit seinem Weizengras-Sellerie-Bananen-Smoothie runter.

Ich halte die Luft an. Hat er etwas gemerkt?

Er wischt sich mit dem Handrücken über den Mund und strahlt. Als hätte er gerade etwas Großartiges geleistet.

Erst als er ins Wasser geht, wage ich wieder auszuatmen.

»Na, ist es heiß im Auto?«, fragt er, als er einsteigt.

Mein Gesicht ist sicher ganz rot und voller Schweißperlen.

»Ach, ich glaube, das sind die Wechseljahre.«

Er sieht mich an, als hätte ich gerade einen besonders grausamen Mord gestanden.

Wortlos startet er den Motor. Die Fahrt von der Raststation zu unserem Ziel dauert noch drei Stunden.

»Hier ist er ja – unser schöner Platz«, sagt er und fährt rechts ran.

Schöner Platz, das ist sehr subjektiv. Wir müssen uns durch einen Haufen Büsche kämpfen, bis wir an dem gottverlassenen Strand sind. Ich gehe vor und die Sträucher zerkratzen mir Arme und Beine. So ist das jedes Jahr.

Es ist der abgelegenste Platz, weit weg von anderen Menschen. Er will nicht mit mir gesehen werden.

Ich rieche das Meer, bevor ich es sehe. Dieser würzige Duft. Es fühlt sich ein bisschen an wie nach Hause kommen.

Seit einem Jahr sehne ich mich nach diesem Tag, wie ich mich noch nie zuvor in meinem Leben nach etwas gesehnt habe.

Wir fahren immer zu unserem Hochzeitstag ans Meer.

Seit zwanzig Jahren. Sonst gibt es keinen Urlaub.

6

Nach vier Stunden halten wir an derselben Raststation wie jedes Jahr. Alles läuft nach einem genauen Plan.

Wir machen exakt zehn Minuten Pause. Er kauft sich einen Espresso zum Mitnehmen. Ich bekomme einen Apfel und ein Wasser.

Zuerst gehe ich auf die Toilette. Erst wenn ich wieder im Auto sitze, geht er. Den Wagen sperrt er wie immer ab.

»Man weiß doch, was für Gesindel sich auf Raststationen herumtreibt«, sagt er durch den Spalt im Fenster. Ich nicke mit einem Lächeln. Und denke mir, das »Gesindel« ist nicht mein Problem, du bist es.

Als er in dem Gebäude verschwindet, schnappe ich mir blitzschnell seinen Smoothie-Thermo-Becher von der Rückbank. Die drei zerstoßenen Viagra-Tabletten habe ich in einem Stück Küchenrolle in meinem BH versteckt.

Der verdammte Schraubdeckel geht nicht auf. Meine Hände fangen an zu zittern. Ich schwitze. Wie viel Zeit bleibt mir noch?

5

»So, los geht es«, sagt er und klatscht in die Hände. »Hast du auch alles eingepackt?«

Wenn du wüsstest, denke ich und nicke.

»Alles eingepackt.«

Hoffentlich hält das Stück Küchenrolle in meinem BH und fällt nicht raus.

Eigentlich wollte ich die zerstoßenen Viagra-Tabletten in Frischhaltefolie packen, aber ich hatte keine.

Das Auto steht in der Garage, es ist drei Uhr morgens. Wir fahren immer so früh los. Weil es da draußen noch dunkel und deshalb wenig Verkehr ist, sagt er.

Manchmal frage ich mich, ob er mich für blöd hält oder selbst einfach nicht der Hellste ist.

Die Fahrt dauert sieben Stunden.

4

»Aufwachen. Alles Gute zum Hochzeitstag, Luise«, sagt er und küsst mich auf die Stirn.

Ich blinzle benommen. Tue so, als hätte ich geschlafen, und reibe mir die Augen. Das Lächeln in meinem Gesicht fühlt sich an wie eine Grimasse.

»Oh, ist es schon wieder so weit? Meine Güte, wie schnell ein Jahr vergeht.«

3

Seit Stunden liege ich jetzt schon hellwach im Bett und warte auf ihn.

In meinem Kopf singe ich ein kleines Lied: *Heute ist der große Tag. Heute fahren wir ans Meer. Heute ist der große Tag. Heute fahren wir ans Meer.*

Das letzte Mal war ich als Kind so aufgeregt. Wir feiern weder Geburtstag noch Weihnachten. Die sind doch nicht wichtig, sagt er. Hauptsache wir haben uns. Das gehört zelebriert.

2

Wie jeden Tag atme ich ein paar Mal tief ein, bis sich mein ganzer Körper entspannt. Dann stelle ich mir vor, alleine am Meer zu sitzen und in das unendliche Blau des Wassers zu blicken. Die Meeresbrise weht mir um die Nase. Ein paar Möwen fliegen über mich hinweg. Dieses Bild präge ich mir ein. Jeden Tag vor dem Einschlafen. Jeden Tag vor dem Aufwachen. Seit unserem letzten Hochzeitstag.

1

Ich muss wieder an diesen Tag vor einem Jahr denken. Wenn ich die Augen schließe, sehe ich alles vor mir. Als wäre es eben erst passiert. Wir waren gerade zu Hause angekommen.

»Na, das war ein schöner Ausflug zum Hochzeitstag. Freust du dich schon auf nächstes Jahr?«, hat er mich gefragt.

»Und wie.« Ich war so aufgeregt, meine Stimme hat vibriert. Schnell habe ich einen Schmollmund gezogen und meinen Kopf schief gelegt. Ich war die Demut in

Person. Das mag er. »Könntest du mich zum Abschied umarmen?«

Ich sehe noch seinen leicht angewiderten Blick.

»Bitte. Du bist doch mein wunderschöner Ehemann. Und es dauert so lange bis nächstes Jahr«, habe ich mit piepsiger Stimme gesagt.

Er legte seine Arme um mich und ich presste mich an ihn. Als könnte ich nicht genug von ihm bekommen. Vor ein paar Stunden am Strand war ich noch steif wie ein Brett.

Ich nutzte seine Überraschung, fasste in seine Hosentasche und nahm unbemerkt den Blister mit den Viagra-Tabletten heraus. Früher hat er die nicht gebraucht. Was hatte ich doch für ein Glück, als er den Beipackzettel am Strand verlor. Er hat es nicht bemerkt. Ich habe ihn gelesen, als er im Wasser war, und ihn dann wieder hingelegt.

Führt bei Überdosierung zu Krampfanfällen.

Wir verabschiedeten uns.

Dann ist er gegangen und hat den Keller wieder abgeschlossen, in den er mich eingesperrt hat.

Dreihundertvierundsechzig Tage lang. Bis heute.

Thomas Raab

Der Friede sei mit euch

Ein bisserl komisch ist dem Giovanni Albanese, seines Zeichens Platzwart des *Campo Sportivo* auf der Insel Schiusa in Grado, schon geworden, wie er am Morgen des Derbys seiner geliebten Heimmannschaft GRADESE CALCIO gegen die Fetzenschädeln von AQUILEIA seinen ansonsten so penibel gepflegten Rasen betreten hat. Keinen schöneren Fußballplatz gibt es in seinen Augen als den direkt am Meer gelegenen *Campo Sportivo*. Nur die paar Schritte über die *Riva Grandi Navigatori* und schon lässt es sich vom Holzsteg mit Blick auf die Insel Le Cove in die Lagune von Grado hüpfen oder mit einem der dort angelegten Boote losstarten.

Komisch ist ihm also geworden, dem Giovanni. Nichts jedoch im Vergleich zum Komisch-Werden von Paolo Feretti wenige Stunden zuvor. Denn wenn der Paolo gewusst hätte, welch imposanten Abdruck die Stoppeln eines Fußballschuhs verursachen, nicht im Traum hätte er sich auf diese Wette eingelassen. Einlassen kann er sich hingegen nun ein lauwarmes Kamillensitzbad zwecks Pflege der Einwölbung in seinem Hinterteil. Wobei Achtwölbung trifft es eher, denn so viele Stollen waren unter keinen Umständen davon abzuhalten, sich hemmungslos und unübersehbar in Paolos Gesäß verewigen zu wollen.

Auslöser dieses bleibenden Eindrucks war eine an sich kleine Dummheit, der obendrein nur zwei Flaschen *Birra Moretti* vorausgingen – und das ist gar nichts für den Feretti. Getrunken hat er diese im Anschluss an die wöchentliche Hobby-Kickerei ehemaliger Aktiver. Rund um den Stammtisch sind sie grad alle gesessen, da ging kurz die Türe auf. Platzwart Giovanni Albanese betrat den Raum und ließ die Anwesenden wutentbrannt wissen, er habe nun endgültig die Schnauze voll, so durchgeackert wie der heilige Rasen seines *Campo Sportivo* nach diesem Spiel nun aussehe. Entsprechend aufgeregt die Antworten. Was man denn sonst tragen solle? Espadrilles? Adiletten? Flip-Flops? Oder gleich barfuß, wie drüben am Sandstrand die Gschrappen? Und auch Ex-Vereinsstürmer Paolo Feretti hatte eine Idee auf Lager: Vielleicht gäb' es ja Stoppelschuhe, die Giovannis Mimoserl-Rasen gleich während des Spieles einen Dünger verabreichen würden? Eine Win-Win-Situation sozusagen. Entsprechend groß das Gelächter. Weshalb Giovanni Albanese stinksauer Stoppelverbot und Hallenschuhpflicht verordnete. Für alle Zeiten. Welch Schmach! Weg war der Platzwart, und los ging das Getöse. Logisch wurde in Paolo und seinem dämlichen düngenden Stoppelschuh der Hauptschuldige gefunden. Er möge doch seine Schnapsidee selber verwirklichen, in seine eigenen Stollen Valium spritzen und seiner Freundin Francesca einen Tritt versetzen, dann käme er wenigstens einmal zu Wort. Er, der Hobbyfischer Paolo, solle Grappa in seine Stoppel einfüllen und im *Porto Vecchio* seine Patschen ins Wasser halten, vielleicht würden ein paar Fischerl ja die Stoppeln ausnuckeln, dann tät er sich beim Fangen leichter. Er könne ja ein Pflanzenvernichtungsmittel einspeisen und in der Nacht vor dem Derby gegen die AQUILEIA-Affen den Schriftzug seines Namens in den Rasen laufen, damit dann am nächsten Tag ein braunes Paolo in Giovannis saftigem Grün stünde.

Gesoffen haben sie alle wie im Juli beim Grado-Fettfischfest, nur der Paolo hat die ganze Zeit auf seinem Handy herumgesurft, schließlich mit seinem zweiten leeren Morettiflascherl in der Hand auf den Tisch geschlagen und in die Runde geschmettert: »Was krieg ich von euch, wenn ich das mach?«

Da wurde es kurzfristig relativ still.

»Den Stoppelschuh gibt's nämlich wirklich. Sogar den *Brand New Award* in der Kategorie *Hardware Accessories* hat er auf dem weltgrössten Jungunternehmer-Wettbewerb der Sportindustrie bekommen.« Ja, und da wurde es dann ganz still.

Jetzt ist das natürlich kein Spaß, als ohnedies erfolgloser Kicker am Ende dieser Erfolglosigkeit nicht einmal mehr die Wuchtel in den Mittelkreis legen zu können, sondern stattdessen in ein schwarzes Loch fallen zu müssen. Begnadeter Fischer war der Paolo ja wirklich keiner. Einbrecher schon eher. Ja, und weil er da bei einem der raren Gelegenheitskickerln auf dem Asphaltplatz im Innenhof der ihm als Heimat zugeteilten Strafanstalt auch ein paar seiner Kollegen wiedergesehen hatte, war nach dieser kurzen Stille gleich der Teufel los. Cesare Santoro kann man nämlich getrost als solchen bezeichnen. Da nützt auch sein ehrwürdiger Vorname nichts, den ihm Ordensschwester Katharina nach seinem kurzen, frostigen Aufenthalt in der Babyklappe in den Taufschein hat eintragen lassen. Inzwischen ist er mit Abstand der Vielseitigste in dieser Runde, was kriminelle Begabungen betrifft, und hat sein abwechslungsreiches Dasein hier auf Erden in Summe sicher schon länger hinter Gittern als draußen verbracht – da sind die Eisenstangen vor den Fenstern des katholischen Waisenhauses gar nicht erst mitgerechnet.

Reue ist für Cesare Santoro höchstens eine schauspielerische Herausforderung in Gegenwart betrogener Frauen, bedrohlicher Richter und hartnäckiger Bewährungshelfer, und Bewährung bedeutet nicht das Arrangieren von Blumensträußen, Reinigen von Flughafentoiletten oder Austeilen von Pizzaschnitten. Unter Bewährung versteht Cesare Santoro beispielsweise, mit einem Pflanzenvernichtungsmittel in der Nacht vor dem GRADESE CALCIO VS. AQUILEIA seinen außergewöhnlichen Vornamen in den Rasen des *Campo Sportivo* zu laufen. Noch bevor Paolo Feretti sein: »Was krieg ich, wenn ich das mach?« ein zweites Mal vollständig wiederholt hatte, ist ihm also verbal der Santoro in die Quere gekommen: »Krieg kriegst! Du wirst gar nichts machen, du Quadratschädel! Wenn da überhaupt ein Name auf dem Rasen stehen wird, dann Cesare.« Und wie es das Schicksal so will, wurde für Paolo diese Geschichte eine Frage der Ehre.

Sofort liefen die Wetten, wessen Namen, geschrieben mit Buchstaben aus vertrockneten Rasenpflänzchen, für Schlagzeilen sorgen würde. Und logisch trieb das zuerst die Einsätze in berauschende Höhen, danach spaltete es die Runde in zwei Lager, mit einem deutlich kleineren Paolo-Fanblock. Noch an diesem Abend wurden per Internet auf Vereinskosten zwei Paar dieser Schuhe bestellt und auch das geeignete Mittelchen bestimmt. Man einigte sich auf das Herbizid »Roundup«, erstens wegen der vernichtenden Wirksamkeit und zweitens auf Grund des Namens. Irgendwie lustig, sich zwei Wettstreiter vorzustellen, die auf der nicht wirklich eckigen Insel Schiusa im Oval des *Campo Sportivo* die Rundungen ihres Namens laufen, mit einem Gift im Schuh namens »Roundup«. So lustig wurde es dann aber gar nicht. Nicht, dass es in dieser schicksalhaften Nacht geregnet hätte, sternenklar war der Himmel, sondern weil am Ende nur noch einer der beiden laufen konnte und sein Name dabei gar nicht das Aufsehenerregende war. Und das kam so:

Als Zeitpunkt des Aufeinandertreffens wurde 3 Uhr festgesetzt. Da schlafen dann wahrscheinlich auch schon die letzten Nachteulen. Um sich eine zu frühe ungeplante Begegnung zu ersparen und dann gar gemeinsam auf den *Campo Sportivo* latschen zu müssen, vereinbarten die Kontrahenten je eine der beiden Brücken zu nutzen, die von der Hauptinsel Grados nach Schiusa führt. Cesare kam über die *Ponte Egidio Bullesi*, die quasi direkt zum *Campo Sportivo* führt. Paolo musste zur Strafe für die Provokation des Platzwartes Giovanni Albanese die *Ponte Scaramuzza* nehmen. Ein deutlich weiterer Hatscher die *Viale Papa Giovanni* entlang, eine Straße, die nicht nach dem Platzwart, sondern nach Papst Johannes XXIII., sprich Angelo Giuseppe Roncalli, benannt ist. Was für ein Zirkus! Auch an diesem Abend. Denn so kam es, dass Cesare Santoro, der verteufelte Ziehsohn klösterlicher Herkunft, früher zugegen war. Die giftigen Schuhe lässig geschultert stand er genau auf dem Mittelkreis aufgepflanzt. Schweigend kam Paolo auf ihn zu und blieb schließlich, als wären sie die Schnittpunkte einer Geraden mit dem Mittelkreis, genau ihm gegenüber stehen. Oder eigentlich sitzen, links Paolo, rechts Cesare, immerhin mussten ja noch die Schuhe angezogen werden. Fertig adjustiert haben sich dann beide beinah synchron erhoben, so leise war es da, man konnte die sanften Wellen der Lagune die angelegten Boote liebkosen hören. Bemüht ruhig und gelassen wurde dieses Schweigen schließlich von Paolo durchbrochen: »Wie machen wir das jetzt?«

»Na, du kannst ›are‹ schreiben, wenn ich mit ›Ces‹ fertig bin, dann muss ich nicht so viel laufen!«, war die Antwort.

Als wäre »laufen« das Stichwort gewesen, ist Paolo ansatzlos auf Cesare Santoro zugestürmt, um diesem einen derart wuchtigen Faustschlag zu verpassen, da würden andere vor Anbruch des Tages gar nicht mehr auf die Idee kommen können, sich auch nur theoretisch mit dem Aufstehen zu befassen. Danach nahm Paolo gleich weitertrabend sein »P« in Angriff. Cesare allerdings ist zwar umgekippt, leider aber nur bis zu Paolos »A« liegen geblieben. Vor dem »O« nämlich hat er seinem Gegner von hinten einen mächtigen Herbizid-Tritt verpasst und in Paolos Gesäßmuskeln acht tief unter die Haut gehende Eindrücke hinterlassen. Und wie froh wäre Cesare gewesen, eine ähnliche Markierung sein Eigen nennen zu können. Nur leider. Wie betäubt ist Paolo zwar liegen geblieben, allerdings nur, bis Cesare an das Ende seines ersten »E« kam. Zeitgleich hob sich auch Paolo wieder auf alle viere, legte einen passablen Tiefstart hin, demonstrierte eindrucksvoll, warum er als Stürmer einst »Razzo«, sprich »Rakete«, genannt wurde und brachte seinen Gegner mit einer Blutgrätsche zu Fall, die sich gewaschen hatte. Im wahrsten Sinn des Wortes, denn richtiggehend ins frisch gedüngte Gras gebissen hat der arme Cesare dabei. Das ganze Gesicht, die Augen, die Nase, vor allem aber die offene Mundhöhle eingetunkt. Jetzt kann Cesare normalerweise einstecken wie ein Schiedsrichter, eine Vizepräsidentin des Europaparlaments oder gar ein Fifa-Präsident Bestechungsgelder, so ein Stamperl Roundup war ihm dann aber doch zu viel des Schlechten. Schnurstracks über die *Riva Grandi Navigatori* ist er auf den Holzsteg hinaus, der Rachen, die Schleimhäute, ja, der ganze Schädel brennen, und mit Blick auf die Insel Le Cove zwecks Löschens in die Lagune von Grado gestürzt. Paolo sprang hinterher zu ihm ins Meer, doch die Hilfe fiel zu schwer, fast dass er selbst ersoffen wär. Um sich geschlagen hat er, der arme Cesare, Haut und Haare

musste Paolo retten, seine eigenen, um nicht selbst den Tod zu finden, anstatt das Weite suchen zu können. An diesem Abend hat sich der Teufel die teuflische Santoro-Seele geangelt wie ansonsten die Gradenser Fischer ihre Fischerl. Und Paolo lief davon durch die Nacht, mit längst wirkungslosem Schuhwerk.

Wie sehr die Stollen allerdings an Effizienz kaum zu überbieten sind, davon konnte sich wenige Stunden später nicht nur Platzwart Giovanni Albanese überzeugen.

Weil ein bisserl komisch ist ihm schon geworden, wie er da am Morgen des Derbys seinen ansonsten so penibel gepflegten *Campo Sportivo* betreten hat. Ruiniert und dekoriert zugleich war sein heiliges Grün, monströse Buchstaben hatten sich da eingebrannt in die robusten Pflänzchen des Fußballplatzes.

Ein Wort, das an diesem Abend nicht nur die verfeindeten Mannschaften GRADESE CALCIO und AQUILEIA begleiten sollte. Zigfach geteilt. Virale Geschichte. Von Feretti und Santoro hingehen fehlte jede Spur, außer jene, die sie in den Rasen gelaufen hatten. Paolos und Cesares jeweils erste zwei Buchstaben.

Und so ging an diesem Abend eine weltumspannende, in Wahrheit gänzlich anders gemeinte Botschaft der Brüderlichkeit um die Welt. Zumindest Santoros ans Ufer gespülte Leiche konnte tags darauf beseitigt werden, das Wort »PACE« aber war beim besten Willen nicht mehr wegzubekommen.

Julya Rabinowich

Tod der Schaumgeborenen

Die schönen Urlaube waren die gewesen, die in Zimmern mit Kinderbett neben dem Doppelbett stattfanden. Das waren jene Urlaube, die nur Sand und Plastikschaufeln und Sonnenmilchgeruch waren und nichts sonst. Pommes mit Ketchup. Bootsausflug mit meinem Vater, der mich an seine Brust drückte, damit ich nicht in den Schaum fiel, den der Motor im Wasser aufwühlte. Nur ich und er. Nur er und ich. Unbeschwert, beide. Lachen, beide. Später erlosch sein Lachen nach und nach, und ich merkte es lange nicht, merkte auch nicht, dass ich alleine lachte, und irgendwann merkte ich es doch und lachte umso lauter, damit es nicht still werden musste, denn vor der Stille fürchtete ich mich sogar schon als Kind. Das waren die Urlaube, die wir unternahmen, bevor sich alles änderte. Da waren wir noch dieser Klassiker, Vatermutterkindamöbe, bevor diese in unterschiedliche Wünsche auseinanderstrebte. Mein Vater blieb auch danach Pantoffeltierchen. Immer auf der Suche nach dem passenden Pantoffel. Ich hatte mich bemüht, mich redlich bemüht, alles am Laufen zu halten, ich war ein Sonnenscheinchen mit gelegentlichen Wutausbrüchen an strategisch wichtigen Stellen, ich war da für meine Eltern. Loyal. Immer bereit, zum passenden Zeitpunkt krank zu werden, oder einen kleinen Unfall zu erleiden, sobald sie zu viel Energie in die Klärung ihres Beziehungswesens investierten. Durchfall am Strand. Ausgeschlagener Milchzahn im Vergnügungspark. Gebrochener Arm am Abenteuerparcours. Ich glaube, sie waren mir dankbar. Ich scheute keine Mühen für uns. Die schönen Urlaube. Riviera. Gehobene Betonbunker. Hier erhofften sie, die Betonlast zu heben, die sie mitgebracht hatten, und manchmal wurde ich wach vom Quietschen der Matratzenfedern und hörte dem Atem meiner Mutter zu, die luftig und leicht schien, ihre Stimme zart wie eine Nachtigall, mein Vater aber hatte sich augenscheinlich wehgetan, dem Schnaufen nach zu urteilen. Anfangs schreckte mich das, aber die Tage nach den Nachtigallnächten waren immer schöne, entspannte Tage, an denen ich nicht über meine Eltern wachen musste, um rechtzeitig zur Stelle zu sein. Mich den mit grünen Schlieren bedeckten Krabben widmen konnte und den Zikaden, den Sandburgen und den bunten Plastikförmchen, den Kindern, die nach Kokosöl und Ferien dufteten wie ich.

Es mag bitter klingen, aber es war nicht bitter für mich. Wirklich nicht. Es war normal. Es war ein Zuhause. So waren wir. Und Wir war schöner als Ich.

Der letzte gemeinsame Urlaub fand in Istrien statt. Die übliche Burg mit Beton, Balkon, wehenden Vorhängen und Meerblick. Zum Strand ging man durch ein kleines Pinienwäldchen, die Pinienzapfen dufteten und stachen höllisch in die nackten Fußsohlen, wenn man nicht aufpasste. Ich war fünf, vermutlich war ich fünf.

Ich trug eine buntgestreifte Badehose mit Rüschen am Hintern, farblich abgestimmt auf den Badeanzug meiner Mutter, der ihrem gebräunten Körper den richtigen Kick verlieh, schöner als nackt. Ich versuchte, mich in ihrer Achselhöhle, ihrem Busen, der so perfekt geschwungen war, in ihrem Körper zu vergraben, als könnte ich einen Weg zurückfinden, aber sie war und blieb rundum geschmeidig und verschlossen. In anderen Momenten war sie dafür allzu durchlässig, sie nahm mich in den Arm, sie drückte mich an sich, und ich hatte das Gefühl, durch sie hindurch zu fallen. Kurz zusammengefasst: Meine Mutter hatte nie jenen Aggregatzustand, der mich selig gemacht hätte. Aber da, an diesem Nachmittag, der langsam in den Abend kippte, der noch Laternen und rote Eiskugeln versprach, da fühlte ich mich ihr nahe, sie war euphorisch, sie lachte viel, sie war auf eine sonderbare Art sehr glücklich. Mein Vater war, angesteckt durch ihre gute Laune, auch ein wenig abgehoben. Ich ging zwischen ihnen, sie hielten mich links und rechts an den Händen und ich machte immer wieder große Sprünge, während derer sie mich in die Luft rissen und ich hin- und her schwang, mich kurzfristig glauben machte, ich könnte jetzt abheben, über ihre Köpfe hinwegsegeln, über den Strand und das Meer direkt zur Eisbude im Strandcafé. Die Sonne und die Wellen und die Möwen: Das war für immer. Die Hand meines Vaters zog mich höher als jene meiner Mutter, ich hing schief. Wir durchquerten den Pinienwald, unsere Tischnachbarn aus dem Hotel mit zwei Söhnen, die etwas älter waren als ich, hatten bereits das schattigste Plätzchen für sich besetzt, wir zogen weiter, näher an den Sand.

Kaum hatten wir uns hingesetzt, kam der jüngere der beiden Brüder auf uns zugerannt. »Komm, du musst mitkommen«, brüllte er. Sein Gesicht glühte vor Begeisterung und Sonnenbrand, an der Stirn schälte sich die Haut, ich fragte mich, ob er sich als Ganzer häuten würde wie die Schlangen, die wir hier manchmal auf den aufgeheizten schwarzen Felsen zusammengeringelt liegen gesehen hatten. Ich riss mich los und rannte ihm nach, ohne um Erlaubnis zu fragen. Meine Mutter rief mir nach, ich solle stehenbleiben. Sie selbst blieb aber sitzen, also war mein Vater gezwungen, mir zu folgen. An der Kante zwischen Wasser und Land hatte sich ein Grüppchen Kinder versammelt. Die Pfützen im Sand spiegelten den Himmel wider, meine Füße drückten ein Muster ins flimmernde Blau.

Der Junge schob mich näher an den Ring der Kinderleiber. Ich war die Jüngste und stolz darauf, dass sie mich hatten mitmachen lassen, ich durfte hier mit ihnen sein, obwohl sie in den unerreichbaren Sphären von sieben oder acht Lebensjahren mit entsprechender Bedeutsamkeit lebten, ich war mir meiner Minderwertigkeit erschreckend klar bewusst.

Ich drückte mich an ihren Beinen vorbei. Warme trockene und nasse klamme Haut, hell und dunkel und gerötet von frischem Sonnenbrand. Das Epizentrum lag vor mir: ein langgezogener Leib, in den Sand geworfen. Die Tentakel leblos. Die helle, im Licht glänzende Kuppel des Quallenkörpers. Sie erinnerte mich an Seifenblasen, an Magie, dargestellt in Zeichentrickfilmen – sie war wild und dreckig und wunderschön. Ich trat näher, einer riss mich zurück. »Sie gehört dir nicht.«

»Darf ich«, fragte ich zögernd.

»Lena«, schrie mein Vater, aber es klang so weit weg, so unwichtig. »Lena, nicht angreifen!«

Die Schaumgeborene lag entblößt vor uns, weich und verletzlich – da trat einer der Jungen vor, bewaffnet mit einer roten Plastikschaufel, mit der er zuvor einen Wasserkanal für die Gefangene gegraben hatte. Ich dachte, er wolle einen zweiten bauen, als er die Schaufel mit wildem Schrei hoch über seinen Kopf hob und dann wie ein Schwert auf sie herabstürzen ließ, ein kleiner, verrotzter Perseus, die scharlachrote Kante trat in die durchscheinende Kuppel ein und teilte sie in zwei Hälften, aber keine Pallas Athene kam aus ihr hervor, nur Feuchtigkeit und gallertige Masse. Die Qualle erzitterte und zerfiel. Ich zitterte und zerfiel auch. Gerade noch war alles ganz, gerade noch war alles schön gewesen.

Ich schrie. Wie eine Irre. Der Umriss meines Vaters erschien über den Kinderköpfen, ich sah ihn und hegte Hoffnung.

»Mach sie wieder lebendig!«, schrie ich, »mach sie wieder ganz!«

»Das geht nicht«, sagte mein Vater. Ich warf mich neben der Qualle in den Sand und schlug mit den Fäusten um mich. Es brannte, meine Brust und meine Arme bedeckten sich mit nässendem roten Ausschlag, ich musste zum Arzt und dann wurde der Urlaub abgebrochen und wir fuhren nach Hause. Ich saß schweigend und mit einem Verband auf dem Rücksitz im Auto, meine Mutter schimpfte, sie war so wütend, als hätte ich ihr etwas Schreckliches angetan, dabei waren die Ferien sowieso schon so gut wie zu Ende gewesen, sie verlor nur einen Tag am Strand, nicht mehr. Sie schimpfte,

wie sie auch beim Arzt geschimpft hatte, in der kleinen
Klinik auf der Klippe über dem Meer, das einen perfekten türkisen Bogen in den Küstenstreifen schnitt. Oli-
venhaine und Zikaden. Mein Vater räusperte sich, pein-
lich berührt. Ich drehte den Kopf weg und sah hinaus,
auf die Linie des Wassers am Horizont, in dem andere
Quallen schwammen, die von keinem bösartigen Kind
gefunden und gefangen worden waren, ich wünschte,
dass nicht eine von ihnen sich an den Strand verirren
mochte, an dem ich gerade noch gewesen war, obwohl
der Nesselausschlag wirklich schmerzte.

Erwin Riedesser

Im Garten von Eden

Die Sonne lässt auf sich warten um diese Zeit. Der Sand ist noch kühl, doch er wird im Laufe des Tages so heiß, dass man wie auf glühenden Kohlen tanzen kann. Der unschuldige, beginnende Tag ist mir lieber. Wenn ich zu den Wellen hinuntergehe, die mich wie immer begrüßen, stehe ich vor dem Meer. Wie immer gehe ich nach links.

Ich schlendere an den Strandliegen und den Hochsitzen der Bademeister entlang bis zu dem bizarren Felsen, von dem aus ich den ganzen Strand überblicken kann. Hinter mir eine lange Betonröhre, die horizontal in den Hang getrieben wurde und die man betreten kann wie einen Tunnel. Nach wenigen Metern ist es im Inneren der Röhre dunkel und unheimlich. Vorne beim Eingang liegen Müllreste vom letzten Strandfest. Aber meistens ist die Röhre leer und gibt meiner Fantasie Raum für Drachen, Orks und anderes Getier.

Auf dem Weg in das Zentrum der kleinen Stadt oder beim Einkauf im nahen Supermarkt ging ich die lange niedere Mauer entlang, die die Straße vom Strand trennt. Hier hockten sie, die Außenseiter, die Gestrandeten und Bettler, die Gitarrenspieler und die Schmuckverkäufer. Der Außenseiter unter den Außenseitern, ein schmaler, beinahe ausgemergelter Obdachloser, saß abseits mit seinem Transistorradio, seinem Fahrrad und den Plastiktaschen vom Supermarkt. Er hörte den ganzen Tag Rockmusik, schlief und aß zwischendurch und wirkte gelassen und zufrieden. Er trug ein ehemals weißes, aber mittlerweile stark verschmutztes Hemd.

Da waren auch vier junge Typen mit ihrer unangenehmen Begleitmusik. Ihre Mopeds waren laut, ihre Stimmen waren laut, ihre Aggressivität wirkte laut. Sie setzten sich auf die Mauer und belästigten die Vorübergehenden, egal ob Frauen oder Männer. Frauen waren ihnen lieber, die reagierten oft weniger cool auf ihre Provokationen, das gefiel den jungen Herren der Straße. Zurechtweisungen liebten die vier. Dann lachten sie und zeigten mit ihren Bierflaschen auf die Oberlehrer und drohten mit ihren Fäusten. Gelegentlich ließen die Typen ihre Mopeds aufheulen und lachten.

Die traurigen Gestalten auf der kleinen Mauer saßen wie erstarrt, weil sie wussten, dass sie leicht zum Ziel der gewalttätigen Spiele der vier werden konnten. Aber das nützte ihnen nichts. Den Burschen wurde langweilig, sie hatten die Obdachlosen längst schon wahrgenommen. Sie beschimpften sie als Gesindel, warfen ihre Kleiderbündel, ihre Gitarren und die anderen Habseligkeiten in den Sand hinter der Mauer. Sie schubsten sie herunter und gossen Weinflaschen über sie aus. Doch plötzlich stand der mit dem schmutzstarrenden weißen Hemd hinter den Moped-Typen und sagte ruhig, dass sie abhauen sollten. Die vier drehten sich um und bauten sich bedrohlich vor ihm auf. Der Obdachlose hob sein Handy wie eine Waffe und die Polizei raste schon die Meeresstraße entlang auf die bedrohliche Szenerie zu. Der Mann hatte sie beim Eintreffen der Mopedbrigade angerufen. Das war allen klar, die hier sensationslüstern herumstanden und dasselbe zu tun verabsäumt hatten. Die Mopedtruppe begann nach einer Abmahnung der Polizei ihren Abgang vorzubereiten. Sie sahen den Anrufer hasserfüllt an. Vier Mittelfinger zeigten in den Himmel. Das war ein eindeutiges Versprechen eines baldigen Wiedersehens. Der nervige Wespenlärm ihrer Mopeds wurde nach ihrer Abfahrt ins Zentrum leiser. Der Spuk war vorbei. Meine Magengrube flatterte. Ich spürte eine diffuse Angst. Der Anrufer lachte, die anderen Outlaws lachten nicht mit. Sie trollten sich und murrten vor sich hin. Am schlimmsten war für sie wohl die Weinvernichtung.

Als ich Maria die Geschichte erzählte, lachte sie verächtlich. Die vier waren bekannt. Sie waren aus dem Nachbardorf und ihre Heldentaten hatten in der letzten Zeit immer mehr zugenommen. Auch die Orte im näheren Umkreis von P. waren nicht sicher vor ihnen. Sagte Maria. Sie hat ihren »Massagesalon« in einer Höhle beim Strand und kannte alles und jeden in P. Sie kam ursprünglich aus München und war der Liebe wegen hiergeblieben. »Ich könnte dir Geschichten erzählen«, meinte sie. Das tut sie auch immer wieder und sie kennt wirklich viele. Von zerstückelten Leichen im Brunnen von Manolis, dem Olivenbauern, von einem in der Sonne verbrutzelten Touristen, der beim Bräunen auf einem einsamen Felsen einen Herzinfarkt bekom-

men hatte, von verschwundenen Touristinnen. Die vier
hielt sie nicht für gefährlich. Dämliche Angeber, meinte
sie. Sie kannte auch die Mutter von einem der Bande.
Kein Wunder, lachte sie.

Mein Held von der Mauer, das wusste jeder, schlief
dort, wo er auch seinen Tagesplatz eingerichtet hatte.
Der Campingsessel, den er mitgebracht hatte, stand vor
seinem schmutzstarrenden Schlafsack, der am Boden
lag. Sein Bett. Er saß meistens auf seinem Sessel und
die Mauer war sein Tisch. Er besaß nun wirklich nicht
viel. Da war jetzt ein eigenartiger grausamer Zug um
seinen Mund. Der zeichnete sein Gesicht, nachdem die
Jungen verschwunden waren. Dann lümmelte er wieder

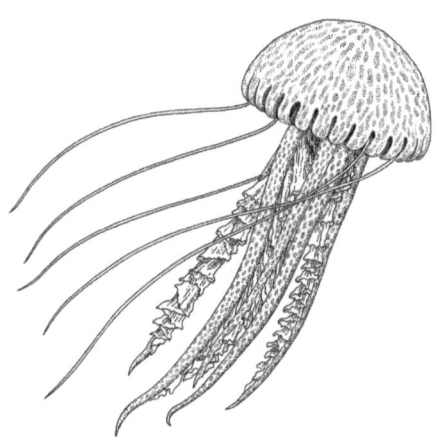

arglos auf seinem Wohnplatz herum. Aus dem Transistorradio erklang: *In -A -Gadda – Da – Vida…*

Schon wieder Polizei, dachte ich am nächsten Morgen, als ich die kleinen Croissants von der Bäckerei holte. Dafür musste man sehr früh dort sein, sonst gab es keine mehr. Die Bäckerei hatte vor einigen Monaten beschlossen, nur mehr eine gewisse Menge pro Tag zu backen. Zu wenige für die große touristische Gemeinde. Die Polizeiautos parkten schräg gegenüber der Bäckerei. Da, wo mein neuer Held von gestern hauste. Es war auch ein Krankenwagen da, der war offen und sie hoben eine Tragbahre hinein. Auf der lag ER. Das Hemd war zerrissen, sein Gesicht sah aus wie blutiger Brei. Er lag regungslos da. Wie tot. Sie schlossen die Tür des Krankenwagens und rasten mit aufjaulendem Folgetonhorn davon. Der Besitzer des Supermarktes, der ihn gefunden hatte, sagte, er wäre offensichtlich im Schlaf überrascht worden.

Wochen waren vergangen, doch jedes Mal, wenn ich an der Mauerstelle vorbeikam, wo er vor Kurzem noch lässig seine Musik gehört hatte, spürte ich Angst und Unbehagen und ging schnell vorbei. Seine Sachen waren noch da, niemand hatte sie abgeholt oder weggeschmissen. Die anderen Obdachlosen saßen zusammen, rauchten, tranken Rotwein und brabbelten unverständliches Zeug, wie immer.

Wieder ging ich früh am Morgen ans Meer hinunter, nach links, stand hinter den bizarren Felsen und schaute auf den Strand und die unruhigen Meereswellen. Mir kam der Außenseiter von der Mauer in den Sinn. Ein Laut ließ mich umdrehen, ich vermutete, dass der aus der Betonröhre kam. Ich dachte an einen schlafenden Drachen. Ich erschrak, als ich das Menschenbündel sah, das in der kühlen Röhre lag. Ein Mensch, angetan mit Jeans und Sneakers und einem roten Hemd. Weder ging ich hinein noch hatte ich Lust, mir den Liegenden näher anzusehen. Trotzdem erkannte ich intuitiv einen der vier Rowdys. Betrunken, redete ich mir ein. Klar, was sonst. Dann verließ ich eilig meinen Platz am Meer und ging am Strand entlang nach Hause. Das Gesehene ließ mir aber keine Ruhe. Kurze Zeit später schaute ich nochmals hin. Da war niemand mehr in der Betonröhre, zumindest nicht, so weit mein Auge reichte.

Und tiefer in die Röhre wollte ich immer noch nicht gehen. Ehrlich gesagt, gruselte es mich bei dem Gedanken.

Ich war schon länger nicht mehr bei Maria gewesen. Heute wollte ich mir endlich die Verspannungen von ihr wegmassieren lassen, die seit den letzten Ereignissen meine Muskeln nicht verlassen hatten. Maria war gesprächig wie immer. Sie wusste alles, sagte sie, aber sie wusste nicht, wie es dem Obdachlosen mit dem Transistorradio ging. Er hatte wohl überlebt, meinte sie, er sei bald aus dem Spital abgehauen. Eine Sensation gab es aber schon. Einer der vier Idioten war verschwunden. Ausgerechnet der Sohn ihrer Bekannten. Die war noch immer in Tränen aufgelöst. Die Polizei hatte Suchtrupps eingesetzt. Hubschrauber kreisten über P., aber ergebnislos. Ich erzählte ihr nichts von meinem morgendlichen Stranderlebnis. Ihre Massage brachte nicht das Ergebnis, das ich mir erhofft hatte. Im Gegenteil, meine Muskeln fühlten sich noch verkrampfter an als zuvor. Beim Gehen fiel mir eine Frage ein, die ich Maria seltsamerweise nie gestellt hatte. »Sag, Maria, kennst du eigentlich den Penner, der da zusammengeschlagen wurde?« – »Hab ich dir noch gar nichts erzählt von dem?«, antwortete sie. »Das ist der Sohn eines Tavernenbesitzers in P., der aber schon lange weggezogen ist. Sein Lokal war in einer Seitengasse der Stichstraße. Er hatte einen fürchterlichen Streit mit seinem Sohn, weil der unbedingt zu den Legionären der rechten Rienzi-Gruppe gehen wollte. Sie nannten sich »Rienzi« nach der Lieblingsoper Adolf Hitlers. Der Sohn wurde Mitglied der Söldnertruppe. Sein Vater war gebrochen. Auch aus politischen Gründen, sagt man, weil er sein Leben lang ein Roter gewesen war. Er schämte sich für seinen Sohn, und als der zum ewigen Tagesgespräch in seinem Lokal geworden war, verkaufte er sein geliebtes Restaurant und zog weg. Ein Jahr später wurde der Sohn unehrenhaft entlassen. Aus einer für ihre Gewalttätigkeit bekannten Söldnertruppe, das musst du dir vorstellen. Das war das, was die Leute in P. wussten. Den Grund für die Entlassung kannte Maria bis vor Kurzem auch nicht. Ein Bekannter ihres Mannes, der den inzwischen todkranken Vater regelmäßig in S. besuchte, hatte erfahren, dass sein Sohn wegen besonderer sadistischer Grausamkeit entlassen worden war. Auch semifaschistische Organisationen haben offensichtlich einen Ehrenkodex, dachte ich. Und ich war verwirrt über diese überraschende Beschreibung meines Helden. Maria erzählte noch, dass sie ihm nichts als seine Habseligkeiten, mit denen er in die Söldnertruppe eingetreten war, mitgegeben hatten. Seinen ihm für ein Jahr zustehenden Sold behielten sie.

Das war vor einigen Jahren gewesen. In diesem Sommer sei der Sohn wieder aufgetaucht. Als Obdachloser bei der kleinen Mauer am Sandstrand. Aber keiner in P. wollte mehr darüber sprechen.

Am Abend ging ich in die Stadt an der kleinen Mauer entlang, die die Straße vom Sandstrand trennt, um zu sehen, ob die Habseligkeiten des gefallenen Helden noch da waren. Das ließ ich aber sofort bleiben, denn dort saß ER hinter der Mauer, mit einem blütenweißen Hemd und einer sauberen neuen Hose. Sein Gesicht war noch deutlich lädiert, seine Nase gebrochen, aber er saß da wie immer. Gelassen, mit einem ironischen Gesichtsausdruck lümmelte er in seinem Klappsessel. Seine stechenden Augen bohrten sich in meine. Ich dachte an Frau Lot und an den Rat der Bibel. (»Errette deine Seele und siehe nicht hinter dich; stehe auch nicht still in dieser ganzen Umgegend.«) Ich riss mich aus meiner beinahe hypnotisierten Erstarrung. Fluchtpanik bestimmte mein Handeln und mein Atem ging schnell und keuchend. Hinter mir hörte ich das berühmte Schlagzeugsolo von Iron Butterfly und ein leises Lachen.

Es ist heute wieder einmal ein letzter Tag in P. Mein Flugzeug wartet gegen Mittag, um mich nach Zentraleuropa zu bringen. Der Tag ist wie immer noch sehr jung und unschuldig und ich freue mich auf die wärmende Sonne. Heute war ich besonders früh dran, weil

ich nicht schlafen konnte. Als ich zum Meer hinuntergehe, tauche ich meine Füße ins Wasser und ziehe den
Salzgeruch durch die Nase. Der Wind streichelt gütig
über meinen frisch rasierten, von der Sonne gebräunten
Kopf, als würde er flüstern: »Wir sehen uns bald wieder, mein Sohn.« Aber ich fühle, es ist ein Abschied für
immer.

Dann gehe ich nach rechts.

Claudia Rossbacher

Ein schöner Laich

Der Himmel über Grete verdunkelte sich von einer Sekunde auf die andere. Nicht ungewöhnlich, wenn man wenige Meter unter der Wasseroberfläche im »Steirischen Meer« schwamm. Entweder hatte sich eine Wolke vor die Sonne geschoben, was im Ausseerland häufig vorkam, oder ein Boot glitt über den Grundlsee. Womöglich eine »Plättn«. Seinerzeit hatten die traditionellen Holzboote im Salzkammergut dem Transport von Salz und anderen Lasten gedient. Heute wurden sie für Touristenausflüge, aber auch für den Fischfang benutzt. Mit akkuraten Flossenschlägen machte Grete kehrt, tauchte elegant ab, um sich im Schimmernden Laichkraut zu verstecken. Eine Weile stand sie stumm in der Tiefe, blickte sich um und lauschte. Blubb, blubb, blubb… Kein Motorengeräusch. Kein Ruderschlag. Alles in Ordnung.

Aber was war das dort drüben? Ein Einkaufswagen vom Nahversorger? Interessant. Grete näherte sich dem Metallkorb, der mit den Rollen nach oben im Sand steckte. Vorsichtig stupste sie das Gitter an. Was die Menschen alles hier versenkten, war schier unglaublich. Flaschen, Autoreifen, Rasenmäher, Fahrräder, manchmal auch sich selbst oder ihresgleichen. Der Grundlsee war doch keine Müllhalde! Auch kein Friedhof. Trotzdem ruhten die Körper einiger Verstorbener auf dem Grund – zumindest jene Körperteile, die hungrige Aale, Aiteln, Barsche, Forellen, Hechte und Seesaiblinge übriggelassen hatten. Die meisten Menschen waren beim Schwimmen ertrunken, der eine oder die andere vorher getötet und dann erst im See entsorgt worden. Außerdem sammelten sich in der Tiefe Geld und Schmuck an, die irgendwann der Schlamm begrub. Aber weder die Todesursachen noch die Wertsachen kümmerten Grete. Die Umwelttaucher, die den Grundlsee einmal im Jahr vom Müll befreiten, konzentrierten ihre Suche auf die Uferbereiche. Das meiste Klumpert, das dort nicht hingehörte, war in der Nähe der Badestrände, bei den Einstiegen und Bootsanlegestellen zu finden. Was in 60 Metern Tiefe oder noch weiter unten lag, interessierte anscheinend niemanden mehr, seitdem sie den nahen mythenumwobenen Toplitzsee sogar mit U-Booten nach Nazi-Schätzen abgesucht, aber nur Kisten mit gefälschten Pfundnoten und Bierdeckeln entdeckt hatten. Und einen wundersamen Wurm namens Willi, der in der sauerstofflosen, schwefelwasserstoffhaltigen Tiefe lebte. Der hätte Grete viel eher interessiert. Wie der wohl schmeckte?

Grete knurrte der Magen. Sie blickte sich nach Planktonkrebsen um. Dieser Nahrung verdankte ihr Bauch und die hübschen Tupfen auf ihren Flanken die orangerote Färbung. Prompt wurde sie fündig, ruderte behände zur Seite und schnappte nach ihrem Frühstück. Dann schlüpfte sie durch das Gitter des Einkaufswagens, der ihr immerhin einen gewissen Schutz vor größeren Raubfischen und den Zugnetzen bot. Frühmorgens hieß es aufpassen, wenn die Fischer die Netze einholten, die sie tags zuvor mit der Plätte gesetzt hatten, um Seesaiblinge zu fangen. Ihr delikater Geschmack war unerreicht, behaupteten sie. Und hatten vermutlich recht damit. Schließlich zählte Gretes Art zur Familie der Lachse, die ihren natürlichen Lebensraum bereits vor rund 10 000 Jahren in der letzten Eiszeit im Steirischen Meer gefunden hatte. Ihre Vorfahren waren dem Adel vorbehalten gewesen. Selbst am Kaiserhof in Wien hatte man das feste, saftige hellrosa Fleisch und den feinen Geschmack der wilden Seesaiblinge zu schätzen gewusst.

Doch was hatte Grete davon? Außer Kummer und Sorgen. Die vielen Weggefährten, die sie allein durch den Wildfang an die letzten beiden Berufsfischer verloren hatte, konnte sie längst nicht mehr zählen. Rund anderthalb Tonnen fischten sie von Mai bis September aus dem Grundlsee. Viermal war Grete selbst durch die Maschen der Netze geschlüpft, als sie noch jünger und schlanker gewesen war. Mit ihren sechs Jahren hatte sie eine lebensbedrohliche Größe erreicht. Keine Chance mehr zu entkommen, wenn sie erst einmal im Netz zappelte. Und dann waren da auch noch die Angler, die ihre vermaledeiten Köder auswarfen.

Nicht einmal in der Schonzeit war man als Seesaibling sicher. Im November hatten es die Berufsfischer auf ihren Laich abgesehen. Zuletzt hatten sie Grete beim »Lechfischen« an der Mündung des Zimitzbachs erwischt, wo sie und ihre Artgenossinnen laichen wollte, Henry an ihrer Seite. Immer enger wurden sie im Zugnetz zusammengepfercht, mehrere hundert Exemplare nach und nach auf die Plätte gehievt, um sie auszusortieren. Die Milchner warfen die Fischer gleich in den See zurück. Im Gewurl verlor Grete Henry aus den Augen und fand sich wenig später mit den anderen Rognern im Bruthaus wieder. Sie quetschten ihnen die Eier aus den prallen Bäuchen, um die Mutterfische nach der Tortur wieder in den Grundlsee zu entlassen. Den Laich behielten sie für ihre »nachhaltige« Fischereiwirtschaft. Tagelang litt Grete unter Bauchschmerzen. Dazu tat ihr jede einzelne Gräte weh.

Henry war seither verschwunden. Aus ihrem gemeinsamen Nachwuchs, dem sie ein freies Leben im Steirischen Meer hatten schenken wollen, wurde nichts. Stattdessen dienten Gretes Gene der Zucht von »Wildkultur-Seesaiblingen«, die geschmacklich beinahe an sie heranreichen sollten. Sofern der Vater ein Artgenosse war. Wurden sie mit Bachsaiblingen aus dem Murtal gekreuzt, wuchsen Hybride in den Zuchtbecken heran. Keines dieser Exemplare würde Grete jemals zu Gesicht bekommen. Im Grundlsee gab es keine Zuchtfische, nur in den Quellwasserbecken der Fischerei, später in den Fischläden in Kainisch und Bad Aussee und auf den Tellern der umliegenden Restaurants. Aber dort wollte sie bei Poseidon nicht landen. Dann schon lieber einen ehrenvollen Saiblingstod sterben. Wie Henry. Grete trieb es die Tränen in die Augen.

Henry war nicht in den See zurückgeworfen worden, erzählten sich die Artgenossen, sondern der letzten »Lechpartie« zum Opfer gefallen – dem traditionellen Erntedankfest der Fischer, das sie nach dem Lechfischen feierten. Nur wenige auserwählte Gäste durften sich zu diesem Anlass in der Lechhütte am Südufer einfinden. Die heißbegehrten Saiblinge wurden dort auf Holzspießen in einem Gestell über Buchenholzscheiten geräuchert und gleichzeitig gegrillt, bis die Haut knusprig gebräunt war. Zum Festschmaus floss der »Lupitscher« – eine heiße, gezuckerte Mischung aus Rum und Schwarztee. Zur fröhlichen Steirer-Musi klatschten die Männer ihre traditionellen Rhythmen. Doch das Lachen verging ihnen.

Während sie noch gut gelaunt »paschten« und ihre lustigen G'stanzln sangen, verschluckte sich ausgerechnet einer der beiden Fischer an Henry. Und so sehr der Unglückliche auch nach Luft schnappte, die Augen vor Todesangst geweitet – wie ein Seesaibling an Land –, niemand konnte ihn mehr retten. Henrys Gräte steckte zwischen der Speiseröhre und dem Kehlkopf fest, drückte auf das empfindliche Nervengeflecht. Der Kreislauf des Fischers versagte. Plötzlicher Herzstillstand. Schluss mit lustig.

Jetzt gab es nur mehr einen Berufsfischer am Grundlsee. Und unzählige Seesaiblinge. Den letzten seiner Zunft würden sie auch noch loswerden. Vielleicht schon bei der nächsten Lechpartie?

Epilog

Falls Sie Grete eines Tages im schönen Grundlsee begegnen, lassen Sie sie bitte vorbeischwimmen. Es sei denn, sie schaffen es, sie zu fangen und ihr den Kopf einzuschlagen. Dann schlitzen Sie ihr den Bauch auf, entnehmen die Innereien (ohne die Gallenblase zu verletzen!), säubern sie unter kaltem, fließendem Wasser, trocknen sie innen und außen vorsichtig mit Küchenpapier ab und reiben ihre Haut mit Salz ein. Das Entschuppen können Sie sich sparen, Seesaiblinge haben ohnehin kaum Schuppen.

Nach eineinhalb Stunden streifen Sie das Salz und die Flüssigkeit ab und stecken Grete der Länge nach auf einen Holzspieß. Anschließend lassen Sie sie 12 bis 15 Minuten etwa 30 Zentimeter über dem offenen Feuer brutzeln. Die Haut sollten sie keinesfalls entfernen. Leicht gesalzen und knusprig gebräunt, schmeckt sie ganz vorzüglich. Vermeiden Sie Knoblauch, Zitrone oder andere Zutaten als Salz. Sie würden ihr feines Aroma verderben. Dazu reichen Sie am besten frisches Brot. Guten Appetit! Und Vorsicht vor den Gräten!

Eva Rossmann

Das Meer, es atmet

Sie hat große Sympathie für Kopffüßler. Trotzdem war es ihr wieder nicht gelungen, rechtzeitig wach zu werden. Elena steht am Strand und sieht konzentriert dorthin, wo die aufgehende Sonne das Meer zum Glitzern bringt. Tintenfische werden vom Licht angezogen. Ihr Großvater ist mit seinem kleinen Boot und einer großen Lampe in der Nacht hinausgefahren. Als Kind hat Elena sie gesehen, die Wesen unter Wasser. Sie wollte nicht, dass er sie tötet, aber sie musste immer wieder mit, des magisches Armballetts wegen. Werden sie auch tanzen, wenn die Sonne das kristallklare Meer berührt?

Ein anderer Strand, eine andere Zeit, andere Tote. Vielleicht hat sie ihren Job nur gemacht, um etwas gegen das Töten zu tun, Buße für die Tintenfische. Hätte sie das Ballett nicht sehen wollen, wer weiß, ob ihr Großvater so oft aufs Meer wäre, um die Tiere zu jagen. Elena schüttelt den Kopf. Sie ist zurückgekommen, weil sie auf ihrer Insel zur Ruhe kommen will. Sardinien statt der Sondereinheit von Europol, die es offiziell gar nicht gibt. Sie kneift die Augen zusammen. Dort, wo Meer und Sonne einander treffen, bewegt sich tatsächlich etwas unter Wasser. Tanzt. Tintenfische sind es freilich keine.

Sehr hoch steht die Sonne noch nicht, als Elena nass unter einer Decke im Sand kauert. Neben sich eine, der sie nicht mehr helfen hat können. Lange blonde Haare, sie waren nach oben getrieben. Jetzt sehen sie aus wie Tang. Ihr Mund ist mit Textilband verklebt. Trotzdem weiß Elena, wer die Tote ist: Doria Pinna. Aufstrebende Abgeordnete der »Fratelli d'Italia«. Sie hat gestern im Hafen für eine Kamera posiert. Und war von einigen dieser UNITED-Aktivistinnen gestört worden. Parolen für Menschenrechte und Klimaschutz haben sie skandiert, die Gesichter von Tiermasken verdeckt: Hund, Wal, Katze, Oktopus. Auch ohne Masken wären sie ihr sympathischer gewesen als die Politikerin. Jetzt ist Doria Pinna tot, gefesselt an Armen und Beinen, mit einem Stich in der Brust, ertränkt. Da wollte jemand auf Nummer sicher gehen. Die Polizeimaschine ist angelaufen. Bescheidener, als Elena es in den letzten fünfzehn Jahren gewohnt war. Aber hier geht es nicht um Terrorismus, internationalen Drogenhandel oder beides. Zwei Einsatzfahrzeuge, ein paar Spurensicherer, ein müde aussehender Ermittler, dem sie schon alles zu Protokoll gegeben hat, was sie weiß. Und ihre offiziellen Daten: Elena Floris, neununddreißig Jahre, Geburtsort Perdasdefogu, Sardinien. EU-Beamtin in Karenz.

Auch wenn die Sonne tagsüber bereits Kraft hat: Im April ist hier, an der Südküste, wenig los. Elena lehnt am Stehtisch neben dem Lentisco-Strauch. Sie war auch gestern und vorgestern hier, hat Lemon-Soda und später Vermentino getrunken. Bar, Osteria, Hotel, alles in einem. Und vor allem: geöffnet. Sie hat nicht vor, sich einzumischen. Auch dass sie im Internet nach Doria Pinna gesucht hat, ist nicht mehr als verständliches Interesse an einer Toten, die sie an Land gebracht hat. »Difendiamo l'Italia« – »Verteidigen wir Italien« – lautet der Slogan der »Brüder Italiens«. Sie hat versucht, sich fernzuhalten von italienischer Politik, auch von dem Aufstieg dieser Rechten, mit ihrer Mussolini-Flamme im Wappen. Warum Frauen bei den »Brüdern« Karriere machen wollen? Man hat Elena gelehrt, neutral zu sein. Vor dem Gesetz sind alle gleich. – Sind sie? Natürlich nicht. Sie wettet mit sich selbst: Werden die Medien schneller hier sein als der Commissario aus Cagliari? Wenn ja, gewinnt sie ein Glas Vermentino. Wenn sie sich täuscht, bleibt sie bei Lemon-Soda.

Der mit den dunklen Sonnenbrillen sieht jedenfalls nicht nach Polizei aus. Zu aufgeregt. Mittdreißiger in diesen engen Hosen, die, einmal umgeschlagen, nur

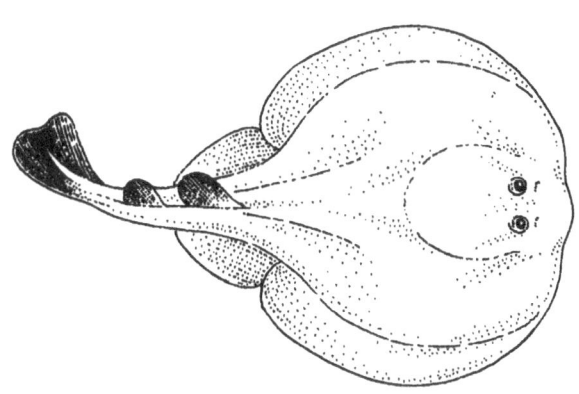

mehr bis zu den Knöcheln reichen. Wohl kein Sarde, eher einer aus der Gegend um Rom, groß, schlank, ihre Tante würde ihn hübsch nennen, sie findet ihn affig. Hinter ihm ein Bärtiger mit Kamera. Elena hebt die Hand, um zu bestellen. Der Affige versteht das falsch und steuert auf sie zu.

– Worauf warten Sie?

Elena hebt spöttisch eine Braue.

– Ihr Medien liebt linke Anarchisten. Aber es ist klar, was passiert ist! Die Mörder meiner Verlobten kommen nicht davon!

Er winkt dem Bärtigen.

– Los, ins Hotel, du wirst alles dokumentieren! Bevor sie Beweise vernichten können!

Die Sonne scheint ins Zimmer. Elena ist am Gang stehengeblieben. Tiermasken und Rucksäcke und Hosen und Schuhe und dazwischen der aufgebrachte Verlobte. Dass er in so kurzer Zeit solches Chaos angerichtet hat, ist unwahrscheinlich. Die Masken müsse er aufnehmen, fordert er von seinem Kamerafreund. Vermummte Chaoten, murmelt er. Wo sind die Umwelt- und Menschenschützer? Er schreit auf. Hält ein Messer in der Hand. Zeigt es in die Kamera.

– Ich kenne es, brüllt er. Es hat ihr gehört!

– Raus da, sagt Elena. Das ist Sache der Polizei.

Er dreht sich zu ihr um. Für einen Moment stumm.

– Sie sind meine Zeugin! Und die Kamera! Niemand kann es vertuschen! Das ist ihr Messer! Sie haben sie damit erstochen!

Elena ist wütend, vor allem auf sich selbst. Das ist das Letzte, was sie wollte: in einen abstrusen Fall involviert und Zeugin eines hysterischen Lovers werden. Ihr nächstes »Raus!« klingt so, dass die beiden aus dem Zimmer stürzen.

Ohne ihre Masken sehen die Aktivistinnen aus wie verirrte Kinder. Sie stehen am Parkplatz hinter dem Hotel, neben dem alten Bus mit dem aufgemalten Regenbogen. Oktopus-Freda und Katze-Maddalena etwas abseits.

– Ich hab das nicht gewollt, zischt Maddalena.

Freda flüstert: Mein Vater hat gute Anwälte.

Maddalena zieht die Luft durch die Nase ein: Costa Smeralda Protze, sagt sie. Glaubst wohl, nur weil dein Papa reich ist, wird er alles richten.

– Sie war wütend auf uns und ist gestürzt, du warst dabei.

– Du bist zu ihr aufs Boot!

– Um ihr zu helfen!

– Quatsch nicht. Wir haben sie gemeinsam gefesselt.

– Du hast sie rausgebracht. Damit sie sieht, wie es allein auf dem Meer ist.

– Die hätten sie doch bald gefunden!

– Du hast mich mit dem Jetski geholt. Das Benzin abgelassen. Ihr Handy und alles ins Meer geworfen.

– Du hast sie zuletzt gesehen!

– Wir haben ihr die Fesseln abgenommen. Sie war schon halb bei Bewusstsein.

– Dann hast du sie mit dem Messer …

– Du bist verrückt!, faucht Freda.

Elena sieht es in den Nachrichten. Die kurze Biografie der Pinna, als »umstritten« wird sie bezeichnet,

»Speerspitze« jener, die verhindern wollen, dass gerettete Flüchtlinge in italienischen Häfen von Bord gehen. Die UNITED-Aktivistinnen mit ihren Masken kommen ins Bild, wirken wilder und mächtiger, als Elena sie erlebt hat. Dann eine Reporterin, die sagt: »Spätestens jetzt hat der Protest seine Unschuld verloren.« Laut Auskunft der Behörden sei der wenige Proviant und auch Pinnas Mobiltelefon ins Meer geworfen worden. In Großaufnahme der Verlobte, der unter Tränen erzählt, wie er das Messer gefunden hat. Und dass er eine Zeugin habe. Eine gute. Doria, entführt, in ihrem eigenen kleinen Boot, das sie so geliebt habe, erstochen aus Rache für die ertrunkenen »Glückssucher und Migrationstouristen«, den Fluten übergeben. Als selbstloser Partner wird er bezeichnet, hätte doch auch er Chancen auf den Senatssitz gehabt. Und noch ein Bild aus glücklicheren Tagen. Doria Pinna mit langen blonden Haaren, sie lächelt in die Kamera: Darf ich vorstellen? Carlo Bensanti, mein Mann für alle Fälle!

Warum haben sie das Messer nicht ins Meer geworfen? Warum den Proviant, wo sie die Pinna doch erstochen haben? Elena schüttelt den Kopf. Sinnlos, so zu tun, als könnte sie sich raushalten. Sie ist mittendrin. Mittendrin. Als Zeugin wider Willen. Eigentlich von Anfang an. Vielleicht weiß der Oktopus nicht, was der Wal tut. Und: Könnte sich die Katze bei UNITED eingeschleust haben? Gefesselt, ausgesetzt, erstochen, ins Meer geworfen. Unter anderen Umständen hätte sie auf Mafia getippt. Es soll schon Politiker gegeben haben, die zuviel wussten oder zu viel wollten.

– Wie gut kennt ihr einander?, fragt Elena. Sie hat die Aktivistinnen überrumpelt.

Die stehen in einer Traube um einen Tisch vor dem Hotel. Die meisten haben den Blick gesenkt. Eine sieht sie an. Wütend.

– Ich habe sie gefunden, sagt Elena in ihre Richtung. Ich kapier nicht, warum sie gefesselt war und dann erstochen und ins Meer geworfen wurde.

– Hau ab, Medienspitzel. Oder bist du eines von den rechten Arschlöchern?

– Gefesselt?, fragt eine.

– Halt den Mund, Maddalena.

– Halt du den Mund, Freda.

– Gefesselt, wiederholt Elena. Was wundert euch daran?

– Erstochen wissen wir aus den Medien. Und vom Messer. Sie reden ja von nichts anderem, als dass sie das bescheuerte Messer bei uns gefunden haben.

– Sie war nicht gefesselt, sagt Maddalena. Nicht mehr.

Elena will nichts bezeugen, was stimmt und doch ganz anders war. Gefesselt, von den Fesseln befreit, wieder gefesselt. Das ließe sich anhand von Spuren nachweisen. Aber es dauert. Woher kann Bensanti gewusst haben, was er findet? Es ist ihm nicht bloß um die Tiermasken gegangen. Er hat weitergesucht. War es dennoch Zufall? Oder gibt es jemanden, der ihn das glauben machen möchte? Man muss die Aktivistinnen überprüfen. Auch auf Kontakte zu ihm, zu Pinna, zu Parteien und Organisationen, die wenig Tier- und Umweltfreundliches haben. Jemand sollte klären, welche Geschäfte Doria

Pinna betrieben hat, wer ihre Freunde im Hintergrund waren. In der Öffentlichkeit tritt sie bescheiden auf, ist, anders als einige ihrer Kollegen, nie mit Korruption in Verbindung gebracht worden. Selbst ihr Boot war klein, nicht hochseetauglich, ohne Radar. Glauben wir den Aktivistinnen vorerst: Sie nehmen ihr die Fesseln ab, werfen Proviant und Mobiltelefon ins Meer und schippern in der Nacht davon. Irgendjemand wird Pinna finden, bevor sie verdurstet oder verhungert. Das Boot war keine zehn Minuten vom Strand entfernt. Was, wenn sie ein zweites Telefon gehabt hat? Wen wird sie angerufen haben? Ihren Mann für alle Fälle.

Viele »Wenn«, aber eine Chance. Elena tut, was sie gelernt hat. Sie recherchiert. Sie nützt einige ihrer Kontakte. Ein privates Smartphone wird bestätigt, ganz privat ist heute eben nichts mehr. Doria Pinna wirke sauber, sagt man ihr. Als ob nicht korrupt automatisch sauber wäre. Bei Bensanti sind sie nicht sicher. Seltsames Lobbying, Freunde, die Freunde im Kreml haben, das Übliche nahezu. Länger brauche es, um möglichen Spuren von Geld zu folgen. Elena hat nicht so viel Zeit. Sie trifft Bensanti am Strand. Ob sie als Zeugin noch etwas für ihn tun könne? Bevor er antwortet, treten Oktopus und Wal und Katze an, umtanzen ihn, skandieren: Ein Friede! Eine Welt!

– Dass die noch immer nicht in Haft sind!, wütet er.

– Dokumentieren muss man das, schreit Elena, nur dumm, dass ich mein Handy nicht mit dabeihabe!

Er gibt ihr seines, sie soll alles aufnehmen: die Radikalen und Mörder und ihn, das Opfer. Dann: Polizei mit Blaulicht und Tumult und Widerstand und Bensanti und sie am Rande und weg. Wenig heldinnenhaft auf der Toilette. Mit seinem Mobiltelefon. Daten und Chats auslesen. Ein gelöschter Telefonanruf, kinderleicht zu rekonstruieren. Eingegangen in der Nacht, in der alles passiert ist. Fotos. Elena sichert sie und holt tief Luft.

Es ist tatsächlich ganz anders und doch passt jetzt alles. Doria Pinna, gefesselt auf ihrem Boot. Sie scheint etwas zu sagen, sie ist wach. Sie lächelt, siegessicher. Am nächsten Bild ist auch ihr Mund verklebt. Noch ein paar Aufnahmen. Die gefesselte Gestalt einmal näher, einmal weiter weg von der Reling, bis das endlose, nächtliche Meer dem konstruierten Drama den passenden Rahmen gibt.

Elena muss zurück, bevor die Polizei abfährt. Mit oder ohne Aktivistinnen, die ihrer Regie ordentlich gefolgt sind. War das Mindeste, nach dem, was Oktopus und Katze angerichtet haben.

Elena hält Bensanti das Telefon mit dem Foto seiner gefesselten Verlobten unter die Nase.

– Wer hat das aufgenommen?, fragt er.

– Es ist Ihr Handy, Bensanti.

Er reisst es Elena aus der Hand.

– Doria Pinna hat Sie angerufen. Sie sind gekommen. Sie waren es, der sie wieder gefesselt hat.

– Schwachsinn!

– Zweimal Fesseln: das hinterlässt eindeutige Spuren.

– Sie wollte es so. Sie wollte dokumentieren, was die Radikalen ihr angetan haben. Ich habe sie unterstützt! Immer!

– Aber dann: die Gunst der Stunde.

– Das Messer! Sie waren selbst dabei! Ich habe sie geliebt! Wir waren verlobt!

– Ich habe den Chat gelesen. Doria hatte einen Verdacht. Sie wollte sich keinen Verlobten leisten, der in unsaubere Geschäfte verwickelt ist. Jetzt, wo ihr Aufstieg beschlossen war: Unterstaatssekretärin, Staatssekretärin, vielleicht bald Ministerin. Sie haben die Fotos gemacht. Doria war gefesselt und sie haben sich gedacht: keine Doria, kein Absturz. Stattdessen trauernder Verlobter. Und gute Chancen wenigstens auf den Senatssitz, bei euch bleibt so etwas doch gerne in der Familie.

Er bemerkt gar nicht, wer alles näher gekommen ist. Von Carabinieri bis Oktopus.

– Das Messer: Ich habe gesehen, wie Sie es gefunden haben. Aber: Warum hätten es die Aktivistinnen nicht wie alles andere ins Meer werfen sollen?

Elena steht am Strand. Das Meer ist unruhig geworden, lange hohe Wellen, die hereinrollen. Man muss sich doch wehren, für die, die es nicht können, haben Katze und Oktopus gerufen, als man sie auch zum Polizeitransporter gebracht hat. Das Meer atmet, hat ihr Großvater immer gesagt. Es atmet ein und atmet aus.

Wolfgang Salomon

Ispettore Canova hat Kopfschmerzen

»Pronto!« Carlo Canova wischt sich den Speichelfaden aus dem Mundwinkel, während er das Telefonino zwischen linker Wange und Schulter einklemmt. Sein Kopf hämmert vom Scirocco-Wind, der seit Tagen aus dem Süden heraufweht und die wetterfühligen Venezianer in den Wahnsinn treibt. Er presst Daumen und Zeigefinger so fest auf seine geschlossenen Augen, dass grünorange Blitze und violette Punkte hinter den geschlossenen Lidern aufblitzen.

»Wo bist du, Carlo?« Die Stimme seines Vorgesetzten und Mentors Commissario Oreste Messina bellt ungeduldig in sein Ohr.

»In meinem *Rifugio*. Wo soll ich sonst an meinem freien Tag sein.« Er rubbelt mit den Fingerknöcheln über seine Augenlider, gähnt, bis seine Kiefer knacken. Die bunten Blitze hinter seinen geschlossenen Lidern verwandeln sich in tiefgrüne rautenförmige Muster, die gleich einem Feuerwerk explodieren und sich dem pulsierenden Kopfschmerz anpassen.

»Du musst dich auf den Weg machen. Wir haben soeben einen Anruf bekommen, dass an einem der Wellenbrecher vor San Pietro in Volta eine Leiche im

Wasser liegt.« Im Hintergrund kann Carlo Canova Stimmen und gebrüllte Befehle hören. Seine Kopfschmerzen dringen durch seine Haarwurzeln, direkt bis in sein Gehirn. Er hätte sich am liebsten sofort wieder umgedreht und die durchgeschwitzte dünne Decke über seinen pochenden Kopf gezogen.

»Aber ich habe heute meinen freien Tag und du weißt, ich hasse es, in Pellestrina zu ermitteln, wo mich jeder kennt und meinen Job und vor allem mich hasst. Kannst du nicht jemand anderen schicken?«

Oreste unterbricht ihn unwirsch. Seine sonst angenehme Bass-Stimme klirrt metallisch aus dem überforderten Lautsprecher. »Hör mal, du Diva! Auch ich habe seit fünf Stunden meinen freien Tag. Aber weil diese Klimaschützer unbedingt heute einen schwimmenden Flashmob zwischen Venedig und dem Lido planen, sitze ich schon die ganze Nacht hier. Ich kann keinen einzigen Mann entbehren. In spätestens zwanzig Minuten bist du vor Ort. Mach dich auf den Weg. Dottoressa Bubacca und Frizzi von der Spurensicherung sind bereits unterwegs.« Nach einer kurzen Pause, in der Canova hört, wie sein Vorgesetzter seinen Bart kratzt, fügt Commissario Messina noch hinzu: »Und halte dich für später bereit. Heute wird es mit dieser Umweltschutzkacke noch heiß hergehen in Venedig. Ich werde dich brauchen.«

»Aber meine Uniform ist doch zu Hause in Mestre.« Carlo Canova zieht seine letzte, lahme Trumpfkarte.

»Dann kommst du eben in der Badehose. Melde dich, sobald du Näheres weißt.« Das letzte Wort kann Carlo Canova nur mehr ahnen als hören, da sein Vorgesetzter die Verbindung bereits unterbrochen hat. Mit einem obszönen Fluch auf den Lippen, welcher Pfarrer, Mütter und die Maßlosigkeit des Klerus beinhaltet, schwingt er sich aus dem schmalen Klappbett. Der vom Meerwasser rostige Wecker, der an einem ebenso rostigen Nagel an einer Bretterwand hängt, zeigt 4:59. Er wirft einen Blick durch das vom Salzwasser verschmierte kleine Fenster. *La Luna* spiegelt sich im pechschwarzen Wasser der Lagune, welches sich an den zwölf mit Muscheln und Algen überwucherten *Briccole* bricht, auf denen sein *Rifugio* inmitten der Laguna Sud ruht. Canova gähnt noch einmal ausgiebig, kratzt sich im Schritt und macht sich auf den Weg.

Drei Minuten später klettert Ispettore Carlo Canova durch die Bodenluke seines Pfahlbaus in das darunter angeleinte Boot. Seine Beine stecken in einer mit Schmierölflecken übersäten Cargohose. Die Sneaker wirft er neben sich ins Boot. Während der Außenbordmotor tuckernd warm läuft, schlüpft er in seinen Camouflage-Regenblouson, ein Weihnachtsgeschenk von Alice, beim letzten gemeinsamen Weihnachten vor der unvermeidlichen Trennung. Mit dem Wind und gegen den Gezeitenstrom fährt Canova entlang der *Murazzi*, die als Wellenbrecher zwischen Adria und dem südlichen Teil der Lagune fungieren. Der Lärm des Motors bricht sich in der frühmorgendlichen Stille ohrenbetäubend an den Steinquadern. Über dem Wasser treibende Dunstfetzen lassen sein dichtes Haar einkringeln. Sein Blouson ist von einem feuchten Film überzogen. Gegen den Gezeitenstrom, mit dem warmen Scirocco im Rücken, brettert das Boot über die Wellen. Erfolglos sucht er in den Taschen seines Blousons nach einer

Kopfschmerztablette. Seit Tagen fühlt er sich schon *sciroccato*, obwohl er früher nie wetterfühlig gewesen war. Die Schlaflosigkeit und die Kopfschmerzen kamen erst nach der Trennung von Alice. Bevor Canova in Selbstmitleid und Zweifeln ertrinken kann, schlüpft er, ohne seine Fahrt zu unterbrechen und ohne nur einen einzigen Grad vom Kurs abzukommen, in seine Sneaker, und wenige Augenblicke später hat er auch schon die Marina von San Pietro in Volta erreicht. Bis auf die vom Morgendunst umkränzten Straßenlaternen ist die Ortschaft noch in komplette Dunkelheit getaucht. Hinter keinem der Fenster ist Licht zu sehen. An der Anlegestelle erwartet ihn Toto, der aus Eritrea

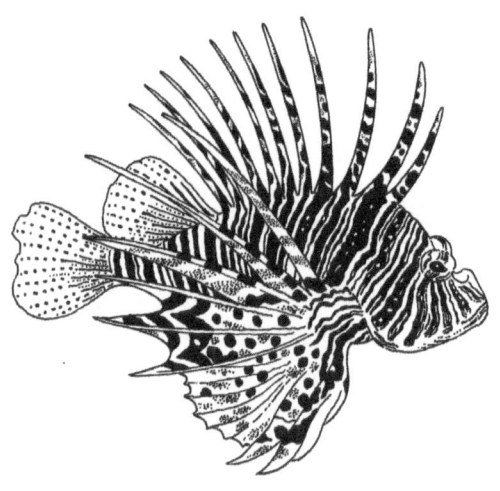

stammende Gehilfe des ortsansässigen Bäckers Renato Pavani. Canova kennt Toto schon seit langer Zeit. Früher hatten sie ab und an gemeinsam etwas Gras in den Dünen geraucht, das Toto hinter der Friedhofsmauer heimlich anbaute.

»Was ist passiert?« Canova schaltet in den Leerlauf und wirft Toto die Leine zu, die dieser geschickt auffängt.

»Pavani hat es erwischt. Er liegt beim Wellenbrecher am Strand.« Gemeinsam machen sie das Boot fest. Toto hilft Canova aus dem Boot. »Wer hat ihn gefunden?« – »Patrizia. Sie ist ihn suchen gegangen, da er nicht vom Fischen zurückgekommen ist.« Toto reicht Canova ungefragt sein verrostetes altes Damenfahrrad. »Wo ist sie nun?« – »In der Backstube. Sie wartet dort mit Rosalia.« Canova schwingt sich auf den Drahtesel und tritt in die Pedale, vorbei an der Backstube, hinter deren Fenster sich die Schatten von Pavanis Frau Patrizia und ihrer Tochter Rosalia abzeichnen. Das Schluchzen der beiden ist bis auf die Gasse zu hören. Canova graut schon vor der Begegnung, aber zuerst fährt er zum Strand.

Pavani war ein ortsbekannter Grobian. Alle wussten, dass er seine Frau Patrizia prügelte, wenn er besoffen nach Hause kam und ihr gemeinsam sauer verdientes Geld bei Sportwetten an den Automaten der örtlichen Osteria verspielt hatte. Da er aber die besten Panini weit und breit buk und mangels Alternative – Pavanis Bäckerei war die einzige im Umkreis von 10 km –, lief sein Geschäft trotzdem nicht schlecht.

Nun liegt er vor ihm mit dem Gesicht nach unten im Sand. Seine Beine werden von den Ausläufern der

Dünung umspült. Der kahle Hinterkopf glänzt in der am Horizont erscheinenden Morgensonne. An Pavanis linkem Ohr beginnt, erst vorsichtig, dann immer zielstrebiger, ein Krebs zu knabbern. Canova wird flau im Magen, als er das Knipsen der Krebszangen hört, die kleine Fleischfetzen aus der behaarten Gehörmuschel zupfen. Mit spitzen Fingern zieht er den Krebs vom Ohr des Toten und schmeißt ihn in hohem Bogen ins Wasser. Er hat Mühe, sich nicht zu übergeben. Keuchend setzte er sich auf einen der Steinblöcke der Diga, bis ihm seine zitternden Knie wieder gehorchen und er seinen revoltierenden Magen unter Kontrolle hat. Da der Wasserspiegel nicht mehr steigen würde, lässt er die Leiche so liegen, wie er sie vorgefunden hat. Zehn quälend lange Minuten später, in denen Canova krampfhaft an dem toten Bäcker vorbei ins Wasser starrt, erscheinen Dottoressa Olga Bubacca und der sauertöpfische Frizzi von der Spurensicherung, der genauso zerknautscht aussieht wie Canova. Als der SpuSi-Mann wortlos seinen Koffer abstellt und sich zwei Kopfschmerztabletten aus einer orangenen Packung drückt, sieht ihn Canova mit der Miene eines geprügelten Hundes an, bis Frizzi ihm die Packung in die Hand drückt. Canova steckt sich zwei Tabletten in den Mund. Mit fasziniertem Blick sieht er der Dottoressa zu, wie sie mit ihren in blauen Gummihandschuhen steckenden Händen die Leiche untersucht. Gemeinsam wenden sie den Körper. Fast schon zärtlich dreht sie den Kopf des Toten hin und her, streicht über den Schädelknochen und hebt schließlich die Augenlider. Der starre Blick des Toten verursacht Canova eine Gänsehaut. Es riecht nach Alkohol. Pavanis Unterkiefer klappt herunter. Die Zahnprothese, welche die beiden oberen Schneidezähne ersetzte, fehlt. Canova kann bis in seinen Schlund hinuntersehen. Die Dottoressa deutet auf den Hals. »Der Kehlkopf ist eingedrückt.« – »Erwürgt?« Canova ist erschrocken. »Das, oder er ist gegen einen Felsen der Diga geschleudert worden. Die Brandung ist ja heute sehr hoch.« – »Wozu tendieren Sie, Dottoressa?« – »Ich tendiere zu einer ordentlichen Autopsie. Dann wissen wir mehr.« Sie lächelt ihn an. Hinter ihnen taucht Toto auf. Er quetscht seine Finger, den Blick hat er zu Boden gerichtet. Canova sieht ihn fragend an. Mit ausdrucksloser Miene erzählt Toto unaufgefordert in Richtung Meer, wie er den noch immer vom Vorabend besoffenen Pavani an der Diga konfrontiert hatte. Pavani hatte nicht nur seine Frau verprügelt, diesmal machte er sich auch an seine Stieftochter ran, und Patrizia und Toto konnten ihn nur mit gemeinsamer Kraft von seinem Vorhaben abhalten, bevor der tobende Bäcker mit seiner Angel in Richtung Strand verschwand. »Als ich ihn an der Diga zur Rede stellen wollte, ging er ohne Vorwarnung auf mich los.« Toto hebt sein Shirt und zeigt die Kratzspuren auf seiner Brust. »Ich habe nur einmal zugeschlagen und er ist hingefallen wie ein Stück Holz. Es war Notwehr.« Die Dottoressa wirft Toto einen bedauernden Blick zu. Frizzi verschließt mit einem ratschenden Geräusch den Leichensack. Zwei neugierige Möwen haben sich an der Diga niedergelassen und beobachten das Treiben auf dem Strand. Es riecht nach verwesendem Muschelfleisch und faulen Algen. Die Sonne steht eine Handbreit über dem Horizont. Canova ist speiübel.

Auf dem Weg in die venezianische Questura, wo Totos Aussage protokolliert werden soll, verzichtet Canova aus alter Freundschaft auf Handschellen und lässt Toto das Boot steuern. »Ich werde nicht ins Gefängnis gehen. Nicht wegen Pavani.« – »Wer sagt denn, dass du ins Gefängnis musst?« Canova dreht sich zu Toto um. »Man wird auf Notwehr entscheiden. Wir werden das schon hinbekommen.« – »In meiner Heimat war ich Lehrer. Hier reicht es gerade Mal zum Bäckergehilfen. Schau doch mal, wer gerade in der Regierung das Sagen hat. Für die ist das ein gefundenes Fressen. Ein Schwarzer erschlägt den Bäcker von Pellestrina. Die werden mich hängen und vierteilen. Das werden sie.« Toto schlägt sich zornig mit der Faust gegen die Brust und spuckt ins Wasser. Canova entgegnet nichts darauf. Er weiß, dass Toto recht hat.

Vor Malamocco lässt er Toto das Boot ans Ufer steuern und erklärt ihm seinen Plan. »Toto! Sobald du in der Questura bist, kann ich dir nicht mehr helfen. Damit es echt aussieht, wirst du mir jetzt ordentlich eins überbraten. Hier hast du mein ganzes Geld.« Canova drückt ihm seine ganze Barschaft von mageren 120 Euro in die Hände. »Nimm das Boot und lass es …« Dann wird es Canova schwarz vor den Augen. Toto hatte verstanden.

Carlo Canova erwacht Stunden später mit bohrenden Kopfschmerzen im Ospedale Santi Giovanni e Paolo. Er hat eine mittelschwere Gehirnerschütterung und eine Platzwunde am Hinterkopf, die mit sechs Stichen genäht werden musste. Commissario Oreste Messina, der die letzten Stunden an Canovas Krankenbett verbracht hat, sieht ihn voller Sorge mit fast schon väterlicher Zärtlichkeit an. »Die Stadt ist im Ausnahmezustand. Vor Sant'Andrea wurde von den Umweltschützern gerade ein einfahrendes Kreuzfahrtschiff gekapert. Ich werde gebraucht.« Er drückt Canovas Arm, bevor er sich wieder zu seiner Einheit zurückbegibt, die gerade schweres Gerät gegen die Klimaschutzprotestierer auffährt. Der Ispettore schließt die Augen und versinkt in traumlosen Schlaf.

Toto bleibt verschwunden. Sechs Wochen später findet Carlo Canova in seiner Eingangskiste eine Postkarte aus Eritrea mit dem Bild einer Schule. Die Karte ist nicht unterschrieben. Der Fall um den toten Bäcker ist eingestellt. In der Spalte mit der offiziellen Todesursache steht Unfall. Im Kommissariat stapelt sich Wichtigeres. Und auch auf San Pietro, wo seit Generationen Probleme innerhalb der Dorfgemeinschaft geregelt wurden, ist wieder Ruhe eingekehrt.

Rotraut Schöberl

Fehltritt

Der tiefblaue Himmel und die sanften Wellen versprachen einen entspannten Nachmittag am Meer.

Marianne saß mit ihrem frisch gespressten Orangensaft auf der Terrasse ihres Lieblingslokals an der Hafenmeile. Von hier aus konnte sie den Strand von Puerto Tazacorte und die Hafenpromenade gut überblicken. Sie würde Robert kommen sehen. Ob er, wie immer, wenn er mit ihr verabredet war, auch heute zu spät sein würde? Nein, diesmal kam er sogar ein paar Minuten früher als ausgemacht. Sportlich maritim gestylt, steuerte er zielstrebig die alten, schiefen Steinstufen an, die zur Terrasse führten, und ließ sich dann, schnaufend und ohne Gruß, gegenüber von Marianne auf den Sessel fallen.

»Ich trinke auch noch ein paar Vitamine, bevor wir auf den El Time fahren.«

»Fahren? Wir wollten doch von hier hinaufsteigen?«

»Nein, nein! Das dauert mir zu lange, und eigentlich ist es für dich, unsportlich wie du bist, sicher zu anstrengend.«

Marianne antwortete nicht. Für ihren Ehemann Robert gab es nur seine Sicht der Welt, und er erklärte ihr auch immer wieder nachdrücklich, wie und was sie war – und auch, was sie fühlte, seiner Meinung nach. Er redete sie einfach nieder. Wenn sie antworten wollte, hörte sie meist: »Lass mich ausreden, unterbrich mich nicht, hör mir zu«, egal, wie lange sein Vortrag schon dauerte. Mit diesbezüglichen Diskussionen, Klar- und Richtigstellungen hatte sie schon vor langer Zeit aufgehört.

Marianne erinnerte sich, wie es zu dieser Reise gekommen war. Vor ein paar Wochen hatte Robert sie über seine Urlaubspläne informiert. Er wollte eigentlich alleine nach La Palma fliegen, er machte oft ohne sie Urlaub. Das erklärte er folgendermaßen: »Ich muss mich wirklich erholen, ich muss Energie tanken, ich brauche endlich eine Auszeit, ich will Zeit nur für mich!«

Aber diesmal antwortete sie zu seiner Verblüffung: »Mag sein, aber La Palma wollte ich immer schon sehen, und im Gegensatz zu dir war ich schon lange nicht mehr auf den Kanaren!« Und sie ließ sich das auch nicht ausreden. Er könnte ja sowieso jeden Tag machen, was er wolle. Das überraschte ihn, Widerspruch kannte er eigentlich kaum mehr von ihr. Natürlich begann er sofort mit seinen typischen Bemerkungen: »Was willst du dort, lesen kannst du ja auch zu Hause. Am Strand liegen magst du sowieso nicht, und du hast nicht einmal einen Badeanzug – oder doch? Na, egal, wandern kannst du auch sehr gut von zu Hause aus ... Wer kümmert sich denn dann in diesen zwei Wochen um unser Haus und den Garten? Sollen wir jemanden extra dafür bezahlen? Na ja, und denk einmal an deine Eltern: wie die dich vermissen werden! Du könntest die Zeit, in der ich dich nicht brauche, echt besser nützen und zu unserer Tochter nach New York fliegen. Außerdem solltest du meinen Vortrag fürs Rotarier-Treffen schreiben, die Stichworte habe ich dir doch schon längst gemailt. Ich verlasse mich auf dich!«

Marianne ignorierte ihn und sagte nur noch: »Kümmerst du dich um die Buchung oder soll ich?« Worauf Robert irritiert meinte, dass mache schon er, denn die Quartiere, die Marianne früher für die gemeinsamen Urlaube ausgesucht hätte, waren für ihn nie passend und seiner Position entsprechend gewesen und in seinem überarbeiteten Zustand wolle lieber er das Hotel aussuchen, das heißt, das mache Silvie, seine Assistentin. Die verstünde nämlich immer genau, was er brauche! Marianne lächelte verstohlen. Tja, seine Assistentinnen wurden nicht nur immer jünger, sie wechselten auch immer rascher den Job. Silvie war noch nicht lange bei Robert angestellt, Marianne hatte sie erst wenige Male gesehen und fand sie sympathisch, intelligent und tough.

Der frische Orangensaft stand schnell vor Robert und er schaute sich um, ob irgendjemand ihn beachtete. Fast alle Sitzplätze der Hafenlokale waren von entspannten Menschen belegt, auf den Tischen standen nicht nur Getränke, sondern auch Tapas, Meerestiere und Salate, einige Kinder hüpften fröhlich über den schwarzen Sandstrand, spielten Ball oder plantschten am Ufer in den sanft ausrollenden Wellen. Weiter draußen schwammen zwei Frauen quer durch die Bucht. In dieser entschleunigten Stimmung fühlte sich Marianne einfach nur wohl. Sie genoss die Szenerie. Erst jetzt merkte sie, dass Robert die ganze Zeit auf sie einredete.

»… dann machst du Fotos von mir, mit den Felsen im Hintergrund oder so, ich brauche einige gute sportliche Bilder von mir, für meine Social-Media-Kanäle… Ich sage dir dann genau, wie und wo. Und sag mal, hast du noch immer nichts von deiner Tante-Hanni-Erbschaft gehört? Wie lange braucht denn dieser seltsame Notar noch? Ich könnte das Haus gleich verkaufen, ich habe mich schon umgehört und…«

»Das ist doch wohl nicht dein Ernst«, entfuhr es Marianne. »Erstens erbe ich, nicht du, und zweitens will ich das entzückende alte Haus nicht verkaufen, sondern renovieren!«

»Na geh, nur weil du dort als Schulkind deine Sommerferien verbracht hast und deine Tante Hanni dich total verwöhnt hat, musst du die Bruchbude, ja doch, das ist es, du brauchst gar nicht widersprechen! Also diese Bruchbude brauchst du wirklich nicht behalten. Das ist doch sentimental! Schau, sei vernünftig: Wenn wir das Geld vom Verkauf in meinen Betrieb investie-

ren, ist es auch noch gut angelegt! So, und jetzt bitte: Zahlen!«

Marianne holte tief Luft – und schluckte. Sie dachte an den verwunschenen, großen Garten mit der angrenzenden Streuobstwiese und dem kleinen Teich und wusste: Von diesem Erbe wird sie sich nicht trennen. Das wäre nämlich auch der richtige Ort für »Marianne, die Schriftstellerin«. Ja, sie wollte endlich ihren Roman schreiben. Nicht nur Roberts Reden, Newsletter und Ähnliches. Besser, sie erzählte das Robert noch nicht. Die Erbschaft würde ihr auch die Scheidung von Robert ermöglichen, sie wäre dann nicht mehr finanziell auf ihn angewiesen. Das wird allerdings noch eine Herausforderung, dachte sie. Robert gibt nie etwas auf, das er als seinen Besitz betrachtet, und er betrachtete sie schon lange als sein Eigentum.

»So, und jetzt trink endlich aus und komm!«

Langsam stand Marianne auf und folgte Robert zum Auto.

»Geh ein paar Schritte nach links, ja, da ist der Atlantik besser im Bild … hast du mich eh gut drauf? Die Sonne von der Seite, hmm, soll ich mich nicht besser so drehen?«

»Ja, du schaust sicher super auf den Fotos aus: Das Panorama hinter dir ist einfach großartig!«

»Ich, und nur ich, soll großartig aussehen! Mach noch ein paar Bilder, dann schaue ich mir das mal an.«

»Ja, dreh dich noch ein bisschen, dann sieht man deinen Bauch nicht so.«

»Was redest du da für einen Blödsinn, ich habe doch gar keinen! Geh du ein Stück weiter zurück!«

»Ja, und du geh noch ein Stückchen weiter nach links, vielleicht stellst du das rechte Bein noch auf den kleinen Felsen. Ja, so wirkst du wie ein erfolgreicher Großwildjäger.«

Sie lachte und fotografierte wieder eine Serie. Sie hatten, in der Nähe von El Time, einen von der Straße aus nicht einsehbaren Platz ausgewählt. Der Ausblick auf den Atlantik war ebenso beeindruckend wie der felsige Abhang, der fast senkrecht bis zum Meer fiel.

»Na, jetzt mach schon, ich will eine gute, spannende Auswahl haben!«

»Dann geh vielleicht soweit zur Kante, wie du dich traust... Ich fotografiere dich als unerschrockenen Felskletterer.«

Da blitzte ein Gedanke durch Mariannes Kopf: Das wär jetzt eine ideale Gelegenheit – und alle Probleme wären gelöst. Sie erschrak über sich selber, wischte sich über die Stirne, als ob sie die Sätze aus ihrem Gedankenarchiv löschen könnte, und trat, abrupt erblassend, schnell drei Schritte zurück.

»Sag mal, was ist denn jetzt wieder los mit dir, hast du deine hysterischen fünf Minuten? Du musst schon näherkommen, sonst ist der steile Abhang ja nicht auf dem Bild. Muss ich dir immer alles vorsagen, mitdenken ist wahrscheinlich schmerzhaft für dich, gell!« Robert lachte hämisch auf.

Da ging sie näher, und noch näher: »Streck deinen Rücken ein bisschen, mach dich größer und schau in den Himmel!«

»Ah, ja, so?«

»Ja, aber jetzt schau mal hinüber Richtung Garafia.«

»Wo zum Teufel liegt Garafia? Immer musst du mit deinem Wissen angeben! Kannst du nicht einfach links oder rechts sagen, wie andere Menschen auch, Herrgottnochmal?«

»Ok, links, ja. Gut so, dreh dich noch ein bisschen mehr zur Seite …«

Er sah wie vorgeschlagen weg von ihr, drehte den Kopf fast bis zum Meer. Marianne spürte die treibende Kraft einer aufkommenden Windböe im Rücken, hob schnell ihr rechtes Bein und gab ihm einen kräftigen Tritt gegen die Hüfte. Bereits im Fallen, schrie er durchdringend und verstummte dann abrupt. Sie trat vorsichtig an die Kante und sah seinen Körper unten auf den Klippen am Meer aufschlagen. Sie wartete. Er lag verrenkt da, bewegte sich nicht. Der Wind brauste inzwischen sehr laut. Sie setzte sich auf die Erde, atmete ein paar Mal tief ein und aus, dann griff sie wieder zum Handy und verständigte die Rettung.

Am nächsten Tag war in der Inselzeitung zu lesen:
Vor den Augen der erschütterten Ehefrau: Bei Facebookfotos in den Tod gestürzt!

Leonardo Sciascia

Die weite Reise

Es war eine Nacht wie eigens geschaffen, eine Finsternis, so stockdunkel, dass man bei jeder Bewegung ihr Gewicht zu spüren meinte. Und furchterregend, als atme das wilde Tier, die Welt, war das Rauschen des Meeres, ein Atmen, das zu ihren Füßen verebbte.

Da standen sie nun mit ihren Pappkoffern und Bündeln auf einem durch Hügel geschützten steinigen Strand zwischen Gela und Licata. Angelangt waren sie dort bei Einbruch der Dämmerung und aus ihren Dörfern aufgebrochen im Morgengrauen; aus Dörfern im Innern, weit weg vom Meer, Klumpen in den ausgedörrten Landstrichen des Großgrundbesitzes. Manche von ihnen sahen das Meer zum ersten Mal. Und sie erschraken bei der Vorstellung, dass sie es ganz überqueren sollten, von diesem verlassenen nächtlichen Strand in Sizilien bis hinüber zu einem ebenso verlassenen nächtlichen Strand in Amerika. Denn so war es ausgemacht: »Ich bring euch nachts an Bord«, hatte der Mann gesagt, eine Art Handelsvertreter seinem Mundwerk nach, aber mit ernsthaftem, ehrlichem Gesicht, »und ich setz euch auch nachts an Land, am Strand von Nudschörsi, nicht weit von Neujork... Wer Verwandte in Amerika hat, kann ihnen schreiben, sie sollen an der Bahnstation Trenton warten, zwölf Tage nach der Abfahrt ... Rechnet euch das selber aus ... Auf den Tag genau kann ich's natürlich nicht garantieren. Wenn zum Beispiel hoher Seegang ist oder wenn die Küstenwache aufpasst ... Aber auf einen Tag mehr oder weniger kommt's ja nicht an. Entscheidend ist, dass ihr überhaupt in Amerika landet.«

Entscheidend war wirklich, dass sie überhaupt in Amerika landeten. Wie und wann, darauf kam es nicht an. Wenn ihre Briefe mit den unleserlichen Adressen, die sie mühsam auf die Briefumschläge krakelten, die Verwandten erreichten, dann würden auch sie ankommen: »Wer sprechen kann, kommt übers Meer«, hieß es doch im Sprichwort. Und sie würden übers Meer kommen, über das große dunkle Meer, und würden in Amerika landen, in Amerika mit seinen *Stores* und *Farms* und ihren lieben Brüdern, Onkeln, Neffen und Vettern und den warmen, reichen, stattlichen Häusern und den Autos, wie Häuser so groß.

Zweihundertfünfzigtausend Lire – die Hälfte bei der Abfahrt, den Rest bei der Ankunft. Sie trugen sie wie ein Skapulier auf der bloßen Haut unter dem Hemd. Um sie zusammenzubekommen, hatten sie alles verkauft, was es zu verkaufen gab: die Lehmhütte, das Maultier, den Esel, die Erntevorräte, die Kommode, die Bettdecken. Die ganz Schlauen waren zu den Wucherern gegangen in der heimlichen Absicht, sie zu betrügen, einmal wenigstens, nach der Tyrannei, die sie erduldet hatten, all die Jahre lang. Es war ihnen eine Genugtuung, sich vorzustellen, was für ein Gesicht die machen würden, wenn sie es erführen. »Komm doch und such mich in Amerika, du Blutsauger! Vielleicht zahl ich dir sogar dein Geld zurück, wenn du mich findest. Aber ohne Zinsen!« Der Traum von Amerika, das hieß Dollars im Überfluss, Geld, das man nicht mehr in der abgegriffenen Brieftasche aufbewahrte oder unterm Hemd versteckte, sondern lässig in die Hosentaschen stopfte und ganze Hände voll hervorzog, wie sie es bei ihren Verwandten gesehen hatten, die halb verhungert, mager und sonnenverbrannt fortgegangen waren und nach zwanzig, dreißig Jahren zurückkamen, aber nur auf einen kurzen Urlaub, mit vollen Wangen und rosigem Gesicht in schönem Kontrast zu ihrem weißen Haar.

Es war schon elf Uhr. Einer von ihnen knipste die Taschenlampe an als Signal, dass man kommen könne, um sie zu holen und aufs Schiff zu bringen. Als er die Lampe wieder ausknipste, schien die Dunkelheit noch dichter und beängstigender. Doch wenige Minuten später tauchte aus dem besessenen Atmen des Meeres ein menschlicheres, vertrautes Wassergeräusch auf: wie wenn Eimer im Rhythmus gefüllt und ausgegossen würden. Dann ein Flüstern und leises Tuscheln. Und bevor sie recht begriffen, dass das Boot angelegt hatte, stand Signor Melfa vor ihnen. Unter diesem Namen jedenfalls kannten sie den Anführer ihres Abenteuers.

»Alle da?«, fragte Signor Melfa. Er machte die Taschenlampe an und zählte durch. Zwei fehlten. »Vielleicht haben sie es sich anders überlegt, oder sie kommen später … Ihr Pech! Oder sollen wir etwa auf sie warten bei dem Risiko, das wir eingehen?«

Alle sagten, es sei nicht angebracht, auf sie zu warten. »Wenn einer von euch das Geld nicht dabei hat«, warnte Signor Melfa, »dann soll er lieber gleich den Weg zwischen die Beine nehmen und wieder nach Hause gehen. Denn wer glaubt, er kann mir an Bord mit der Überraschung kommen, der täuscht sich gewaltig! Ich bringe euch an Land, so wahr mir Gott helfe, alle wie ihr hier seid. Aber dass alle für einen büßen, ist ungerecht. Also, wer etwas schuldig bleibt, der bekommt es mit mir und mit den andern zu tun und bezieht eine Tracht Prügel, die er sein Lebtag nicht vergessen wird, wenn er lebend davonkommt...«

Alle schworen und beteuerten, sie hätten das Geld dabei, abgezählt bis auf den letzten Soldo.

»Los, ins Boot«, rief Signor Melfa. Und im Nu wurde jeder der Reisenden zu einer formlosen Masse, zu einem wirren Haufen Gepäck.

»Jesus! Habt ihr euer ganzes Haus mitgenommen?« Er fing an, vor sich hin zu fluchen, und hörte erst auf, als die ganze Ladung – Menschen und Gepäck – ins Boot verfrachtet war, auch auf die Gefahr hin, dass ein Mensch oder ein Bündel über Bord ging. Der Unterschied zwischen Mensch und Bündel bestand für Signor Melfa darin, dass der Mensch zweihundertfünfzigtausend Lire bei sich trug, in die Jacke eingenäht oder unterm Hemd auf der bloßen Haut. Er kannte sie, kannte sie nur zu gut: diese ungehobelten Bauern, diese Tölpel.

Die Fahrt dauerte weniger lange als erwartet: elf Nächte, die der Abfahrt mitgerechnet. Sie zählten die Nächte statt der Tage, denn die Nächte mit ihrem grässlichen Durcheinander waren zum Ersticken. Ein Geruch von Fisch, Maschinenöl und Erbrochenem umhüllte sie wie eine pechschwarze warme Flüssigkeit, von der sie noch trieften, wenn sie bei Tagesanbruch zermürbt an Deck stiegen, um Licht und Luft zu schöpfen. Doch weil sie sich das Meer wie die grünschimmernde Fläche eines im Winde wogenden Kornfelds vorgestellt hatten, machte ihnen das richtige Meer Angst: Ihr Innerstes zog sich zusammen, und es flimmerte ihnen vor den Augen bei all dem Licht und tat weh, selbst wenn man nur kurz hinschaute.

In der elften Nacht aber rief Signor Melfa sie an Deck. Zuerst glaubten sie, Sterne seien dichtgedrängt wie Herden auf das Meer herabgesunken; doch es waren Städte, Städte des reichen Amerika, die wie Edelsteine in der Nacht funkelten. Auch die Nacht selber war wie verzaubert – ruhig und mild, mit einem Halbmond, der zwischen durchsichtigen Wolkentieren dahinzog, und einer Brise, in der sich die Lungen weiteten.

»Das ist Amerika«, sagte Signor Melfa.

»Besteht auch keine Gefahr, dass es ein anderes Land ist?«, fragte einer, denn er hatte die ganze Zeit daran gedacht, dass es im Meer weder Straßen noch Wege gibt, und Gott allein konnte zwischen Himmel und Wasser ein Schiff den rechten Weg führen, ohne ihn zu verfehlen.

Signor Melfa sah ihn mitleidig an und fragte alle: »Habt ihr denn in eurer Gegend schon mal so einen Horizont gesehen? Und merkt ihr nicht, dass die Luft anders ist? Seht ihr nicht, wie diese Städte leuchten?«

Alle bestätigten es und sahen mitleidig oder ungehalten ihren Gefährten an, der es gewagt hatte, eine so dumme Frage zu stellen.

»Jetzt rechnen wir ab«, sagte Signor Melfa.

Sie griffen sich unters Hemd und holten das Geld hervor.

»Haltet eure Sachen bereit«, sagte Signor Melfa, nachdem er abkassiert hatte.

Sie brauchten nur wenige Minuten. Der Reiseproviant, den sie wie vereinbart mitgebracht hatten, war so gut wie aufgezehrt. So blieben ihnen nur noch ein paar Wäschestücke und die Geschenke für die Verwandten in Amerika: ein Schafskäse, eine Flasche alter Wein, ein gesticktes Deckchen, das man in die Tischmitte oder auf die Sofalehne legen konnte. Leichten Herzens stiegen sie lachend und vor sich hin summend ins Boot; und als das Boot ablegte, fing einer sogar lauthals an zu singen.

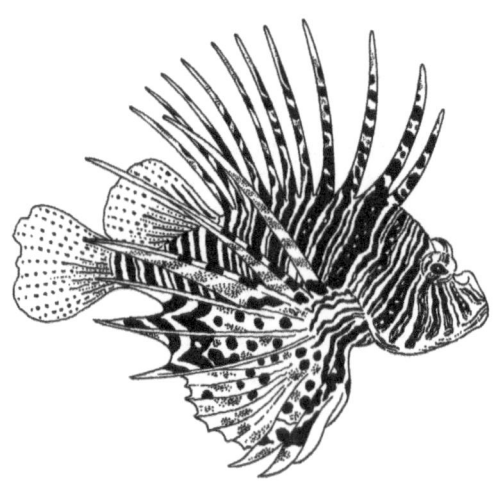

»Habt ihr denn gar nichts kapiert?«, schimpfte Signor Melfa. »Wollt ihr, dass ich Scherereien bekomme? … Sobald ich euch an Land abgesetzt habe, könnt ihr zu dem erstbesten Polizisten rennen, der euch über den Weg läuft, und euch mit dem nächsten Schiff wieder nach Hause bringen lassen. Das schert mich einen Dreck! Jeder hat die Freiheit, sich umzubringen, wie er will … Ich habe mich jedenfalls an die Abmachungen gehalten. Hier ist Amerika, ich habe euch hergeschafft und meine Pflicht erfüllt … Aber lasst mir um Gottes willen Zeit, wieder an Bord zu gehen!«

Sie ließen ihm mehr Zeit, als er brauchte. Denn sie blieben unschlüssig auf dem kühlen Sand sitzen, wussten nicht, was sie tun sollten, und segneten und verwünschten die Dunkelheit, die sie schützte, solange sie am Strand sitzen blieben, sich aber in eine schreckliche Falle verwandeln würde, sobald sie sich aus ihr hinauswagten.

Signor Melfa hatte ihnen empfohlen: »Verstreut euch!« Aber keiner mochte sich von den anderen trennen. Und wer wusste denn, wie weit es bis Trenton war und wie lange man bis dorthin brauchte.

Von fern und unwirklich hörten sie jemanden singen. »Klingt wie ein Fuhrmann bei uns zu Haus«, dachten sie. Die Welt war doch überall gleich. Überall drückte der Mensch im Singen die gleiche Traurigkeit, das gleiche Leid aus. Aber sie waren nun in Amerika, die Städte, die hinter dem Horizont aus Sand und Bäumen blinkten, waren Städte in Amerika.

Zwei von ihnen beschlossen, einen Erkundungsgang zu machen. Sie gingen auf den Lichtschein zu, der vom nächstgelegenen Ort zum Himmel aufstieg. Die Straße fanden sie sofort. »Asphaltiert, in gutem Zustand. Hier ist es anders als bei uns.« Doch eigentlich hatten sie sie sich breiter und gerader vorgestellt. Um Begegnungen zu vermeiden, hielten sie sich abseits, und gingen neben der Straße unter den Bäumen lang.

Ein Auto fuhr vorbei. »Sieht aus wie ein Fiat 600.« Dann ein anderes, das aussah wie ein Fiat 1100, und dann noch eins. »Sie halten sich unsere Autos zum Spaß oder kaufen sie für ihre Kinder wie wir Fahrräder.« Dann fuhren mit ohrenbetäubendem Lärm zwei Motorräder hintereinander vorbei. Das war die Polizei, gar keine Frage. Ein Glück, dass sie abseits der Straße geblieben waren.

Endlich kamen Wegweiser. Sie schauten vor und zurück, traten auf die Straße, gingen näher heran und lasen: *Santa Croce Camarina – Scoglitti.*

»Santa Croce Camarina – der Name kommt mir bekannt vor.«

»Mir auch. Und Scoglitti hab ich auch schon mal gehört.«

»Vielleicht hat einer von unseren Verwandten da gewohnt, mein Onkel vielleicht, bevor er nach Filladelfia gezogen ist. Denn ich weiß noch, dass er in einer anderen Stadt wohnte, bevor er nach Filladelfia zog.«

»Mein Bruder auch, er hat auch in einer anderen Stadt gewohnt, bevor er nach Bruklin gezogen ist… Aber wie sie hieß, weiß ich nicht mehr. Und außerdem, wir lesen es Santa Croce Camarina, wir lesen Scoglitti. Aber wie das hier gelesen wird, wissen wir nicht. Amerikanisch wird nicht so gelesen, wie man es schreibt.«

»Ja, das ist ja das Schöne am Italienischen, dass du es genauso liest, wie du es schreibst… Aber wir können nicht die ganze Nacht hier verbringen, wir müssen uns aufraffen… Das nächste Auto, das kommt, halte ich an. Ich frage einfach: ›Trenton?‹… Die Leute sind hier höflicher… Auch wenn wir nicht verstehen, was sie sagen, irgendeine Geste oder ein Zeichen werden sie machen. Und wir werden auf jeden Fall kapieren, in welcher Richtung dieses vermaledeite Trenton liegt.«

Um die zwanzig Meter entfernte Kurve kam ein Fiat 500. Der Fahrer sah sie plötzlich vorspringen, mit erhobenen Händen, um ihn anzuhalten. Fluchend bremste er. An einen Überfall dachte er nicht, denn es war eine sehr ruhige Gegend. Er nahm an, dass sie mitfahren wollten und öffnete die Wagentür.

»Trenton?«, fragte einer der beiden.

»Was?«, fragte der Autofahrer.

»Trenton?«

»Was für ein Trenton, heilige Madonna?«, fluchte der Mann im Auto.

»Er spricht Italienisch«, dachten die beiden und sahen sich fragend an. Ob sie einem Landsmann ihre Lage offenbaren sollten?

Der Autofahrer schlug die Tür zu und fuhr wieder an. Der Wagen machte einen Satz nach vorn. Da erst schrie er die beiden an, die, wie zu Säulen erstarrt, auf der Straße stehenblieben: »Saufbolde, Gehörnte, Hurensöhne…« Das weitere verlor sich im Motorenlärm.

Schweigen machte sich breit.

»Jetzt erinnere ich mich«, sagte nach einem Augenblick der, dem der Name Santa Croce bekannt vorgekommen war, »nach Santa Croce Camarina ist mein Vater einmal, als wir ein schlechtes Jahr hatten, zur Erntearbeit gegangen.«

Niedergeschmettert ließen sie sich auf den Rand des Straßengrabens fallen. Es hatte keine Eile, den anderen die Nachricht zu bringen, dass sie in Sizilien gelandet waren.

Fred Vargas

Das Orakel von Port-Nicholas

Bevor er mit dem Rathaus begann, frühstückte Louis im Café de la Halle auf der anderen Seite des Platzes. Er wartete, bis seine Jacke ein wenig getrocknet war. Louis hatte auf den ersten Blick gesehen, dass das Café ganz nach seinem Geschmack war, seit vierzig Jahren hatte niemand daran gerührt. Hier befand sich ein Originalflipper und ein Billardtisch mit einem schmutzigen Pappschild: »Vorsicht, das Tuch ist neu.« Eine Kugel zu stoßen, um eine andere zu erreichen, war ein System, dessen Feinsinnigkeit ihm immer gefallen hatte. Die Banden, die Winkel, das Zurückrollen zu berechnen, nach links zu zielen, um etwas rechts zu erreichen. Raffiniert. Der Billardraum war groß und dunkel. Man durfte nur Licht anmachen, wenn man spielen kam, und an diesem Montagvormittag gegen halb zwölf war es noch zu früh dafür. Die kleinen Fußballer des Tischfußballs hatten vom vielen Spielen ganz abgenutzte Füße. Ok, Füße, es ging schon wieder los. Er musste sich um diesen Zeh kümmern und durfte sich nicht sofort einer Partie Religionsunterricht am Flipper hingeben, der ihm die Arme entgegenstreckte.

»Ist der Bürgermeister heute zu sprechen?«, fragte Louis die alte Dame in Grau und Schwarz, die hinter der Theke stand.

Die alte Frau dachte nach, dann legte sie langsam ihre feingliedrigen Hände auf die Theke.

»Wenn er im Rathaus ist, gäbe es keinen Grund, warum nicht. Aber, Donnerwetter, wenn er nicht dort ist...«

»Ja«, sagte Louis.

»Ansonsten kommt er gegen halb eins her, um seinen Aperitif zu trinken. Wenn er auf einer Baustelle ist, kommt er nicht. Aber wenn er nicht dort ist, kommt er.«

Louis bedankte sich, bezahlte, nahm seine noch immer durchnässte Jacke und überquerte den Platz. Als er das kleine Rathaus betreten hatte, wurde er gefragt, ob er angemeldet sei, weil der Herr Bürgermeister in seinem Büro arbeite.

»Könnten Sie ihn darüber informieren, dass ich auf der Durchreise bin und ihn zu sprechen wünsche? Kehlweiler, Louis Kehlweiler.«

Louis hatte sich nie Visitenkarten machen lassen, das störte ihn.

Der junge Mann telefonierte und gab ihm dann ein Zeichen, dass er hinaufgehen könne, erster Stock, die Tür am Ende. Es gab eh nur ein Stockwerk.

Louis hatte keinerlei Erinnerung mehr an den Bürgermeister und Senator, abgesehen von seinem Namen und der Kategorie »Parteilose«. Der Mann, der ihn empfing, war ziemlich gedrungen, etwas weich, eines jener Gesichter, auf die man sich stark konzentrieren muss, um sich an sie zu erinnern, aber sehr elastisch. Er lief leicht federnd, knickte alle Finger einer Hand mit der anderen um, ohne dass es knackte, und das mit irritierender Gelenkigkeit. Da Louis die Bewegung beobachtete, steckte der Bürgermeister die Hand in die Tasche und bat ihn, Platz zu nehmen.

»Louis Kehlweiler? Was verschafft mir die Ehre?«

Michel Chevalier lächelte, aber nur schwach. Louis war das gewohnt. Der unerwartete Besuch eines inoffiziellen Gesandten aus dem Innenministerium verursachte bei den Mandatsträgern nie ein Wohlgefühl, wer immer sie waren. Offensichtlich wusste Chevalier nicht über seinen Rauswurf Bescheid, oder der Rauswurf reichte nicht aus, ihn zu beruhigen.

»Nichts, was Ihnen Sorgen machen könnte.«

»Ich will Ihnen gerne glauben. In Port-Nicolas würde man keine Nadel verstecken können. Es ist zu klein.« Der Bürgermeister seufzte. Er dürfte sich in diesem Rathaus ziemlich im Kreis drehen. Nichts zu verbergen und nicht viel auszurichten.

»Also?«, fragte der Bürgermeister weiter.

»Port-Nicolas mag klein sein, aber es schwärmt aus. Ich bin gekommen, um Ihnen etwas zu bringen, was zum Ort gehören könnte, etwas, was ich in Paris gefunden habe.«

Chevalier hatte große blaue Augen, die er nicht zukneifen konnte, was er aber wollte.

»Ich zeige es Ihnen«, sagte Louis.

Er griff mit der Hand in die Jackentasche und stieß auf die warzige Haut Bufos, die dort pennte. Verdammt, er hatte sie heute morgen auf seinen Spaziergang zum Kalvarienberg mitgenommen und vergessen, sie bei seiner Rückkehr im Hotelzimmer abzusetzen. Es war jetzt bestimmt nicht der Augenblick, Bufo herauszuholen, denn das eingesunkene Gesicht des Bürgermeisters schien ein wenig sorgenvoll. Er fand das zusammengeknüllte Zeitungspapier unter dem Bauch von Bufo, die gegenüber Beweismitteln keinen Respekt bekundete und es sich darauf bequem gemacht hatte.

»Es ist dieses kleine Etwas«, sagte Louis und legte endlich das empfindliche Stückchen Knochen auf Chevaliers Holztisch. »Es beunruhigt mich so, dass es mich bis zu Ihnen getrieben hat. Und ich hoffe, dass ich mich umsonst beunruhigt habe.«

Der Bürgermeister beugte sich vor, sah sich das Etwas an und schüttelte langsam den Kopf. Was für ein geduldiger Typ, sagte sich Louis, verformbar und bewegt sich wie in Zeitlupe, nichts scheint ihn zu erschüttern, und trotz seiner großen Augen sieht er nicht wie ein Idiot aus.

»Es ist ein menschlicher Knochen«, fuhr Louis fort.

»Das letzte Glied eines Zehs, den ich unglücklicherweise auf der Place de la Contrescarpe in Paris auf einem Baumgitter gefunden habe und der sich, entschuldigen Sie, Herr Bürgermeister, in einem Haufen Hundekot befand.«

»Durchsuchen Sie Hundekot?«, fragte Chevalier bedächtig und ohne jede Ironie.

»Ein sintflutartiger Regen ist über Paris niedergegangen. Die organischen Bestandteile sind abgewaschen worden, der Knochen ist auf dem Baumgitter zurückgeblieben.«

»Ich verstehe. Und der Zusammenhang mit meiner Gemeinde?«

»Die Sache erschien mir ungewöhnlich und unangenehm, ich habe mich also damit beschäftigt. Einen Unfall kann man nicht ausschließen oder, wenn man den Zufall auf die Spitze treiben wollte, auch nicht das bedauerliche Auftauchen eines Hundes bei einer Totenwache. Aber ebensowenig kann man die abwegig erscheinende Möglichkeit eines Mordes ausschließen.«

Chevalier rührte sich nicht. Er hörte zu und widersprach nicht.

»Und meine Gemeinde?«, wiederholte er.

»Dazu komme ich jetzt. Ich habe in Paris abgewartet. Aber es ist nichts geschehen. Sie wissen, dass man eine Leiche in der Hauptstadt nicht lange verbergen kann. Auch in der Banlieue ist nichts geschehen, und seit nunmehr zwölf Tagen keine Vermisstenmeldung. Ich habe also die Bewegungen der Wanderhunde überprüft, jener Hunde, die an einem Ort fressen und an einem anderen ausscheiden, und bin auf zwei gestoßen. Von den beiden habe ich mich für die Fährte des Pitbulls von Lionel Sevran entschieden.«

»Fahren Sie fort«, sagte der Bürgermeister.

Er blieb schlaff, aber seine Konzentration nahm kontinuierlich zu. Louis setzte sich, legte einen Ellbogen auf den Tisch, das Kinn auf die Faust gestützt, die andere Hand noch immer in seiner Tasche, weil diese verdammte Kröte nicht wieder einschlafen wollte und sich bewegte.

»In Port-Nicolas«, sagte er, »hat es einen Unfall auf dem Strand gegeben.«

»Da wären wir also.«

»Ja. Ich bin hergekommen, um mich zu vergewissern, dass es sich dabei um einen Unfall gehandelt hat.«

»Ja«, unterbrach Chevalier. »Ein Unfall. Die alte Dame ist auf den Felsen ausgerutscht und hat sich den Schädel gebrochen. Das stand in der Presse. Alle notwendigen Untersuchungen sind von der Gendarmerie von Fouesnant durchgeführt worden. Es gibt keinen Zweifel, es war ein Unfall. Die alte Marie ging immer an diese Stelle, ganz egal, ob es regnete oder stürmte. Es war ihre Strandschneckenecke, sie brachte ganze Säcke voll zurück. Niemand wäre dorthin, um ihr ihre Strandschnecken wegzunehmen, das war ihre Welt. Sie ging wie üblich dorthin, aber an dem Donnerstag regnete es, die Algen waren glitschig, und sie ist gestürzt, allein, im Dunkeln … Ich kannte sie gut, niemand hätte ihr etwas Böses gewollt.«

Das Gesicht des Bürgermeisters verdüsterte sich. Er erhob sich und lehnte sich schlaff an die Wand hinter seinem Schreibtisch, während er erneut seine Finger umknickte. In seiner Vorstellung neigte sich das Gespräch dem Ende zu.

»Sie wurde erst am Sonntag gefunden«, fügte er hinzu.

»Das ist ziemlich spät.«

»Man hat sich am Freitag noch keine Sorgen über ihre Abwesenheit gemacht, sie hatte frei. Am Samstag mittag hat niemand sie im Café gesehen, da hat man zu Hause und bei ihren Arbeitgebern nach ihr geschaut. Niemand da. Erst da, gegen sechzehn Uhr, hat man angefangen, sie zu suchen, ein bisschen laienhaft, man hat sich nicht wirklich Sorgen gemacht. Niemand hat an den Vaubanstrand gedacht. Seit drei Tagen war ein solches Wetter gewesen, dass man sich nicht vorgestellt hat, sie könne zu den Strandschnecken gegangen sein. Schließlich wurden gegen zwanzig Uhr die Gendarmen von Fouesnant gerufen. Am nächsten Tag, als das Gelände breit durchkämmt wurde, hat man sie gefunden. Der Vaubanstrand ist nicht gerade in der Nähe, er liegt am Ende der Landzunge. Das war's. Wie ich Ihnen gesagt habe, ist alles Nötige getan worden. Es war ein Unfall. Also?«

»Also beginnt die Kunst da, wo das Nötige endet. Was ist mit ihrem Fuß? Ist da was bemerkt worden?«

Chevalier setzte sich mit offenkundiger Gefügigkeit wieder hin, wobei er ihm einen kurzen Blick zuwarf. Es würde nicht leicht sein, Kehlweiler aus dem Büro zu entfernen, und es handelte sich auch nicht um einen Mann, den man ohne Vorsichtsmaßnahmen hinauswarf.

»Genau das«, sagte Chevalier. »Sie hätten sich Mühe und Wege erspart, wenn Sie mich einfach angerufen hätten. Ich hätte Ihnen gesagt, dass Marie Lacasta gestürzt ist und nichts mit ihren Füßen passiert ist.«

Louis senkte den Kopf und dachte nach.

»Wirklich nichts?«

»Nichts.«

»Wäre es indiskret, Sie nach dem Untersuchungsbericht zu fragen?«

»Wäre es indiskret, Sie zu fragen, ob Sie in offiziellem Auftrag hier sind?«

»Ich bin nicht mehr im Innenministerium«, sagte Louis lächelnd, »und das wussten Sie, nicht wahr?«

»Ich habe es mir nur gedacht. Sie sind also auf eigene Faust hier?«

»Ja, nichts verpflichtet Sie, mir zu antworten.«

»Das hätten Sie mir gleich sagen können.«

»Sie haben es mich nicht gleich gefragt.«

»Das stimmt. Gehen Sie und werfen Sie einen Blick in den Bericht, wenn Sie das beruhigt. Fragen Sie meine

Sekretärin danach, aber lesen Sie ihn, bitte, ohne ihr Büro zu verlassen.«

Wieder einmal packte Louis sein Knöchelchen ein, mit dem ganz entschieden niemand etwas zu tun hatte, als wäre es belanglos, dass ein Frauenzeh auf einem Baumgitter in Paris herumlag. Aufmerksam las er den Gendarmeriebericht durch, der Sonntag abend verfasst worden war. Tatsächlich, nichts über die Füße. Er verabschiedete sich von der Sekretärin und ging zurück in das Büro des Bürgermeisters. Aber der war zum Aperitif ins Café hinübergegangen, wie ihm der junge Mann vom Empfang erklärte.

Der Bürgermeister unterhielt sich, während er bei einer Partie Billard herumhüpfte, umgeben von einem Dutzend seiner Bürger. Louis wartete, bis sein Stoß danebenging und er seine Serie beendet hatte, um sich

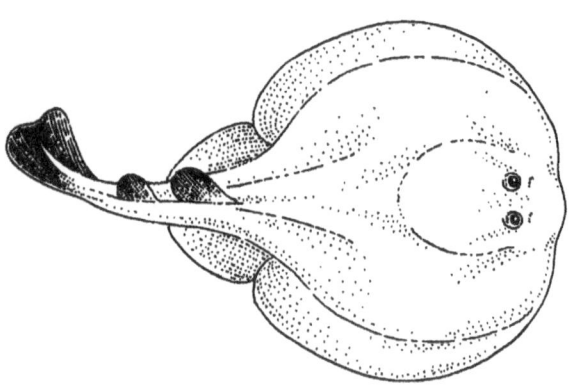

ihm zu nähern. »Sie haben mir nicht gesagt, dass Marie bei den Sevrans gearbeitet hat«, flüsterte er ihm über die Schulter zu.

»Inwiefern ist das wichtig?«, flüsterte der Bürgermeister seinerseits, den Blick fest auf das Spiel seines Gegners gerichtet.

»Verdammt noch mal, der Pitbull! Er gehört den Sevrans. «

Der Bürgermeister sagte ein paar Worte zu seinem Nachbarn, gab ihm sein Queue und führte Louis in eine Ecke des Billardraumes.

»Monsieur Kehlweiler«, sagte er, »ich weiß nicht, was Sie genau wollen, aber Sie können die Realität nicht verdrehen. Mein Kollege Deschamps hat mir im Senat viel Gutes über Sie erzählt. Und jetzt erlebe ich Sie, wie Sie dabei sind, sich mit einer Sache zu beschäftigen, die ohne jeden Zweifel tragisch ist, aber ohne irgendeine Bedeutung, die das Interesse eines Mannes, wie Sie es sind, hervorrufen könnte. Sie fahren sechshundert Kilometer, um zwei Teile zusammenzufügen, die nicht zusammengehören. Man hat mir gesagt, es sei schwierig, Sie von etwas abzubringen, was nicht unbedingt ein Vorzug ist, aber was tun Sie angesichts einer so eindeutigen Tatsache?«

Ein bisschen Kritik und ein bisschen Schmeichelei, vermerkte Louis. Kein Mandatsträger hatte ihn je gern auf seinem Territorium gesehen.

»Im Senat«, fuhr Chevalier schlaff fort, »heißt es auch, es sei besser, Wanzen im Bett zu haben als ›den Deutschen‹ an seinen Schubladen. Verzeihen Sie mir, wenn Sie das brüskiert, aber so redet man über Sie.«

»Ich weiß.«

»Man fügt hinzu, dass man dann vorgehen muß wie bei Wanzen, das heisst, Feuer ans Mobiliar legen.«

Chevalier lachte leise und warf seinem Nachfolger beim Billard einen befriedigten Blick zu.

»Was mich angeht«, fuhr er fort, »so habe ich nichts zu verbrennen und Ihnen auch nichts zu zeigen, da Sie nicht mehr zum Haus gehören. Ich weiß nicht, ob es die Untätigkeit ist, die Sie zu dieser Beharrlichkeit treibt. Ja, der Pitbull gehört den Sevrans, so wie auch Marie ihnen gehört hat, wenn man so sagen kann. Sie war Lina Sevrans Amme, sie hat sie nie verlassen. Aber Marie ist auf dem Uferstreifen gestürzt, und ihre Füße hat keiner angerührt. Muss ich das wiederholen? Sevran ist ein warmherziger Mann, der für die Gemeinde sehr aktiv ist. Über seinen Hund würde ich nicht soviel Gutes sagen, das unter uns. Aber Sie haben keinerlei Grund und keinerlei Recht, ihn zu bedrängen. Um so mehr, als sein Hund, lassen Sie sich das für Ihr weiteres Vorgehen gesagt sein, seine Zeit damit verbringt, abzuhauen, auf dem Land umherzustreifen und ganze Mülltonnen zu verschlingen. Sie können zehn Jahre lang suchen, bevor Sie herausfinden, wo der Hund das aufgelesen hat, wenn er es denn war.«

»Spielen wir die Partie zu Ende?«, fragte Louis und deutete auf den Billardtisch. »Ihr Gegner scheint das Tuch zu verlassen.«

»Einverstanden«, sagte Chevalier.

Jeder nahm Kreide, und Louis begann die Partie, umgeben von dem Dutzend Zuschauer, die kommentierten oder anerkennend schwiegen. Manche gingen, andere kamen, es war viel los im Café. Mitten im Spiel bestellte Louis ein Bier, das schien den Bürgermeister zufriedenzustellen, der nach einem Muscadet verlangte und die Partie schließlich gewann. Chevalier war seit zwölf Jahren in dem Hafenstädtchen, das machte viertausend Billardpartien, so was zählt in einem Leben. Wo sie schon dabeiwaren, lud der Bürgermeister Louis zum Mittagessen ein. Louis entdeckte hinter dem Billardraum einen großen Saal mit etwa fünfzehn Tischen. Die granitenen, vom Kaminfeuer geschwärzten Wände waren kahl. Dieses alte Café mit den hintereinanderliegenden Räumen gefiel Louis immer mehr. Er hätte liebend gern sein Bett in einer Ecke in der Nähe des Kamins aufgestellt, aber wozu, wenn Marie Lacasta mit zwei unversehrten Füßen auf den Felsen gestorben war. Dieser Gedanke verdross ihn. Er würde nicht finden, was sich am Ende des Knochens befand, den er so sorgfältig aufgesammelt hatte, und doch hatte er, verdammt noch mal, nicht den Eindruck, dass es sich um eine harmlose kleine Geschichte handelte.

Während sie sich an den Tisch setzten, rief sich Louis Marthes Ratschlag in Erinnerung. Wenn du einen Typen vor dir hast, der unsicher ist, ob er dich zurückweisen oder akzeptieren soll, setz dich ihm gegenüber. Im Profil bist du ungenießbar, schreib dir das hinter die Ohren, aber von vorn hast du gute Chancen, ihn für dich einzunehmen, wenn du dich dann bitteschön noch bemühst, nicht dein Deutschengesicht aufzusetzen. Bei einer Frau machst du dasselbe, aber in geringerer Entfernung. Louis setzte sich dem Bürgermeister gegenüber. Sie redeten über Billard und von da ausgehend über das Café, dann über Kommunalverwaltung, Geschäfte und Politik. Chevalier kam nicht aus der Gegend, er war auf diesen Posten berufen

worden. Er fand es hart, ans Ende der Bretagne geworfen worden zu sein, aber er hatte den Ort liebgewon-
nen. Louis äußerte ihm gegenüber ein paar vertrauliche
Informationen, die geeignet waren, ihm zu gefallen.
Die gesamte Operation Mittagessen schien Louis zu
gelingen, die misstrauische Trägheit des Bürgermeisters hatte sich in eine herzliche, wohlwollende Trägheit
verwandelt, die von gelegentlichem Flüstern unterbrochen wurde. Louis war Meister in der Kunst geworden,
eine ganz und gar künstliche Vertrautheit entstehen zu
lassen. Marthe fand das ziemlich ekelhaft, aber natürlich nützlich, immer nützlich. Gegen Ende des Essens
kam ein kleiner dicker Mann an ihren Tisch, um Guten
Tag zu sagen. Niedrige Stirn, schwerfälliges Gesicht;
Louis erkannte sofort den Direktor des Zentrums für
Thalassotherapie, den Mann seiner kleinen Pauline, das
heisst den Dreckskerl, der seine Pauline geschnappt
hatte. Er redete mit Chevalier von Zahlen und Was-
serleitungen, und sie kamen überein, sich im Lauf der
Woche zu sehen. Diese Begegnung hatte Louis verärgert. Nachdem er den Bürgermeister in herzlichem,
scheinbarem Einvernehmen verlassen hatte, ging er
ziellos im Hafen umher, dann die leeren Straßen entlang, die von Häusern mit geschlossenen Läden ge-
säumt waren, und lüftete Bufo, die in der Tiefe der
nassen Tasche nicht allzusehr gelitten hatte. Bufo war
ein ziemlich umgängliches Wesen. Der Bürgermeister
vielleicht auch. Der Bürgermeister war sehr zufrieden,
dass Louis Port-Nicolas wieder verließ, und Louis ließen seine Enttäuschung und seine dezente Verabschie-
dung nicht los. Vom Hotel aus rief er ein Taxi und ließ
sich zur Gendarmerie von Fouesnant fahren.

Martin Walker

Austernfischer

Ein kleiner Fall für Bruno, Chef de police

Es war einer jener öden Tage zwischen Weihnachten und Neujahr. Im fahlen Winterlicht dehnte sich die große Bucht von Arcachon scheinbar endlos aus, und wo das aufgewühlte Wasser der Biskaya und der graue Himmel aufeinandertrafen, war nicht auszumachen. Auf der riesigen, fast drei Kilometer langen und über hundert Meter hohen Sanddüne von Pilat stand eng umschlungen ein Liebespaar und trotzte dem kräftigen Wind. Die Frau hatte die Augen geschlossen und genoss die Umarmung des Mannes, dessen Gesicht in ihren kurzen Nackenhaaren ruhte. Es ging der Eindruck stiller Zufriedenheit von ihnen aus.

Dass sie sich bislang nur sporadisch und in längeren Abständen treffen konnten, machte die Wiedersehensfreude jedes Mal umso größer. Andere Personen waren nirgends in Sicht. Unten in der Bucht schaukelten entlang der Austernbänke Boote, in die prall gefüllte Käfige gehievt wurden, deren Inhalt am Silvesterabend jeden zweiten Festtagstisch in Frankreich bereichern würde.

»Fast könnte man meinen, wir wären die letzten Menschen auf der Erde«, sagte Isabelle. »Mir wird langsam kalt. Wie müssen erst die Leute da draußen auf den Booten frieren?«

»Auf dem Weg nach unten wird dir wieder warm«, erwiderte Bruno. Er fühlte sich wohl in seinem schweren wollenen Armeemantel und war glücklich, sie in den Armen zu halten. »Wir könnten uns auch fallen lassen und einfach runterrutschen. Der Sand ist weich genug. Aber er gelangt auch überall hin, und man wird ihn kaum mehr los.«

»Stimmt es, dass diese Düne wandert?«, fragte sie.

»Es heißt, sie bewegt sich Jahr für Jahr ein Stück weiter Richtung Land«, antwortete er. »Auf alten Karten kann man sehen, dass sie früher weiter südlich war und weiter draußen im Meer. Bei Flut steigt hier das Wasser bis zu vier, fünf Meter an; dazu kommt der Wind, der meistens auflandig weht.«

»Und du wirst heute Abend da draußen sein.« Ihm fiel auf, dass sie versuchte, sich ihre Besorgnis nicht anmerken zu lassen.

Ja, er würde als einer von dreißig Polizisten, die, um anonym zu bleiben, aus ländlichen Gebieten abgezogen worden waren, an einer groß angelegten Polizeiaktion teilnehmen und gegen organisierte Wilderer von Austern vorgehen. Ein einziges Muschelbett leerzuräumen brachte fünfzigtausend Euro und mehr Gewinn ein. Und die Züchter hatten das Nachsehen, zumal nachwachsende Austern mindestens drei Jahre bis zur Reife brauchten, abgesehen davon, dass die zerstörten Kulturen wegen Überdüngung von der Algenblüte befallen wurden und kaum zu nutzen waren.

Vor Isabelles Ankunft aus Paris hatte es am Morgen im Polizeipräsidium von Bordeaux eine Einsatzbespre-

chung unter der Leitung von Commissaire Pleven gegeben, dem Verantwortlichen für die »Operation Dominique«. Was es mit diesem Namen auf sich hatte – ob er
von einem Computer zufällig ausgeworfen worden oder
als Reverenz an Plevens Frau zu verstehen war –, hatte
dieser nicht weiter erklärt. Über die Sachlage aber war
er hinreichend gut informiert gewesen.

»Diesmal stehen uns zwei Patrouillenboote der
Marine zur Verfügung«, hatte er stolz erklärt und mit
einem langen Stock auf die Karte hinter sich an der
Wand gezeigt. »Das eine versperrt die Zufahrt zur
Bucht, das andere kreuzt vor der großen Sandbank
und der Île aux Oiseaux, wo sich einige der wertvolls-
ten Austernbänke befinden. Unterstützt werden wir von
drei Hubschraubern, die mit Infrarot- und Nachtsicht
ausgestattet und mit Kollegen der *Gendarmerie mobile*
bemannt sind, die im Notfall eingreifen können. Darüber hinaus wurde uns sogar eine Staffel der Republi-
kanischen Garde zugeteilt, die mit ihren gepanzerten
Kettenfahrzeugen an den Stränden sehr viel mobiler ist
als unsereins auf Rädern.«

Von einem Kollegen aus Bordeaux, mit dem er schon
einmal zusammengearbeitet hatte, wusste Bruno, dass
der Commissaire sogar den zuständigen Präfekten
überredet hatte, eine alte Verordnung aus dem 19. Jahrhundert anzuwenden und *gardes jurés* zu rekrutieren,
offiziell vereidigte Informanten, die den Kreisen der
Austernbauern angehörten. Vereidigt oder nicht, dachte
Bruno; konnte man ihnen auch vertrauen? Sie gehör-
ten zur kleinen Gemeinschaft der Seeleute, die seit
Menschengedenken miteinander verschwägert waren.
Manche von ihnen arbeiteten schon in der sechsten

oder siebten Generation in der Bucht, wie Bruno erfahren hatte. Sie lebten mehr oder weniger nach eigenen Regeln und kannten sich in den Küstengewässern mit ihren Gezeiten und Strömungen sehr viel besser aus als jede Besatzung eines französischen Marinepatrouillenbootes.

»Wie dem auch sei«, fuhr Commissaire Pleven fort, »trotz aller technischen und logistischen Überlegenheit, die wir bereits wiederholt zum Einsatz gebracht haben, ist es uns bislang nicht gelungen, die Übeltäter dingfest zu machen. Es handelt sich aller Wahrscheinlichkeit nach um Einheimische, die mit den hiesigen Verhältnissen bestens vertraut und wohl auch jederzeit darauf gefasst sind, dass wir sie aufzuspüren versuchen. So vermutlich auch jetzt. Der Jahreswechsel ist für sie die lukrativste Zeit des Jahres.« Bis zu diesem Zeitpunkt hatte Bruno nur mit halbem Ohr zugehört. In Gedanken war er bei Isabelle, die mit dem ultramodernen Hochgeschwindigkeitszug von Paris herbeigeflogen kam, um sich wieder einmal mit ihm zu treffen. Was selten genug der Fall, aber dafür umso prickelnder war. Allerdings hatte er die Nacht über und bis in den Vormittag hinein Dienst, sodass ihre gemeinsame Zeit auf ein Mittagessen und die Stunden danach beschränkt bleiben würde.

Bruno merkte auf, als der Commissaire plötzlich einen anderen Ton anschlug und selbstbewusst verkündete, dass ihnen diesmal eine Geheimwaffe zur Verfügung stünde. In Zusammenarbeit mit einem neuen französischen Hightech-Unternehmen waren künstliche Austern entwickelt und mit einem Peilsender ausgestattet worden. Jeder der Sender hatte einen eigenen

Code, an dem sich erkennen ließ, welche der vielen weitläufigen Austernbänke gerade geplündert wurde. Sechs Drohnen sollten sie überfliegen und die Bewegungen der Attrappen verfolgen. An Land würden Straßensperren errichtet, um die großen Kühltransporter zu stoppen, mit denen die Beute – zu erwarten waren bis zu zwanzig Tonnen Austern – zu den hungrigen Verbrauchern in Frankreich transportiert werden sollten.

Interessant, dachte Bruno. Im Wettstreit mit ortskundigen Wilderern mochte der Einsatz von Peilsendern und Drohnen den entscheidenden Unterschied ausmachen.

Frankreich sei der größte Produzent in Europa und weltweit der größte Verbraucher von Austern pro Kopf, erklärte der Kommissar. Geerntet würden jährlich rund hundertsechzigtausend Tonnen Austern im Wert von über sechshundert Millionen Euro. Und fast die Hälfte davon werde im Dezember verkauft, besonders viele in den Tagen vor Neujahr. Von einem der *gardes jurés* habe man erfahren, dass in den Strandbars seit Tagen von einem Paukenschlag die Rede sei. Polizeiquellen in Paris, Lyon und Lille ließen verlauten, dass es Hinweise auf Restaurants gebe, die mit preisgünstigen Austern gezielt eine gut vernetzte Kundschaft ansprächen. Auch deshalb sei die Operation Dominique ins Leben gerufen worden.

Für die dreißig Landpolizisten, zu denen Bruno zählte und die nicht ohne Druck zur Teilnahme an der Operation eingezogen worden waren, hatte man eine eher bescheidene Rolle vorgesehen. Sie sollten die ganze Nacht über verschiedene Abschnitte des Strandes patrouillieren und mit Nachtsichtgeräten aus

Beständen der französischen Armee Ausschau halten. Dank aufmontierter Sensoren, die wie kleine Smartphones aussahen, konnten diese Geräte die Peilsender in den künstlichen Austern verfolgen, falls die eine oder andere Drohne ausfallen sollte. Außerdem hatten Bruno und seine Kollegen den Auftrag, jeden Lkw, der auf ihren jeweiligen Strandabschnitt zukam, aufzuhalten, das Nummernschild zu notieren und die Papiere des Fahrers zu überprüfen. Ihnen waren Fotos aus der Kartei für vorbestrafte Delinquenten aus der Umgebung und einige Schnappschüsse von verdächtigen Personen ausgehändigt worden. Bruno rechnete aber kaum damit, in dunkler Nacht jemanden zuverlässig erkennen zu können, der wahrscheinlich der Kälte wegen einen Schal um sein Gesicht geschlungen haben würde.

»Wir haben es mit schweren Jungs zu tun, mit Leuten, die sich im Austernhandel auskennen und über die notwendigen Kontakte verfügen, um ihre Beute en gros loszuschlagen«, fuhr der Commissaire fort. »Sie werden bewaffnet sein. Trotzdem gelten für uns die üblichen Einsatzregeln. Von der Schusswaffe ist nur dann Gebrauch zu machen, wenn hinreichender Grund zu der Annahme besteht, dass Sie oder ein unschuldiger Zivilist in Gefahr sein könnten. Also, bewahren Sie kühlen Kopf. Bleiben Sie über Funkkontakt miteinander verbunden und melden Sie uns jeden Lkw, den Sie anhalten. Wir können Ihnen innerhalb weniger Minuten mit dem Hubschrauber Verstärkung zukommen lassen. Bewaffnete Truppen der Gendarmerie stehen für Sie in Bereitschaft.«

Bruno hatte die einschlägigen Karten studiert, bevor er am Vorabend von seinem Haus bei Saint-Denis, das fast zweihundert Kilometer landeinwärts lag, nach Bordeaux gefahren war. Die Küste der Bucht von Arcachon war mindestens fünfzig Kilometer lang, die ausgedehnten Strände auf beiden Seiten des Eingangs zur Bucht nicht eingerechnet. Jeder der dreißig Landpolizisten musste also fast zwei Kilometer ablaufen. Auf den Karten hatte Bruno über hundert Straßen und Pfade gezählt, die von den Stränden wegführten, und die Einheimischen wussten wahrscheinlich von weiteren Schleichwegen, die nicht verzeichnet waren. Ringsum lagen fünf große Städte und Dutzende kleinerer Dörfer. Und jeder der fünfhundert einheimischen Austernbauern, auf deren Ernte der riesige Markt zu Silvester wartete, würde in der Bucht sein und die Kulturen abweiden.

Bruno fragte sich, ob der Commissaire nicht zu viel Vertrauen in seine technische Ausrüstung und das große Aufgebot an Polizisten und Truppen setzte. Wie hätte er, Bruno, diese Operation an seiner Stelle geplant? Anstatt dreißig Polizisten am Strand Streife gehen zu lassen, hätte er mit ihnen zusätzliche Straßensperren eingerichtet. Die Diebe mussten die Austern absetzen, und es lag nahe, sie so schnell wie möglich per Lastwagen auf den Markt zu bringen. Weil damit zu rechnen war, dass landesweit Millionen von Franzosen auf den Straßen unterwegs sein würden, um Angehörige zu besuchen oder von Familienfeiern nach Hause zurückzukehren, hatte der Commissaire davon abgesehen, an den Auf- und Abfahrten der Autobahnen Verkehrskontrollen durchführen zu lassen. Bruno fragte sich, welche anderen Engpässe genutzt werden könnten, als Commissaire Pleven kurz innehielt und nach

Worten zu suchen schien. Anscheinend war er mit seinem Vortrag, den er offenbar sorgsam einstudiert hatte, am Ende und wusste nicht weiter.

»In Gujan-Mestras wurden sieben Tonnen geplündert, weitere zwanzig Tonnen bei Marennes und vor der Île de Ré. Wir müssen dem Einhalt gebieten, und das tun wir in der kommenden Nacht«, betonte er. »Und denken Sie daran, es geht hier nicht nur um das Überleben einer wichtigen Branche, sondern auch um die kulturelle Identität Frankreichs. Wie sagte schon unser großer Dichter Léon-Paul Fargue? ›Ich liebe Austern. Sie schmecken, als ob man das Meer auf den Mund küsst.‹ Noch irgendwelche Fragen?«

Ein Beamter des gehobenen Dienstes meldete sich zu Wort. Bruno vermutete, dass er eine vorbereitete Frage loswerden wollte.

»Monsieur, wie wir wissen, müssen Austern für ein oder zwei Tage in sauberem Wasser gewaschen und vom Sand befreit werden, der ihnen nach der Ernte anhaftet. Wo das geschieht, dürfte bekannt sein. Warum überwachen wir nicht diese Orte?«

»Gute Frage«, antwortete der Commissaire. »Das haben wir letztes Jahr auch versucht und festgestellt, dass die Wilderer keine der nahe gelegenen Waschanlagen aufsuchen. Austern werden entlang der gesamten Atlantikküste gezüchtet, bis zur Bretagne und darüber hinaus. Insgesamt gibt es Hunderte dieser Waschanlagen. Deshalb setzen wir die Austernattrappen mit den Peilsendern ein. Mit denen lassen sich die Wege der Beute auch jenseits der Bucht von Arcachon und bis zum Großhändler verfolgen.«

Vernünftig, dachte Bruno und registrierte einver-

nehmliches Kopfnicken um sich herum, als die Einsatz-
besprechung zum Abschluss kam und die Versamm-
lung aufgelöst wurde. Er warf einen Blick auf seine
Uhr. Isabelle würde wenige Minuten nach elf Uhr in
Bordeaux ankommen. Er wollte sie am Bahnhof abholen und mit ihr mit der Regionalbahn nach Arcachon
fahren, wofür er schon Tickets gekauft hatte. Sie hätten
dann Zeit, zusammen Mittag zu essen und den Nachmittag miteinander zu verbringen, bevor er sich zum
Dienst würde melden müssen. Der Aussicht, ihr für ein
paar Tage wieder nahe sein zu können, und das in einem
von der Polizei bezahlten Hotel, hatte er natürlich nicht
widerstehen können.

Isabelle hatte sich per E-Mail überraschenderweise
selbst nach Arcachon eingeladen. Ihm war bewusst,
dass sie in engem Kontakt mit alten Kollegen von der
Police nationale in der Region stand, und es konnte
kaum verwundern, dass sie über die bevorstehende
Operation informiert war. Ihren Besuch aber hatte sie
so angekündigt, als könne er ihr einen Gefallen tun und
sie davor bewahren, sich über Weihnachten hinaus und
also länger als erträglich bei ihrer Familie aufhalten zu
müssen, zumal sie sich mit der neuen Frau ihres Vater
nicht besonders gut verstand. Wie dem auch sei, Bruno
freute sich auf sie.

Zu Fuß erreichte er den Bahnhof Bordeaux-Saint-
Jean, als die Uhr elf schlug. Die Haut kribbelte ihm am
ganzen Körper, so gespannt war er auf das Wiederse-
hen mit Isabelle. Es blieb ihm gerade noch genug Zeit,
sich die Haare mit der Hand zu glätten, ein Pfefferminz
in den Mund zu stecken und den Relay-Zeitungskiosk
aufzusuchen, vor dem sie sich treffen wollten. Sein

Blick scannte die Menge der Reisenden aus Paris auf der Suche nach dem vertrauten Gesicht, und er war überrascht, als sich eine schlanke Gestalt, den Kopf in einen Wollschal gehüllt, aus der Menge löste und ihm in die Arme fiel. »Ich hätte dich fast nicht erkannt unter all der Wolle«, sagte er und küsste sie. »Wie schön, dich zu sehen.«

Sie erwiderte seinen Kuss leidenschaftlich und meinte dann, sie habe die Wettervorhersage gehört und sich darauf eingestellt, dass es kalt werden würde. Arm in Arm – Bruno trug ihren kleinen Koffer – steuerten sie auf den Bahnsteig zu, wo der Zug nach Arcachon bereitstand. In einem fast leeren Abteil setzten sie sich einander gegenüber und hielten Händchen. Ihre Augen leuchteten, als sie den Schal abstreifte. Doch plötzlich wurde sie ernst.

»Ich habe Erkundigungen eingeholt«, begann sie. »Du musst dich vor Commissaire Pleven in Acht nehmen. Es heißt, er hat hochgesteckte Ziele und ist nicht zimperlich, wenn es um seine Karriere geht. Wahrscheinlich hat er auch deshalb Polizisten aus der ganzen Region antreten lassen. Zum einen kann er sich keine Pleite leisten. Zum anderen will er für sich werben. Er wird euch alle, dich und deine Kollegen, mit Neujahrskarten beglücken, euch zu euren Geburtstagen gratulieren und zu einem Drink einladen, wenn er von Präfektur zu Präfektur und Mairie zu Mairie reist. Er ist ein gewiefter Networker und Wahlkämpfer. Wenn die anstehende Operation ein Erfolg wird und er seinen Aufstieg fortsetzt, wird er euch Polizisten zu seinen Handlangern machen. Ich habe gehört, dass er gute Aussichten hat, zum stellvertretenden Regionalpräfekten gewählt zu werden, und über diesen Posten ins Kabinett nach Paris zu kommen versucht. Es bleibt natürlich dir überlassen, ob du ihn unterstützt oder nicht, aber komm ihm besser nicht in die Quere.«

So hatte sich Bruno den Auftakt zu ihrem Rendezvous nicht vorgestellt. Sie hatten sich kennen und lieben gelernt, als Isabelle als Kommissarsanwärterin für die *Police nationale* im Périgord stationiert gewesen war. Nach einer heiklen, aber erfolgreichen Operation hatte man sie in den Stab des Innenministers nach Paris berufen. Bei einem Einsatz gegen illegale Einwanderer war sie schwer verletzt und danach in ein Amt versetzt worden, das die Antiterrormaßnahmen der Europäischen Union koordinierte. Wenn jemand etwas von

steilen Karrieren verstand, dann Isabelle. Und Bruno, der sie als die Liebe seines Lebens betrachtete, aber auf sein Périgord nicht verzichten mochte, wusste um den persönliche Preis, den Isabelles Ehrgeiz ihnen beiden auferlegte.

Doch daran zu denken war jetzt nicht die Zeit, da sie auf einer warmen, von Glasscheiben umrahmten Restaurantterrasse am Strand saßen und jeder von ihnen einen Teller mit frischen Austern sowie ein Glas Mouton Cadet Sauvignon Blanc vor sich stehen hatte. Isabelle löste eine Auster von ihrem Bett aus Perlmutt, presste ein paar Tropfen aus einer Zitronenscheibe darauf und schlürfte sie mit geschlossenen Augen von der Schale. Bruno glaubte, sie wohlig schnurren zu hören, als sie die Delikatesse schluckte. Dann schlug sie die Augen wieder auf, nickte und griff nach ihrem Weinglas.

»Mon Dieu, wie lecker! Sie haben den gewissen Hauch von Jod, der nur die besten Austern ausmacht«, sagte sie und griff nach der nächsten Schale. Mit schelmischem Lächeln gestand sie: »Wenn ich Austern sehe, muss ich an dich denken, und jetzt sitzt du vor mir.«

»Ja, da wären wir, nur du und ich und die Austern«, erwiderte er, worauf sie ihm ihre Austernschale an den Mund führte und ihm tief in die Augen blickte.

»Nimm«, sagte sie, und als er den Inhalt geschluckt hatte, hob sie die fast leere Schale an ihre Lippen und schlürfte den restlichen Saft heraus. »Ich bin froh, dass unser Zimmer gleich über uns ist«, meinte sie.

Als zwei Stunden später das brennende Begehren füreinander einstweilen nachgelassen hatte, fuhren sie mit einem Linienbus nach Le Pilat Plage und bestiegen die hohe Düne. Für Isabelle war es das erste Mal. Sie schauten auf die Bucht in der Tiefe und ließen die Blicke über den weiten Naturpark des Landes schweifen. Die Gesichter nordwärts gewandt, beobachteten sie die Austernboote, die in der Bucht kreuzten. Plötzlich zog Isabelle ein Fernglas aus der Tasche und nahm ein einzelnes Boot ins Visier, von dem sie offenbar glaubte, es verhalte sich irgendwie auffällig. Im Unterschied zu den anderen Booten, die, auf relativ kleinem Raum versammelt, immer wieder anhielten, um, wie es schien, Austern zu ernten, passiere dieses eine langsam, aber kontinuierlich die Wasserrinnen zwischen den einzelnen Austernbänken, erklärte sie.

»Da ist ein Mann im Steuerhaus und ein anderer im Bug. Sieht aus wie ein Lotse. Und er hat was in der Hand«, sagte sie und reichte Bruno ihr Fernglas. »Mir scheint, er führt Aufsicht. Seltsam. Ich dachte, es sollten möglichst viele Austern für Silvester eingeholt werden.«

Bruno tat sich schwer, das Glas zu fokussieren. Sie hatte recht. Das Boot benahm sich anders, und an Deck waren keine Austern zu sehen, während sich auf den anderen Booten die Schalentiere häuften. »Was er da in der Hand hält, kann ich nicht erkennen. Es könnte ein Handy sein. Aber da draußen in der Bucht wird er keinen Empfang haben.«

Er versuchte, den Namen des Bootes festzustellen, entdeckte aber nur eine schwer leserliche Zahl, die im Ausschnitt des Fernglases zu tanzen schien.

»Da ist ein Kennzeichen: die Großbuchstaben A und C, dann drei-zwei-zwei und weitere Ziffern, die ich nicht lesen kann. Du vielleicht.« Er gab ihr das Fernglas zurück.

»Ja, A und C – und am Ende zwei Neunen. Die Ziffer in der Mitte könnte eine Sieben oder eine Zwei sein, vielleicht auch eine Vier oder eine Sechs. Der Aufdruck ist ziemlich verblasst«, antwortete sie.

Bruno zog aus der Innentasche seiner Jacke Notizbuch und Stift heraus und notierte von der Bootskennung, was er und Isabelle entziffert zu haben glaubten. Als sie nach dem Grund fragte, berichtete er ihr von den Austernattrappen und Peilsendern, die per Smartphone verfolgt werden konnten.

»Möglich, dass gerade jetzt einer von uns die Sender überprüft. Aber wenn nicht, könnten wir ein Problem haben. Auf jeden Fall sollte ich das melden.«

Er kramte sein Handy hervor, rief die Einsatzzentrale an, nannte seinen Namen und beschrieb, was er gesehen hatte. Ob jemand zurzeit die Funktion der Peilsender überprüfe, fragte er. Man werde zurückrufen, wurde ihm gesagt.

Isabelle und Bruno machten sich auf den Rückweg. Sie schafften es, die Düne hinunterzulaufen, ohne zu stürzen. Als sie am Strand entlanggingen, fragte sie, wann er seinen Dienst anzutreten habe.

»Um sechs«, antwortete er. Im selben Moment klingelte sein Handy. Es war der stellvertretende Einsatzleiter. Nachdem Bruno wiederholt hatte, was ihm und Isabelle aufgefallen war, wurde er gebeten, sich sofort bei der Polizei von Arcachon zu melden. Er erklärte, wo er war, und wenig später war ein Streifenwagen zur Stelle, der sie abholte. Bruno bat den Fahrer, Isabelle am Hotel abzusetzen.

»Versuchst du, meinen Ruf zu schützen?«, fragte sie und zeigte wieder das schelmische Grinsen, das er an ihr liebte.

»Ich berücksichtige nur, was du über Commissaire Pleven gesagt hast«, entgegnete er.

»Bruno«, sagte sie. »Wenn ich eines Tages nicht mehr stolz bin auf den Mann, mit dem ich schlafe, gehe ich ins Kloster. Übrigens sind Pleven und ich gleichrangig. Wenn er zu dumm oder zu stur ist, um mir zuzuhören, wird das Konsequenzen für ihn haben.«

Pleven war nicht in Arcachon. Er war in der Einsatzzentrale in Bordeaux geblieben, wo er über bessere Kommunikationsmöglichkeiten verfügte. Er hörte sich Brunos Bericht an, schien aber nicht allzu beeindruckt. Doch dann ließ sich Isabelle das Telefon geben, stellte sich vor und sagte, sie sei zufällig mit Bruno auf der Düne gewesen und könne bestätigen, was er gesagt hatte.

»Das Boot, das wir gesehen haben, verhielt sich auffällig«, wiederholte sie. »Haben Sie anhand unserer Angaben den Besitzer ermittelt?«

»Verehrte Kollegin, Ihre Informationen sind etwas vage«, antwortete er ruhig.

»Mag sein«, entgegnete sie. »Aber da setzt Ermittlungsarbeit für gewöhnlich an. Sie werden doch bestimmt Zugriff auf die Registratur der hier gemeldeten Boote haben und in der Lage sein, mithilfe der genannten Kennung, auch wenn sie nicht ganz korrekt ist, den Eigentümer zumindest einzugrenzen und entsprechende Maßnahmen einzuleiten. Sollte Ihre Fahndungsfinte auffliegen, können Sie die Operation abblasen.«

»Verstehe, aber erklären Sie mir doch bitte, was Sie mit unserer Angelegenheit zu tun haben«, entgegnete Pleven.

»Ich schlage vor, Sie rufen unseren gemeinsamen Chef, den Innenminister, an und lassen sich darüber aufklären«, blaffte sie. »Und schicken Sie mir bitte ein Auto vorbei, das mich zu Ihnen in die Zentrale bringt. Anderenfalls werde ich mich an geeigneter Stelle über Ihre laxe Haltung gegenüber neuen Erkenntnissen aus einer hochrangigen Quelle beschweren.«

Das Auto kam und verschwand mit Isabelle. Bruno trat seinen Dienst an. Immerhin hatte sich der Commissaire ein paar Gedanken über die Verteilung aller Einsatzkräfte gemacht. Die örtliche Polizeistation in Arcachon war als Sammelstelle zu klein, und es wäre aufgefallen, wenn sich dreißig Männer von dort aus auf den Weg gemacht hätten. Bruno erhielt den Bescheid, sich um 18 Uhr auf einem Parkplatz am Ortsrand einzufinden, wo ein ziviles Fahrzeug ihn und zwei Kollegen abholen und nach Cap Ferret bringen würde. Andere Polizisten trafen sich in Parkhäusern von Einkaufszentren oder an Bushaltestellen und Bahnhöfen. Sie waren alle angewiesen worden, schlichte Mäntel über ihre Polizeiuniformen zu ziehen. Brunos alter Soldatenmantel sollte reichen. Er trug so selten einen Mantel, dass es ihm noch nie in den Sinn gekommen war, sich ein neues Stück zuzulegen. Seine Jagdjacke und die darunterliegenden Schichten aus Baumwolle und Wolle hielten warm genug, und er fand es besser, wenn ihm keine Mantelschöße um die Beine flatterten.

Jetzt aber wurde ihm ungemütlich kalt, als er über den verlassenen Strand stapfte, so sehr, dass er sich verärgert fragte, warum zum Teufel Pleven dreißig Polizisten zu einer Mission herangezogen hatte, die wahrscheinlich ins Leere lief. Die Lichter der nahegelegenen Stadt verblassten im dichter werdenden Nebel. Die einzigen Gebäude, die er in der Nähe gesehen hatte, waren ein kleiner, winterfest verbarrikadierter Strandpavillon und ein Cottage, das ein wenig abseits vom Strand lag und unbewohnt schien. Wie die anderen Einsatzkräfte kannte sich Bruno in dieser Gegend nicht aus und wusste nicht, was er tun sollte, falls ein Boot mit gestohlenen Austern und ein Lkw aufkreuzen sollten. Er stünde dann womöglich drei oder vier nervösen und wahrscheinlich aggressiven Männern gegenüber, durchgefroren und mit einer Pistole bewaffnet, vor deren Gebrauch er ausdrücklich gewarnt worden war. Bruno zog seinen dicken Wollschal aus dem Nacken und wickelte ihn um Kopf und Ohren.

Mit stampfenden Schritten ging er gegen die Kälte an und überschlug, wie viel die Operation wohl kosten mochte. Dreißig Landpolizisten, für jeden eine Bahnfahrkarte, Hotelunterbringung für drei Nächte, Spesenpauschale sowie Überstunden und Nachtzuschlag. Alles in allem mochten es mindestens zwanzigtausend Euro sein, was in etwa seinem Jahresgehalt entsprach. Dazu kamen die Kosten für Austernattrappen samt Peilsendern, Drohnen und Hubschraubereinsätze. Wenn die *Gendarmes mobiles* und die Crews der Marinepatrouillenboote ihren Einsatz nicht als Übung verbuchen würden, müssten die Gesamtkosten an die Hunderttausend heranreichen.

Sein Handy klingelte. Es war Isabelle.

»Wie es aussieht, heißt der Mann auf dem Boot, den

wir gesehen haben, Yves Tallarin. In jüngeren Jahren ist er mehrmals wegen Schlägereien festgenommen, aber nie vor Gericht gestellt worden«, sagte sie. »Er hat schwerwiegende Probleme mit den Steuerbehörden, und sein Schwager besitzt eine Spedition. Ich versuche herauszufinden, ob es eine Verbindung zu der Firma gibt, die die Austernattrappen hergestellt hat. Ein Neffe Tallarins soll studierter Informatiker sein. Tallarin besitzt ein großes neues Haus in Andernos-les-Bains und eigene Austernbänke am Cap Ferret, also ganz bei dir in der Nähe. Ist dir schon was aufgefallen?«

»Nein, nichts. Hier ist es nur kalt und ansonsten still. Aber du hast offenbar gute Arbeit geleistet. Haben wir Aussicht auf Verstärkung?«

»Dafür sorge ich gerade. Aus der Luft kommt sie jedenfalls nicht. Für die Hubschrauberpiloten sind die Sichtverhältnisse zu schlecht.«

»Daran hätte Pleven denken sollen«, meinte Bruno.

»Allerdings. Aber auch für unseren Verdächtigen könnte das Wetter ein Problem sein, es sei denn, er kennt sich auf dem Wasser so gut aus, dass er sich mit verbundenen Augen zurechtfindet. Ich schätze, da, wo du bist, rollen in fünfzehn, zwanzig Minuten bewaffnete Gendarmen an.«

»Was ist mit den Patrouillenbooten?«, fragte er.

»Mindestens eines sollte ganz in der Nähe sein.«

»Mit dem scheint's ebenfalls Schwierigkeiten zu geben. Es lässt sich nicht an den Austernbänken vorbeinavigieren, denn die tauchen auf dem Radar nicht auf. Auch das hat Pleven offenbar nicht bedacht.« Nach einer kurzen Pause sagte sie: »Pass auf dich auf. Ich melde mich später wieder.« Bruno überlegte, ob er am

Strand bleiben und nach einem Boot Ausschau halten oder dahin zurückkehren sollte, wo er abgesetzt worden war, zumal dort am ehesten ein Fahrzeug aufkreuzen würde. In der Nähe gab es ein Restaurant mit asphaltierter Zufahrt und Parkplatz. Er machte kehrt, bestieg eine kleine Düne und schaute sich um. Der Nebel schien dichter zu werden. Nichts zu sehen, keine Lichter, weder über Andernos noch über Cap Ferret, keine Scheinwerfer von Autos oder Lastwagen und auch keine Bootslampen in der Bucht. Er warf einen Blick auf die Uhr. Isabelles fünfzehn Minuten waren fast abgelaufen. Mochte der Himmel den Gendarmen helfen, die versuchten, sich in diesem verdammten Nebel zurechtzufinden.

Wieder klingelte sein Handy. In seinen dicken Handschuhen gelang es ihm nicht, den richtigen Schalter zu bedienen. Er zog einen Handschuh mit den Zähnen aus, fühlte mit steifen Fingern nach der Taste für den Rufaufbau und ließ dabei den Handschuh fallen.

»Ich bin's«, sagte Isabelle. »Das Patrouillenboot der Marine steckt fest. Aber sie haben ein Boot auf dem Radar, das sich in deine Richtung bewegt. Sind die Gendarmen schon da?«

»Nein, keine Spur.« Er bückte sich und suchte nach dem Handschuh. Vergeblich.

»Merde, Bruno.«

»Was soll ich erst sagen?« Er war drauf und dran, ihren Anruf abzuwürgen, besann sich aber eines anderen. »Augenblick, auf der Straße sind jetzt Lichter zu sehen. Das könnten sie sein.«

»Bleib in der Leitung und lass mich wissen, ob es die Gendarmen sind.«

»Ich glaube nicht, dass sie es sind. Es scheint ein Lastwagen zu sein, der da kommt. Nach dem Abstand der Scheinwerfer zu urteilen ein ziemlich großer. Er bewegt sich nur langsam vorwärts. Auf dem Wasser ist immer noch nichts zu sehen. Ich stecke das Handy jetzt weg.«

»Ich bleibe in der Leitung«, hörte er sie sagen, als er das Handy in die Manteltasche gleiten ließ.

Die Lkw-Leuchten schienen zu schwanken, aber dann wurde ihm klar, dass dem Fahrzeug ein Mann mit einer Taschenlampe voranging, der es zum Parkplatz führte. Er hörte Druckluftbremsen zischen. Das Scheinwerferlicht blieb stehen. Es handelte sich offenbar um einen sehr großen Lastwagen. Bruno zog den Schal in die Stirn, um zu verhindern, dass sie das Licht reflektierte, und duckte sich tief in den Sand.

Gerade noch rechtzeitig. Im Lkw zündete jemand ein Stroboskop, das grelle blaue Blitzlichter in den dunklen Nebel warf. Bruno zuckte vor Schreck zusammen, als plötzlich und in schneller Folge drei tiefe Fanfarenstöße die Luft erschütterten. Ah, dachte er. Matrosen reagieren auf Nebelhörner, deren Laute weiter reichen als Licht im dichten Nebel. Es musste ein Boot in der Nähe sein, mit dem die Spediteure in Funkkontakt standen.

Bruno war zwanzig bis dreißig Meter von dem Lastwagen entfernt. Er richtete den Blick auf die Bucht und hörte den tuckernden Motor eines Bootes, bevor er es sah. Seine ungeschützte Hand war steif gefroren. Er steckte sie sich in die Achselhöhle, um sie zu wärmen. Vielleicht brauchte er sie, um seine Waffe zu ziehen. Gleichzeitig drängte sich ihm der entlegene Gedanke an Napoleons *Grande Armée* auf deren Rückzug aus

Moskau auf. Was für arme Kerle, dachte er und glaubte nachempfinden zu können, wie elend schwer es gewesen sein musste, eine Muskete mit eiskalten Fingern nachzuladen.

Das Boot rückte näher und schien den Strand bereits erreicht, wenn nicht sogar ein Stück weit überquert zu haben. Er schaute angestrengt hin und zweifelte fast an dem, was er zu sehen glaubte. Doch dann erkannte er, dass das Boot unter seinem flachen Boden mit einem Fahrgestell ausgestattet war. Als es langsam an ihm vorbeirollte, erinnerte sich Bruno daran, ein solches Fahrzeug schon einmal im Einsatz der Armee gesehen zu haben, einen Amphibientransporter der Baureihe DUKW.

Er schlich von der Düne und folgte dem Boot dichtauf, sodass ihn die Männer im Lastwagen nicht sehen konnten. Er hörte ausgelassen fröhliche Stimmen, die einander beglückwünschten. Bruno bereute es schon, sich so weit vorgewagt zu haben. Er hatte es mit zwei oder drei Männern im Lastwagen und wahrscheinlich mit zweien auf dem Boot zu tun. Bruno zog seine Dienstpistole aus dem Schulterholster. Sie fühlte sich wärmer an als seine Hand. Er entsicherte die Waffe, als sich das Boot zu drehen begann, wahrscheinlich um Austernkäfige in den Lkw zu laden. Im Scheinwerferlicht las er das Kennzeichen des Bootes – AC 322 699.

Er streifte auch den anderen Handschuh ab und holte sein Handy hervor, das noch mit Isabelle in Verbindung stand.

»Sie sind hier«, flüsterte er und hörte sie nach Luft schnappen. »Boot und Lkw. Die Bootskennung ist dieselbe, AC 322 699. Ich werde die Männer festnehmen.«

»Nein«, entgegnete sie. »Wir haben, was wir brauchen. Die Straßensperren sind eingerichtet.«

Zu spät. Die Männer hatten ihn gehört und gaben keinen Laut mehr von sich. Am Lkw und auf dem Boot herrschte Stille. Er trat ins Licht und erkannte sofort, dass er damit einen Fehler gemacht hatte. In die ans Dunkle gewöhnten Augen fiel grelles Scheinwerferlicht und nahm ihm die Sicht.

»Polizei!«, rief er. »Runter auf den Boden, alle. Und Hände in den Nacken!«

Als Warnung, von der er wusste, dass sie aufgezeichnet werden würde, feuerte er eine Kugel in die Luft.

»Auf den Boden«, wiederholte er und stellte sich so, dass er alle sehen konnte. Schockiert und ungläubig starrten sie ihn an. Plötzlich schleuderte ihm einer der Männer eine Taschenlampe entgegen, sprang in die Fahrerkabine des Lastwagens und schrie: »Nichts wie weg!«

Auf dem Boot versuchte jemand, Bruno mit einem Austernkäfig zu bewerfen, der aber an ihm vorbeiflog, weil das Boot wieder in Bewegung geraten war. Auch der Lastwagen setzte zurück. Die Pistole im Anschlag, rückte Bruno weiter vor. Plötzlich spürte er einen heftigen Stoß im Rücken und stürzte der Länge nach auf den Asphalt, zu Fall gebracht von einem Austernkäfig, der diesmal getroffen hatte. Der Lastwagen entfernte sich, doch Bruno, der seine Waffe noch in den Händen hielt, zielte und feuerte je eine Kugel in beide Vorderreifen. Der Wagen sackte auf die Felgen.

Er drehte sich um und sah, wie das Boot am Rand des Strandes fast schwanengleich ins Wasser glitt, als eine Polizeisirene ertönte und mit blinkendem Blaulicht ein

Streifenwagen auf den Parkplatz einbog. Drei bewaffnete Männer sprangen heraus. Bruno legte seine Waffe
auf den Boden, hob das Handy ans Ohr und sagte: »Bist
du noch da?«

»Himmel, Bruno, ich habe Schüsse gehört«, erwiderte Isabelle alarmiert. »Was ist passiert?«

»Die Gendarmen sind hier. Lass sie wissen, dass ich
meine Waffe abgelegt habe. Der Lastwagen liegt still.
Ich habe die Reifen platt geschossen. Das Boot ist wieder im Wasser, aber wir haben ja die Kennung. Ich liege
auf dem Boden, mit kaputter Rippe, wie ich fürchte. Sie
haben mir einen Austernkäfig in den Rücken geworfen.
Und sag diesem Armleuchter von Pleven, wenn er tatsächlich für irgendein höheres Amt kandidieren will,
werde ich gegen ihn antreten.«

Klaus-Peter Wolf

Ostfriesen-Wut

Erik Haag konnte es nicht fassen. Er hatte keinen An-
gelschein. Er war durch die Fischerprüfung gefallen,
weil er bei der Frage:

Was muss ein Angler mit zum Gewässer nehmen?
A: einen Hakenlöser
B: ein Kofferradio
C: einen Kasten Bier

C angekreuzt hatte. Natürlich wusste er, dass er, um
hier angeln zu können, zwei Scheine brauchte. Einen
Fischereierlaubnisschein und den Fischereischein. Aber
ohne Fischereischein – also ohne bestandene Prüfung –
verkaufte ihm auch kein Fischereipächter einen Fischereierlaubnisschein.

Vieles in seinem Leben war an der Bürokratie gescheitert. Der Papier-, Paragraphen- und Verordnungs-
wut verdankte er auch die Pleite seiner Kneipe. Erst
durfte er kein Essen ausgeben, dann wurde das Rau-
chen verboten, und schließlich, nach einem eigentlich
trotz aller Regeln und Strafgelder recht erfolgreichen
Jahr, kam auch noch das Finanzamt und wollte Steuern.
Immer wenn er Post von Stadt, Land oder Bund bekam,
stand da mit vielen Worten zackig ausgedrückt eigentlich nur eine einzige Botschaft: *Erik Haag, gib auf!*

Ja, so empfand er es. Als reine Schikane.

Wir werden dir nie verzeihen, dass du mit deiner eigenen Hände Arbeit dein Geld verdienen willst. Wir legen dir so lange Schwierigkeiten in den Weg, bis du endlich aufgibst.

Jetzt war er eben auf Hartz IV. Aber der Papierkram nahm trotzdem kein Ende. Nun wurde er *gefördert und gefordert*. Das hörte er praktisch täglich, falls er Radio oder Fernsehen einschaltete.

Aber jetzt wollte er Ruhe haben, und die Aussicht auf einen guten Zander oder einen dicken Aal war nicht schlecht.

Wenn er noch sein Auto gehabt hätte, wäre er weiter rauf zu Leda, Jümme und Ems gefahren, um dort Meeresfische zu fangen. In diesen Gezeitenflüssen, nahe an der Nordsee, waren Ebbe und Flut noch zu spüren. Flussaufwärts konnte Butt gefangen werden. Bei auflaufendem Wasser hatte er hier mit einem Freund einen ein Meter vierzig großen Wels gefangen. In ihrer großen Freude ließen sie sich stolz fotografieren. Ja, er war mit dem Fisch in der Zeitung lobend erwähnt worden. Nur hatte er leider keinen gültigen Fischereischein, und der Ärger wurde groß. Seitdem wollte er auch mit Zeitungsfritzen, wie er Journalisten nannte, nichts mehr zu tun haben.

Jetzt, um diese Zeit, war es ruhig hier an der Hafenpromenade. Noch hatte der Lärm nicht begonnen. Die Geschäfte waren geschlossen, auf dem Wasser hing weißer Nebel, es war kühl, und er hatte keinen Hakenlöser dabei, zwar auch keinen Kasten Bier, wohl aber ein Sixpack. Was war so ein Anglermorgen ohne Bier?

Erik Haag hatte zwei Ruten dabei. Mit einer wollte er auf Aal gehen. Ein Matjesfetzen am Haken, tiefgelegt auf Grund. Er wusste, wo sich hier ein Aalloch befand, und er legte seinen Köder direkt davor aus und befestigte ein Glöckchen an der Angelspitze.

Mit dem Blinker wollte er einen Zander fangen, ganz nah an der Uferpromenade. Dort hielten sich die Räuber im Schatten auf. All die Fußgänger, die hier flanierten und ihre Eiswaffeln achtlos wegwarfen, ja selbst die Rentner, die hier Enten fütterten, lockten mit ihren Krümeln die kleinen Fischchen an. Und wo viele kleine Fische schwammen, da waren auch die großen Räuber nicht weit, dachte er.

Erik Haag zog den Blinker zum zweiten Mal durchs Wasser. Dann sah er die Frau.

Im ersten Moment glaubte er, eine Betrunkene sei ins Wasser gestürzt. Ja, komischerweise ging er davon aus, sie müsse betrunken sein. Aber ihre Gliedmaßen waren so unnatürlich verrenkt.

Als er ihr helfen wollte, wurde er selbst ganz nass, und sein finnisches Fischmesser fiel ins Wasser. Er sah es sinken. Fast hätte er die Frau wieder losgelassen und nach dem Messer gegriffen, aber dann siegte der Retter in ihm.

Er zog sie ein Stück hoch. Ihr Kopf fiel auf seinen Oberschenkel. Jetzt klebte Blut an seiner Hose, und er sah ihren Hals.

Er riss die Arme hoch und ließ die Frau fallen. Er wurde sofort panisch.

Er sah sich schon in Handschellen. Ihm fehlten zwei Erlaubnisscheine zum Fischen. Sein Messer war hier versunken. Die Frau hatte einen tiefen Schnitt im Hals. Er hatte hier im Grunde nichts zu suchen, und jetzt war auch noch Blut an der Hose.

Erik Haag wollte einfach nur noch abhauen, aber dann bimmelte sein Aalglöckchen wie verrückt. Es war wie ein Weckruf.

Er hatte einen Biss, und was für einen! Die Angelspitze bog sich, und der Aal nahm sich mächtig Schnur. Sie surrte nur so von der Rolle.

War das überhaupt ein Aal? Oder hatte sich ein Hecht den Köder geholt?

Er wusste jetzt nicht, was er zuerst erledigen sollte. Die Tote aus dem Wasser ziehen? Die Angelschnur einholen? Die Polizei rufen? Abhauen?

Wie so oft im Leben, wenn er zwischen mehreren unschönen Herausforderungen stand, machte er sich erstmal ein Bier auf und nahm einen tiefen Schluck. Dann zerrte er die Leiche auf die Holzbefestigung und rannte zu seiner Aalangel.

Das Glöckchengebimmel würde ihn noch Jahre später in seinen Albträumen verfolgen.

Er setzte einen lausig schlechten Anschlag und wollte den Aal reindrehen, aber der hatte sich inzwischen so viel Schnur genommen, dass es kein leichtes Spiel für Erik Haag wurde.

Er saß irgendwo fest. Der Aal hatte die Schnur um einen Stein gewickelt oder einen Ast. Jedenfalls spannte sich die Schnur und drohte zu reißen.

Dann schwamm der Aal plötzlich auf Erik Haag zu. Er drehte an der surrenden Rolle. Er sah den Aal im Wasser. Er war gut sechzig, vielleicht achtzig Zentimeter lang.

Erik Haag zog ihn aus dem Wasser. Der Aal schlängelte sich auf dem Boden und versuchte, ins Wasser zurückzukommen. Aber Erik Haag hielt das glitschige

Tier mit der linken Hand fest und suchte instinktiv mit der rechten nach seinem Messer. Wie sollte er so einen großen Aal ohne sein finnisches Fischmesser erledigen? Und wie ihn von der Schnur bekommen?

An diesem kalten Novembermorgen schwitzte Erik Haag mehr als im Hochsommer. Ja, einen Zander, einen Hecht oder einen Barsch hätte er wie üblich mit einem kurzen, heftigen Schlag auf den Kopf betäubt. Er benutze dazu einfach seine Bierflasche, nicht so einen Holzknüppel wie die Snobs vom Angelverein. Aber dieser Aal mit seinem spitzen Kopf war unempfindlich gegen Schläge auf sein Gehirn.

Vielleicht, dachte Erik Haag, war er nicht zu betäuben, weil dieses Urzeitvieh gar kein Gehirn hatte.

Der Aal verwickelte sich jetzt in der Schnur und Erik Haag versuchte, sie einfach mit den Händen zu zerreißen, um Angel und Aal zu trennen, aber die Tragkraft und Abriebsfestigkeit der aus acht Fäden geflochtenen Schnur war nicht nur ein Werbegag, sondern schlichte Wirklichkeit. Das spürte er, als sie in seine Finger schnitt.

Er blutete und hatte in seinem Angelutensilien-Eimer kein Verbandszeug mit. Er kippte den Eimer aus, hob den Aal an der Schnur hoch und ließ ihn einfach in den Eimer fallen. Dort drehte der Aal sich wie wild im Kreis und erinnerte Erik Haag an einen Hamster im Rad.

Erik Haag nahm noch einen Schluck aus der Flasche und überlegte, wie er am schnellsten die Polizei informieren konnte. Er hatte beim Angeln nie ein Handy dabei. Welcher Idiot vertreibt mit seinem Klingelton die Fische? Außerdem, wer sollte ihn um diese Zeit

anrufen? Aber wo, verdammt, gab es hier eine Telefon-
zelle?

Der Aal lärmte im Eimer, und Erik Haag entschied
sich, statt nach einem öffentlichen Telefon zu suchen,
einfach loszubrüllen.

Er schrie, so laut er konnte: »Hier liegt eine tote
Frau!«

Er war schon fast heiser und wollte seine Sachen zu-
sammenpacken und abhauen, als er endlich eine Reaktion bekam. Ein Fenster wurde geöffnet, und ein Mann
rief: »Halt die Fresse, du blöder Penner! Andere Leute
müssen arbeiten und brauchen ihren Schlaf!«

Als er mit zwei Angeln, einem Eimer und einem an-
gebrochenen Sixpack Bier in Richtung Bahnhof verschwinden wollte, kam ihm ein Polizeifahrzeug entgegen. Sie wollten seine Papiere sehen und seine Fische-
reigenehmigung.

Einer, offensichtlich ein Hobbyangler, reagierte ge-
reizt, weil der Aal nicht waidgerecht vom Haken gelöst worden war und bezeichnete diese Art, mit dem
Aal umzugehen, schlicht als Tierquälerei. Er müsse das
gefangene Tier töten, und zwar sofort.

»Ja, wie denn?«, klagte Erik Haag. Er habe sein Fischmesser doch beim Bergen der Leiche verloren.

»Beim Bergen der Leiche?«

»Ja, genau, deshalb schreie ich ja so.«

»Wer schreit denn hier?«

»Ich. Zumindest bis gerade.«

Peter Zirbs

Last Minute

Das ständige, sich nie wiederholende An- und Abschwellen des weißen Rauschens umspülte Baumgartners schwitzende Ohren. Um genau zu sein, war sein gesamter, etwas teigiger und blasser Körper von einem dicken Schweißfilm überzogen und auch von seiner Stirn kullerten dicke Tropfen herunter. Es war heiß. Verdammt heiß und sehr, sehr sonnig. Denn Christoph Baumgartner lag am Strand.

Es war der erste Tag seines ersten Urlaubs seit – ja, seit wann eigentlich?, grübelte er. Es dürfte schon bald zehn Jahre her sein, seit er mit Tanja diesen *Traumurlaub* zur Kittung ihrer Beziehung gemacht hatte, der schließlich dazu führte, dass sie sich endgültig trennten. Seither war seine Urlaubsdestination stets dieselbe gewesen: sein Stammbeisl in der Nähe des Wallensteinplatzes in der Brigittenau. Und um ehrlich zu sein, waren die dortigen Aufenthalte à la longue wahrlich nicht günstiger als eine Kreuzfahrt, seufzte er im Geiste und gedachte der vielen Single Malts, die ihm dort beinahe täglich vom funkelnden Glasregal hinter der Bar verheißungsvoll zublinzelten.

Anafi also, dachte sich Baumgartner. Kleisidi Beach. *How the fuck did I get here?*, wechselte sein Gehirn unvermutet die Sprache. Natürlich wusste er es: Ein obszön billiges Last-Minute-Angebot war es, dessen makellose Werbefotos ihn zu seiner ersten spontanen Tat seit einem Jahrzehnt verführt hatten. Da kostet ja zu Fuß gehen mehr!, ist es ihm beim Anblick des Plakats in der Auslage des Reisebüros entfahren. Und er ging hinein und buchte, als wäre es die normalste Sache der Welt. Als hätte er es sich gut überlegt. Als wäre er jemand, der Urlaube bucht. Das war vor drei Tagen. Und jetzt – zweieinhalb Stunden Flugzeit nach Santorin und eine rasante Fahrt mit der Seajet-Fähre später – lag er hier und schwitzte wie verrückt.

*　*　*

Beim letzten Urlaub mit seiner Ex-Frau war er noch deutlich sportlicher gewesen; damals sah ihn die Trainingseinrichtung der Wiener Polizei mindestens dreimal pro Woche. Das war vor seiner Depression, seinem Burnout, seiner Midlife-Crisis; wie auch immer man das nennen mag, dachte Baumgartner. Aber jetzt – jetzt war er hier, und würde diesen Urlaub als einen Wendepunkt in seinem Leben nehmen; als den schon lange ersehnten *Turnaround*, überlegte er. Jetzt würde er erstmal abschalten, dann einen Plan schmieden, generell weniger Alkohol trinken und insgesamt seine Psyche wieder auf Vordermann bringen; vielleicht sogar ein paar Therapiestunden in Anspruch nehmen, redete ihm sein Gehirn im Tonfall eines deutschen Feldwebels eindringlich ins Gewissen. Du bist 52 Jahre alt, *for fuck's sake!* Zeit für einen *Relaunch*!, schien Baumgartners Denkapparat nun schon fast auf ihn einzuschreien.

Chill, Alter!, versuchte er sich zu beruhigen und stellte einen erhöhten Pulsschlag fest. Kein Wunder, die ungewohnte Hitze röstete ihn bereits seit zwei Stunden und die aufwühlenden Gedankenfetzen taten ihr Übriges. Für eine Sekunde vermisste er die Klimaanlage in seinem Büro, konnte den lästigen Impuls aber zum Glück mit der Vorstellung eines Glases eiskalten *Mythos* rasch wegdrücken. Denn genau das würde er jetzt machen: einen kleinen Spaziergang zur Taverne unweit des Strandes, wo ihm die Chefin ein von Eiskristallen überzogenes Bierglas hinstellen würde.

Er war schon fast dabei, sich aus der gefühlt unendlichen Langsamkeit seines Sonnenbades herauszuschälen, als er ein nur allzu vertrautes Surren wahrnahm. Wir sind wie diese verdammten Pawlow'schen Hunde, ging es ihm durch den Kopf, während er zu seinem Handy griff, das in seinem mittlerweile vom Sand gut getarnten Rucksack steckte. Er blickte aufs Display und erkannte sofort die vertraute Nummer seiner Dienststelle.

* * *

Baumgartner brauchte eine Weile, um das Gehörte zu verarbeiten. Er kniff die Augen zusammen; die Sonne ließ den Strand mitsamt seinen vergnügt quietschenden Bälgern, dem ständigen Geräusch eines Balles auf hölzernen Schlägern und dem Anblick sonnenölglänzender Körper zu einem undefinierbaren weißen Gleißen verschmelzen. Er saß auf seinem sandigen Handtuch und dachte nach – allerdings im Panikmodus.

Denn es war das erste Mal, dass er es mit einem drei Tage vor seiner Aussage ermordeten Kronzeugen zu tun hatte, und es dürfte auch für die Republik eine Premiere sein: Schließlich ging es bei diesem hochbrisanten Prozess um ein Korruptionsnetzwerk in höchsten Politkreisen. »Mafia nix dagegen, würde Brenner sagen«, murmelte Baumgartner für niemanden. Und natürlich musste das ausgerechnet in seinem Urlaub passieren. Gratuliere, dachte er sich, stand auf und versuchte wenig erfolgreich, sich der Sandreste zu entledigen. In der Taverne würde ihn wenigstens ein kaltes Bier erwarten.

*　*　*

Viel war es nicht, was seine Kollegen in Wien bisher hatten herausfinden können. Offenbar wurde Andreas Müller, so der Name des einstigen Spitzenpolitikers und nunmehr verstummten Kronzeugen, bereits gegen 5 Uhr früh tot im ruhigen Cottageviertel in Döbling abgelegt; kleine Verletzungen der Leiche und der Fundort deuteten darauf hin, dass er hastig aus einem Fahrzeug gestoßen wurde. Anhaltspunkte gab es sonst keine, und die Presse würde vermutlich im Laufe des Tages Wind davon bekommen. Das Ganze war eine absolute Katastrophe.

Baumgartner ließ wie so oft seine Finger über den Display seines Handys gleiten – er war mehr als nur geübt darin, sich durch die sogenannten sozialen Medien von eigentlich wesentlichen Dingen ablenken zu lassen. Als er vor einiger Zeit über den Begriff *Doom Scrolling* stolperte, musste er laut auflachen: Er war ein Meister darin, sich in einen Rausch schlechter Nachrichten zu scrollen; bis zu jenem Punkt, an dem er überzeugt war, dass die Welt verdammt sei und ihr Untergang nicht nur unmittelbar bevorstünde, sondern wahrscheinlich sogar notwendig war. Tabula rasa, quasi. Dennoch konnte er seine Finger im wahrsten Sinn des Wortes nicht von Twitter, Facebook, Reddit und Co. lassen – irgendwie schien es ihn letztlich zu beruhigen, dass sein tägliches Arbeitsumfeld bei der Polizei nicht das einzig Deprimierende war. Dass es da draußen nicht viel besser zuging. Dass der Mensch des Menschen Wolf war – immer und überall.

Zügig leerte er das eben noch ziemlich volle Bierglas. Wird ja sonst eh zu schnell warm, rechtfertigte sich sein Gewissen. Und wartete auf die erste Auswertung der Nachrichten und Mails vom Handy des Toten, denn hier hatten seine Kollegen tatsächlich Glück gehabt: Die vom Ableben ihres Mannes völlig verstörte Ehefrau wusste die sechsstellige Zahlenkombination für sein iPhone – natürlich sein Geburtsdatum. Auf die Idee hätten sie sogar selbst kommen können.

* * *

Drohmails also, dachte sich Baumgartner. Von einem Wegwerf-Account, damit der Absender im Dunklen bleibt. »Wenn du am Dienstag wirklich aussagst, bist du Geschichte. Das weißt du! Du hast dir zu viele Feinde gemacht mit dieser Aktion. Überleg dir das gut!«, lautete eines der Mails. Einen ersten Befund zu Müllers Todesursache gab es ebenfalls, und der machte die Sache nicht klarer: Er war offenbar an Atemlähmung gestorben. Aber wieso fand man ihn dann auf der Straße in der Villengegend? Es ergab einfach keinen Sinn. Aber Baumgartner wusste, dass diese Todesursache nur zwei Gründe haben konnte: eine Überdosis Drogen oder einen Stromschlag. Für Letzteres fehlten die dafür typischen Wunden am Körper des Ermordeten. Also Drogen. Und es gab nur eine Droge, die in Müllers Kreisen zum guten Ton gehörte. Der Wiener Staubzucker, der mit seinem süßen Namensvetter nur wenig gemein hatte.

Aber wieso sollte sich Müller knapp vor seinem großen Auftritt vor der Staatsanwaltschaft derart zukoksen, dass er tot umfiel? Und wer hatte die Leiche an ihren Fundort gebracht? Und hatten die Drohmails etwas damit zu tun? Die alte Stereoanlage beschallte die Terrasse der Taverne, in der er saß, mit alten Laïkó-Songs, und ihr leiernder Sound wurde gelegentlich vom unnatürlich lauten Geräusch der Zikaden übertönt. Baumgartner bestellte frisches Bier.

* * *

Da gibt es doch diese Lieblingsbar, wo sich diese Polit-
clique immer traf, versuchte er sich zu erinnern. Von
diesem Gastro-Zampano. Wie hieß die doch schnell?
Baumgartner scrollte wie wild auf seinem Smartphone.
Ah, ja, der *Jungbrunnen* – das war's; die Bar in dem
ehemaligen Rotlicht-Etablissement. Jetzt gab's dort
überteuerte, aber dennoch winzige Speisen und eben-
solche Drinks. Und in den gut versteckten Nebenräu-
men gab's auch noch etwas anderes, wenn man den Ge-
rüchten Glauben schenken durfte. Fotografieren war
ausdrücklich verboten, allerdings drückten Neulinge
im Überschwang ihrer Gefühle immer wieder den Auslöser ihrer Handykamera. Er tippte den Begriff »Jungbrunnen« in die Facebook-Suche und durchforstete

die Ergebnisse. Nur Müll, stöhnte er innerlich. Ein Einschränken des Zeitraums auf die letzten zwei Tage reduzierte die Beiträge drastisch – und da war es: ein ziemlich dunkel geratenes Bild einer feiernden Gruppe. Sofort speicherte Baumgartner das Foto. Und während er noch auf das Facebook-Posting starrte, wurde es vor seinen Augen durch eine gleichmäßig graue Fläche ersetzt. »Foto durch den Benutzer gelöscht« stand da nun. Das war knapp.

»Scheiß mich an, das ist der Müller«, flüsterte Baumgartner zu sich selbst. Er hatte das unscharfe, unterbelichtete Foto in seiner Bildbearbeitungs-App notdürftig aufgefrischt, und es gab keinen Zweifel: Der Typ, der da schon ziemlich gut bedient am linken Rand zu sehen war, trug eindeutig die Züge des Ermordeten. Zwischen dem Zeitpunkt der Aufnahme knapp vor drei Uhr morgens und dem Leichenfund lagen bestenfalls zwei Stunden.

*　*　*

Wie hieß diese Hackerin und Aktivistin auf Twitter gleich?, grübelte Baumgartner, während seine Finger wie gewohnt manisch über die längst verschmierte Oberfläche des Handy-Bildschirms glitten. Ellie, das war's. Allerdings in einer *Leetspeak*-Schreibweise, also 3ll13 – er fand ihr Profil sofort. Sie war bekannt dafür, relevante Informationen innerhalb kürzester Zeit herauszufinden; etwas, das die Polizei im besten Falle auch selbst erledigen konnte, auf dem Rechtsweg dafür aber vermutlich drei Monate benötigen würde. Und die Zeit hatte er definitiv nicht.

Er erklärte 3ll13 das Wesentliche in einer Privatnachricht und schickte die letzte für Müller bestimmte Drohmail als Kopie – und nicht als Screenshot – mit. Denn so viel wusste er bereits, dass sie es für ihren Stunt benötigen würde.

Mittlerweile gab's auch schon ein Update von den Kollegen aus Wien: In der Nase Müllers wurde tatsächlich Kokain gefunden. Aber Baumgartner konnte immer noch nicht glauben, dass sich der Ex-Politiker knapp vor dem großen Showdown freiwillig ins Jenseits gerüsselt hatte. Erneut wischten seine Finger über den Display des Geräts; diesmal, um herauszufinden, woran Konsumenten des weißen Pulvers noch versterben konnten – und stieß prompt nach kurzer Zeit via *pubmed.gov* auf ein paar wissenschaftliche Einträge zu diesem Thema: Methomyl, ein für Menschen hochgiftiges Insektizid, hatte bereits einige Male zum Tod durch die Nase geführt. Bingo, dachte sich Baumgartner und griff zum Bierglas. Es war leer.

* * *

Der haut aber ordentlich rein, bemerkte er, als er den ersten Schluck selbstgebrannten Tsipouro nahm. Er hatte die gar nicht mal so kleine Flasche zu seiner letzten – der wievielten eigentlich? – Bierbestellung als Geschenk des Hauses auf den Tisch gestellt bekommen. Die Kassette in der Stereoanlage leierte immer noch; die Zikaden hatten ihr monotones Lied zu Ende gesungen und mittlerweile war auch die Sonne hinter die unterschiedlich blauen Schattierungen des Horizonts gefallen. »Christoph, du hattest recht: Wir haben wirklich relevante Spuren von Methomyl im Blut von Müller gefunden. Das riecht nach Mord!!«, lautete die letzte SMS seines Kollegen.

Auch 3ll13 war erfolgreich gewesen: Die IP-Range, von der das anonyme Drohmail abgeschickt worden war, deckte sich mit der der Bar. Das bewies zwar noch nichts, aber es wäre ein ziemlicher Zufall, wenn das Mail von einem anderen Absender stammen würde. Und was die Sache noch eindeutiger machte: Der selten abgerufene Artikel auf *pubmed.gov*, durch den er auf das Insektizid aufmerksam wurde, wurde vor neun Tagen das letzte Mal angeklickt – und zwar von derselben IP-Range aus. So viele Zufälle gibt's nicht, dachte Baumgartner, und schenkte sich großzügig Tsipouro nach. Der Schnaps brannte schon viel weniger als beim ersten Glas.

»Wir checken jetzt mal den Jungbrunnen und die Gäste von vergangener Nacht. Du machst jetzt mal Urlaub, Baumgartner! Und danke, das war verdammt gute Arbeit!«, erreichte ihn die SMS seiner Vorgesetzten, während er sich gerade in einer Privatnachricht bei 3ll13 für ihren Einsatz bedankte. Das Tippen wie auch das Lesen fielen ihm mittlerweile ziemlich schwer. Es war Zeit zu gehen.

*   *   *

Unten am Strand saß Baumgartner im spärlichen Mondlicht und rauchte eine letzte Zigarette, die er nur noch mit einiger Mühe zum Brennen gebracht hatte. Fast wäre er alkoholinduziert melancholisch geworden, doch bevor er zu einem inneren, von Selbstmitleid geschwängerten Dialog ansetzen konnte, wurde er durch einen kaum wahrnehmbaren Schatten abgelenkt. »He, Baumgartner – nicht, dass du mir jetzt den Moralischen kriegst«, sagte die räudige Katze und blieb vor ihm stehen. »Du musst schon ein bisschen besser auf dich aufpassen. Sonst wird das nix. Wir sehen uns!« Und bevor der völlig konsternierte Baumgartner überhaupt noch reagieren konnte, fiel er an Ort und Stelle in einen tiefen Schlaf.

Quellennachweis

Jean-Luc Bannalec: *Bretonische Brandung* (Auszug). © 2013, Verlag Kiepenheuer & Witsch GmbH & Co. KG, Köln

Patricia Highsmith: *Die tapferste Ratte von Venedig*, aus: Patricia Highsmith: *Kleine Mordgeschichten für Tierfreunde / Kleine Geschichten für Weiberfeinde*, aus dem Amerikanischen von Melanie Walz. © 2004 Diogenes Verlag AG Zürich

P.D. James: *Vorsatz und Begierde* (Auszug), aus dem Englischen von Georg Auerbach u. Gisela Stege. © 2020 Droemer Knaur GmbH & Co. KG München. Mit freundlicher Genehmigung von Droemer Knaur GmbH & Co. KG.

Petros Markaris: *Die drei Caballeros*; aus dem Griechischen von Michaela Prinzinger. © 2018 Diogenes Verlag AG Zürich. Deutsche Erstveröffentlichung in: *Gefährliche Ferien – Griechenland*. 2018 Diogenes Verlag AG Zürich. Originaltitel: Οι τρεις καμπαλέρος.

Leonardo Sciascia: *Die weite Reise*, aus: *Das weinfarbene Meer*. Erzählungen, aus dem Italienischen von Sigrid Vagt © 1997, 2003, 2009, 2016 Verlag Klaus Wagenbach, Berlin

Fred Vargas: *Das Orakel von Port Nicolas* (Auszug), aus dem Französischen von Tobias Scheffel. Aufbau Taschenbuch 2003. © Aufbau Verlage GmbH & Co. KG, Berlin 2003, 2008

Martin Walker *Austernfischer. Ein kleiner Fall für Bruno, Chef de police*, aus dem Englischen von Michael Windgassen. © 2019 Diogenes Verlag AG Zürich. Deutsche Erstveröffentlichung in *Gefährliche Ferien – Bretagne und Atlantikküste*

Klaus-Peter Wolf, *Ostfriesenwut* (Auszug). © S. Fischer Verlag GmbH, Frankfurt am Main 2015

Biografien

LJUBA ARNAUTOVIC, geboren 1954 in Kursk (UdSSR), lebt in Wien. Nach dem Studium der Sozialpädagogik arbeitete sie für das DÖW, als Russisch-Übersetzerin und Rundfunkjournalistin. Publikationen: »Im Verborgenen« (Roman, 2018), »Junischnee« (Roman, 2021).

JEAN-LUC BANNALEC ist der Künstlername von Jörg Bong. Er wohnt in Frankfurt am Main und im südlichen Finistère und ist der Autor der mehrbändigen Krimireihe mit Kommissar Dupin.

ALEX BEER, geboren in Bregenz, hat Archäologie studiert und lebt in Wien. Ihre historische Krimi-Reihe um den Ermittler August Emmerich ist preisgekrönt, mit Isaak Rubinstein hat sie eine weitere faszinierende Figur erschaffen, die während des Zweiten Weltkriegs in Nürnberg ermittelt.

SEVERIN GROEBNER, geboren 1969 in Wien, lebt seit 1999 in Frankfurt/Main, ist Schauspieler und mehrfach ausgezeichneter Kabarettist (zuletzt Dieter Hildebrandt-Preis 2022).

ANDREAS GRUBER, geboren 1968 in Wien, lebt als Autor von Krimi-Bestsellern in Grillenberg in NÖ. Gruber ist Erfinder der Rache-Reihe um den kauzigen Ermittler Walter Pulaski und der Todes-Reihe um den niederländischen Profiler Maarten S. Sneijder.

PATRICIA HIGHSMITH, 1921 in Fort Worth (Texas) geboren, 1995 in Locarno (Tessin) gestorben, wurde mit Hitchcocks Verfilmung ihres ersten Romans »Zwei Fremde im Zug« 1950 bekannt, mit ihrem Helden Mr. Ripley weltberühmt.

PHYLLIS DOROTHY JAMES, geboren 1920 in Oxford, 2014 ebendort verstorben. Nach ihrer Arbeit in der Kriminalabteilung des Innenministeriums konnte sie sich ab 1962 ganz der Schriftstellerei widmen, als Autorin von Krimis um Commander Adam Dalgliesh wurde sie mit Auszeichnungen überhäuft.

STEFAN KUTZENBERGER, geboren 1971 in Linz, studierte in Wien, Buenos Aires, Lissabon und London und lebt als Schriftsteller, Kurator und Literaturwissenschaftler in Wien. Publikationen: »Friedinger« (Debütroman, 2018), »Jokerman« (Roman, 2020) und »Kilometer null« (Roman, 2022).

PETROS MARKARIS, geboren 1937 in Istanbul, ist Autor und Übersetzer aus dem Deutschen ins Griechische. Mit dem Schreiben von Kriminalromanen begann er Mitte der Neunzigerjahre und wurde damit international erfolgreich. Er lebt in Athen.

MARTINA PARKER ist Journalistin und Krimiautorin. Sie lebt mit ihrem britischen Ehemann in einem alten Bauernhaus im Südburgenland. Ihre bisherigen Gartenkrimis »Zuagroast« und »Hamdraht« waren monatelang auf den Bestsellerlisten.

THERESA PRAMMER, 1974 in Wien geboren, ist Schauspielerin, Regisseurin und Krimiautorin. 2006 gründete sie mit ihrem Mann das Sommertheater »Komödienspiele Neulengbach«. Für ihren Kriminalroman »Wiener Totenlieder« ist sie mit dem Leo-Perutz-Preis ausgezeichnet worden.

THOMAS RAAB, geboren 1970, lebt als Autor und Musiker in Wien. Die mehrfach ausgezeichneten Kriminalromane um den Restaurator Willibald Adrian Metzger zählen zu den erfolgreichsten in Österreich. Seit 2019 erscheint die Bestsellerreihe um die Ermittlerin Hannelore Huber.

JULYA RABINOWICH, geboren 1970 in St. Petersburg, lebt seit 1977 in Wien, als mehrfach ausgezeichnete Autorin und Kolumnistin. Publikationen u.a. »Spaltkopf« (2008, Debüt), »Krötenliebe« (2016, Roman) sowie die Jugendromane »Dazwischen: Ich« (2016) und »Dazwischen: Wir« (2022).

ERWIN RIEDESSER, geboren in Bregenz, Buchhändler und Autor. Mit Rotraut Schöberl eröffnete er 1994 die Buchhandlung Leporello.

CLAUDIA ROSSBACHER, geboren in Wien. Nach dem Tourismusstudium war sie Model, Texterin und Kreativdirektorin. Heute lebt sie als freie Schriftstellerin in ihrer steirischen Wahlheimat. Ihre Steirerkrimis waren in Österreich Bestseller und wurden vom ORF verfilmt.

EVA ROSSMANN, geboren 1962 in Graz, lebt im Weinviertel und in Sardinien. Verfassungsjuristin, Journalistin, seit 1995 freie Autorin, seit ihrem Krimi »Ausgekocht« auch Köchin. Ihre Krimis rund um die Journalistin Mira Valensky und ihre bosnischstämmige Putzfrau und Freundin Vesna Krajner wurden zu Bestsellern.

WOLFGANG SALOMON, geboren 1967 in Wien, ist als Stimmungs-vermittler im kulinarischen, musikalischen und kulturellen Bereich sowie als Autor von Reisebüchern tätig. Publika-tionen zuletzt: »Triest abseits der Pfade« (2013) und »Vene-dig abseits der Pfade« (2014).

ROTRAUT SCHÖBERL, geboren in Reichenau/Rax, eröffnete 1994 mit Erwin Riedesser die Buchhandlung Leporello. Zuletzt hat sie die Anthologien »Mord auf leisen Pfoten. Krimi-nell gute Katzengeschichten« (2020) und »Radieschen von unten. Kriminell gute Gartenmorde« (2022) herausgegeben.

LEONARDO SCIASCIA, geboren 1921 in Racalmuto auf Sizilien, gestorben 1989 in Palermo, war Volksschullehrer, Autor und Journalist. Er veröffentlichte zahlreiche Kriminalromane, Erzählungen, Essays und Gedichte.

FRED VARGAS (eigentlich Frédérique Audoin-Rouzeau), gebo-ren 1958, lebt in Paris. Sie ist ursprünglich Archäologin und gilt heute als die bedeutendste französische Kriminalauto-rin. Ihre Romane um Kommissar Adamsberg sind in mehr als 40 Sprachen übersetzt.

MARTIN WALKER, geboren 1947 in Schottland, ist Schriftsteller, Historiker und politischer Journalist. Er lebt in Washing-ton und im Périgord und war 25 Jahre lang Journalist beim »Guardian«. Seine Bruno-Romane sind in zahlreiche Spra-chen übersetzte Bestseller.

KLAUS-PETER WOLF ist ein deutscher Schriftsteller, Hörbuch-sprecher und Drehbuchautor. Seine Bücher wurden in 24 Sprachen übersetzt und haben sich millionenfach ver-kauft. Er ist der Erfinder der Ostfrieslandkrimis.

PETER ZIRBS, lebt in Wien als Musiker, Songwriter, Journalist und Autor.